LOCUS

LOCUS

L O C U S

LOCUS

RECREATION

無名偵訊師 / 馬克・艾倫・史密斯 Mark Allen Smith著；
陳靜妍譯. -- 初版. -- 臺北市：大塊文化, 2012.09
面；公分. -- (R；48)
譯自：THE INQUISITOR
ISBN 978-986-213-351-4 (平裝)

874.57 101013229

R48

無名偵訊師 ***THE INQUISITOR***

作者：馬克・艾倫・史密斯（Mark Allen Smith）
譯者：陳靜妍
責任編輯：江怡瑩　美術編輯：顏一立
校對：呂佳真
法律顧問：全理法律事務所董安丹律師
出版者：大塊文化出版股份有限公司
台北市10550南京東路四段25號11樓
www.locuspublishing.com

讀者服務專線：0800-006689
TEL：(02) 87123898　FAX：(02) 87123897
郵撥帳號：18955675　戶名：大塊文化出版股份有限公司

總經銷：大和書報圖書股份有限公司　地址：新北市新莊區五工五路2號
TEL：(02) 89902588　FAX：(02) 22901658
排版：辰皓國際出版製作有限公司 製版：瑞豐實業股份有限公司
初版一刷：2012年9月

定價：新台幣300元
Printed in Taiwan

無名
偵訊師

馬克・艾倫・史密斯 著　　陳靜妍 譯

推薦序

一顆石頭的重生

顏九笙

「八個月前，蓋格在一個精神疾病網站上的名單裡找到柯立的名字，來電約了時間。在他們第一次的會談中，他揭露自己出現的原因：兩個月前，他夢到一個非常複雜又具戲劇性的夢境，伴隨而來的是嚴重的偏頭痛。他告訴柯立，從那之後，這個夢境每隔兩、三個禮拜，就以稍微不同的版本出現在他的心靈舞台上，每次都由劇烈的偏頭痛展開第二幕。在他們所有的會談中，蓋格都非常精確、坦率、提供不帶情緒的報導。柯立發現這位新病人是令人好奇的矛盾體，相當於一顆聰明的石頭。」——《無名偵訊師》第一部第二章

現在你要踏入的是一個混沌世界：起初，道德感還未誕生。

蓋格（Geiger）沒有名字只有姓，一個德意志式的冷硬姓氏，然而連這個姓氏本身也是一種誤導——拼法跟輻射偵測器（蓋格計數器）一樣，真正的由來卻是另一回事：H・R・吉格（Hans Ruedi Giger），這位超現實主義畫家因為《異形》系列電影中的怪物造型設計而名聞遐邇；他創造的詭異物體泛著冰冷的銀光，半是生物半是機械。藏在蓋格這個名字底下的男子，對他自己來說也是一團謎；他只知道自己在十五年前搭著灰狗巴士來到紐約，當時大約二十歲，在

此之前到底出了什麼事，只有天曉得。「他是個帶著傷痕、痛楚的身體，沒有負擔的心靈，一個沒有記憶卡的人體機器。他只依賴直覺運轉。」在直覺的指引下，他開始找尋自我的旅程。他發現的第一件事情是，他會做木工。這是他賴以維生的第一份工作。他發現的第二件事情是，他有讓人說實話的天賦——他是分辨謊言與實話的天生好手，能夠觀察出每個人的弱點，懂得用最低程度的肉體傷害，造成最強烈的精神恐懼，從而逼出實話。

所以，拷問變成他賴以維生的第二份工作。

就像他的心理醫師柯立所形容的，蓋格是個矛盾體。他似乎總是處於一種比他人更清醒的狀態，總是保持自制，也控制著身旁的一切——即使是苦於不明原因的夢境和隨之而來的偏頭痛，不得不求助於心理醫師，他還是利用某些小伎倆小幅度地侵犯醫生的個人領域，藉此佔得上風。在這位拷問專家的術語之中，被拷問的對象稱為「瓊斯先生」，這典故來自巴布・狄倫的歌《Ballad of a Thin Man》，其中有一段反覆出現的疊句：「有事情發生了，但你不明白到底是什麼，不是嗎，瓊斯先生？」這些被關進拷問室的瓊斯先生，他們終於發現的事情是——不管現在發生了什麼事，他們完全無力控制，只能任人擺布。他們什麼都不是，無名的偵訊者要什麼，他們就得給什麼。

這樣應該能帶給一個人莫大的滿足感，覺得自己就是世界之主，掌握了莫大的權力。但蓋格甚至沒有這種妄自尊大的幻想。也許他很清楚，他連自己是誰都不知道，他獨一無二的天賦和宰制「瓊斯」們的力量，都像浮萍一樣浮游無根。

他有他的原則——不拷問小孩和七十二歲以上的老人，不把拷問對象弄得永久傷殘、甚至死亡——但這似乎無關道德底線，就只是出於職業上的謹慎考量：七十二歲以上的老人心臟病發或中風的機率太高，很難精準地控制。小孩在面對強大壓力時的反應難以預期，有時候可能會說出非常逼真的謊話。在這兩種對象身上，無法進行有效率的拷問。不讓拷問對象永久傷殘，則是因為沒有這種必要——他懂得如何讓對方在那之前就嚇到崩潰。

旁觀蓋格的工作過程，讀者會得到一種印象：跟他的對照組達爾頓不同，他並不引以為樂，但也不以為苦；然而這顆聰明的石頭，還是跟天生缺乏同理心的精神病態者（psychopath）沒兩樣，凍結在一個冰冷的異世界裡，情緒沒有容身的空間，他只在乎如何漂亮地完成工作，之前跟之後的事情一概與他無關。他唯一的朋友兼同事哈利負責跟客戶之間的實際接觸，卻不涉入蓋格的工作現場；這樣的「分工合作」，正好把所有可能的良心問題降至最低。許多為虎作倀的人，像是主導「最終解決方案」的阿道夫・艾希曼（Adolf Eichmann），他們的藉口是「一切都是奉命行事」——但蓋格連藉口都沒想過，因為他並不思索自身行為的道德意涵。在作者馬克・艾倫・史密斯如詩的筆觸之下，閱讀蓋格施加暴力的過程，也能帶給讀者一種文學上的愉悅，讓我們很容易忘記一個事實：像蓋格這樣的人其實非常可怕。他就像靈薄獄（Limbo）中的未受洗嬰兒，純潔如白紙的意識中沒有罪惡感的存在，所以能夠像機器一般，不斷地重複摧毀他人意志的行為。我們無法論斷他是否邪惡，但他的行為肯定是一種罪行；他的同類越多，就會帶來越大的災難。然而他的冷漠無情之下，有一股暗流提醒我們，他並非天生如此。他還有希望恢復人性嗎？

值得慶幸的是，他畢竟不是機器。他的記憶與道德感，終究還是從混沌之中甦醒了。

喚醒他的，是一個在箱子裡沉睡的孩子。他的父親帶著內容不明的重要資訊失蹤，他卻成了名副其實的代罪羔羊。

在他打開箱子的那一刻，箱子裡的艾斯拉與他被禁錮的自我，同時重新誕生。

在《無名偵訊師》的英文官方網站上，馬克・艾倫・史密斯表明他的靈感來源之一，是他為了深度報導節目「20／20」追蹤的一個故事：七〇年代巴拉圭獨裁政府如何酷刑折磨、殺害一個十七歲的年輕人（從一九五四年當政到一九八九年的獨裁者阿佛列多・史托斯納爾[Alfredo Stroessner]，除了以恐懼治國之外，還有個著名的「事蹟」，就是大量庇護德國納粹戰犯，讓他們在巴拉圭安養天年）。另一個來源，則是一九八七年發生的麗莎・史坦柏格（Lisa Steinberg）案——這個六歲小女孩被她身為刑法律師的養父喬爾・史坦柏格（Joel Steinberg）打到昏迷不醒。她的養母（養父的同居人）海達・娜斯邦（Hedda Nussbaum）原本是藍燈書屋的童書編輯，自己也出版過兩本書，但在長期虐打之後失去正常的判斷力，沒有同居人的同意，竟然不敢打電話叫救護車。警方逮捕娜斯邦的時候，她也遍體鱗傷，如果放任不管，下一個死掉的可能是她。屋子裡面還有另一個小嬰兒，全身被尿跟泥巴弄得髒兮兮。小女孩在昏迷中去世，而養父在坐牢多年後，仍然認為他的過錯只是延遲送醫——但是小女孩身上有新有舊的多重傷勢該怎麼解釋，他倒是沒有說。飽受虐待卻倖存的娜斯邦，後來努力為像她一樣的受虐婦女爭取權益，但她到底算是受害者還是共犯、該負多少責任，至今仍眾說紛紜。

這些都是不該發生的事情：國家不該對自己的子民施加酷刑虐待，成人不該把另一個成人或小孩當成出氣筒，然而在我打下這幾個字，你讀到這些話的時候，同樣的暴行都在我們看不到的地方發生，時時刻刻，無休無止。

如何阻止這一切？首先人們應當看見。在前述事件的衝擊之下，史密斯開始研究兒童以及所有無辜之人在強大身心壓力之下（換言之，就是受到暴力虐待之後），會有什麼樣的反應與後遺症。他把他的研究成果，寫成一本「娛樂性」（這樣說幾乎有點殘酷）十足的小說。

當然，首先這本書是一本驚悚小說，後面四分之三是生死攸關的你追我逃，但如果只有迭起的高潮卻沒有角色的心理發展，你不會關心這些人的死活，讀完只會覺得很空虛——史密斯卻能夠充分利用篇幅，兼顧行動與人物，用漂亮卻不過分沉溺的散文，細膩地營造各個角色多樣化的內在世界：蓋格有著極其鮮明的感官知覺，情緒變化卻相對地隱晦。柯立老年失婚，陷入情緒低潮，面對不尋常的病人，卻還是有著仁慈心腸。哈利在內外交迫的時刻，迸發出讓他自己也驚訝的潛力。惡棍三人組各懷鬼胎的互動，維持著整個追逐過程的張力，偶爾甚至略帶喜感。還有可愛的串場小配角——請期待你們即將在紙上遇到的松鼠、貓咪，還有曼茲先生！

從另一方面來說，這個故事裡雖然充斥著各種暴力——在什麼人都有的大都市紐約，汽車與腳踏車的擦撞意外也能演變成全武行（不過台北市也不遑多讓，吃個清粥小菜也有可能碰到隔壁桌拿刀槍開幹，現代生活不管在哪裡都挺危險的）——但骨子裡仍然是個浪漫美麗的故事（雖然沒有一般意義上的羅曼史）。在現實世界裡，我們看多了被暴力摧折過的人變得冷漠無情，學會把自己承受的苦痛加諸於他人之身，讓惡性循環繼續下去；但在這裡，蓋格卻等到一個自我救贖的機會。保護一個無辜孩子的同時，他也完成了十五年前開始的旅程，找回了自己——這其實是許多電影、影集、小說或漫畫重複過的主題：某個受過許多傷害也造就許多傷害的罪人，終於決定為了正確的目的而戰，完全不計代價——無論後果是什麼，他都贏得了精神的復活。

就算看過再多次同一主題的變奏，我們還是喜歡這樣的故事；因為我們都需要希望。

本文作者：顏九笙，喜歡怪書的推理文學研究會（MLR）成員。

推薦序

另一個角度觀看謊言

冬陽

謊言，在推理小說中佔有特殊的位置，它可能是事件的開端，或造成情節撲朔迷離的關鍵，或通往真相的重要轉折。謊言的立與破、隨之衍生的奇謀巧計，是作者與讀者彼此約定好的攻防所在，閱讀的樂趣深繫於此，一百六十多年來不變。然而，當小說主角擁有看穿謊言與實話的天賦時，故事還能怎麼繼續下去？

馬克．艾倫．史密斯在《無名偵訊師》中塑造了「蓋格」這號人物，他可以充滿自信地面對說謊者，運用手段迫使對方說真話，那是他熟練的工作；但他無法解釋令自己屢屢引發偏頭痛的奇怪夢境，以及零碎模糊的童年記憶，那是他陌生的過去。蓋格無法讓不清楚過去的自己吐實，因為這不涉及謊言，更不可能自我逼供，直到遇見了男孩艾斯拉，他的人生就此改變……

以能力者的特殊遭遇，提供給讀者另一個角度觀看謊言的模樣，是《無名偵訊師》最饒富趣味的設計，其中的殘酷、痛苦、扭曲、瀕臨瘋狂，透過書頁直往讀者身上逼近，衝擊力十足，是部值得一讀的驚悚佳作。

本文作者：冬陽，推理評論人。

楔子

在一個兩公尺半見方的房間裡，客戶靜坐凝視著一面巨幅單向鏡，看到的卻只是一片單調而平滑的黑暗。牆上擴音器傳來緊張的笑聲，時而穿插著乾咳聲，不過他戴上了留給他的耳塞，因此聽不到。

他瞄一眼手錶：晚上十一點二十分；他已經在此處待了三個小時，啜飲著第二杯威士忌。這間無窗房間以舊木裝潢，樸素的灰色調及昂貴的設備點綴其間：阿尼・雅可布森設計的椅子、古董波斯地毯、鍍鉻吧檯裡放滿昂貴的烈酒、一瓶黑皮諾紅酒、閃亮冰桶裡則是放著一瓶松塞爾白酒；水晶玻璃杯上的蝕刻反射著天花板上四扇圓錐形刷鎳吊燈所發出的燈光，散發出燦爛的星狀光芒。酒吧下層放著一台DVD播放機，介面上的小紅點一閃一閃發亮。

客戶是美國一家大型電子製造商的安全部門主管，所得薪資並不足以使他一饗如此這般的奢華，但他的頂頭上司可以，而他們正在等他的電話。經過一星期的研究和牽線之後，他終於安排在小義大利的餐廳裡見到幫派老大卡密尼・德拉諾，打扮無懈可擊的他把自己整理得完美無瑕。喝完一瓶巴托羅葡萄酒、兩杯雙份義式濃縮咖啡之後，對方才終於結束詰問，提供了網路密碼及蓋格的名字，雖然那顯然只是化名。他得以使用這個密碼進入蓋格的網站DoYouMrJones.com，報出介紹人德拉諾的名字加快了處理的速度。今晚稍早，他從車庫抓走了公司研發部門的男性員工馬修・甘特，依照指示，把他帶到拉羅街這棟不起眼的兩層樓建築裡。

終於在這個房間裡見到蓋格時，客戶首先注意到的是蓋格幾乎不眨眼。客戶頗以自己的冷靜為傲，但蓋格使他很不安，其聲音中溫柔、平穩的音調、靜止的身體語言使這個效果更為強烈；他的面孔尖削、瘦骨嶙峋、搭配橢圓形的灰眼珠、體格看來纖瘦而結實，彷彿是名跑者或從事某種武術；他的姿勢有點歪斜，似乎骨架以獨特的方式配合著地心引力。

蓋格身上散發出一股真正奇特的味道——不過，旁人還能期望從事蓋格這一行的人會有什麼樣子呢？客戶聽過各式各樣的故事：蓋格是個瘋子，蹲過苦牢；蓋格因不守紀律而被逐出國家安全局；蓋格是某望族後裔，個性扭曲的他並不缺錢，做這一行只是為了快感。所有故事唯一的共同點是，蓋格是箇中高手。他們握手時，客戶說：

「他們說你是箇中高手，希望是真的。我們認為馬修所偷走的規格資料價值上千萬。」

蓋格面無表情地瞪著他。

「我不處理希望這種事，」他說完就離開了。

剛開始的一小時裡，鏡子另一頭的房間一片漆黑，唯一傳來的是馬修所爆發出的虛張聲勢與憤怒聲響。接著，客戶聽到擴音器傳出蓋格召喚陰魂般的低語。

「馬修，閉嘴，你不准再開口了。」

客戶沒聽過耳語也能講得這麼大聲。接著燈光亮起，透過單向鏡，客戶看到身穿黑色套頭上衣、寬鬆黑褲的蓋格靠在毫無裝潢的房間牆上。房間裡的每一道牆面皆覆蓋著白色亞麻材質，在牆上及天花板上十幾道七公分嵌燈的照耀下，一切炫目奪人；在南側與北側牆上天花板的下方三十公分處，各懸吊著數架小型攝影機。過了一會兒，這些影像開始影響客戶的視覺，房間的角度逐漸消失，蓋格彷彿懸吊在空中，成為明亮、雪白背景中一道僵直、陰森的身影。

馬修坐在房間正中央的一張古董理髮椅上：紅色皮套、亮晶晶的鍍鉻及陶瓷外裝。他的腰部、胸部、腳踝和手腕都緊緊綑綁著帶狀鐵絲網，移動時鐵絲格發出層層閃爍亮光，蒼白的面孔上只有臉頰稍許紅潤。他打著赤膊，光著腳。

有半個小時，蓋格只是瞪著馬修，每隔十分鐘起身繞著房間走一圈。他有點跛腳，但成功地融合成身體語言的一部分，因此不像是缺陷——對他而言看起來很自然。每一次繞著房間走動時，馬修的目光都謹慎地跟隨著他。

接著，蓋格推了椅子一把讓它慢慢旋轉，自己則離開。燈光又熄滅了，房間傳出一系列由片段組成的錄音，每一段持續幾分鐘：客戶聽到塞車時間的喇叭聲及刺耳的煞車聲……女子走音的哼著曲子……用走音的吉他胡亂彈著和弦……電話不斷響起、停止、再響起……最後出現緊張的笑聲和咳嗽聲。一開始馬修還大喊——「他媽的老天爺！」接著陷入沉默。播放到一半時，客戶戴上耳塞。

這時燈光恢復，蓋格再度走進房間，雙手放在背後，站在馬修身旁，馬修毫不掩飾自己的憤怒瞪著他。客戶拿下耳塞。

「馬修……」蓋格說，「閉上眼睛。」

馬修皺皺眉頭，但仍然照做。

「現在……想像自己掉進了乾枯的水井裡，下面一片漆黑，伸手不見五指，只聽得到自己的呼吸聲。你全身疼痛，也許跌斷了腳踝或手腕。」

彷彿為了確定馬修聽得到自己在囚室的黑暗中呼吸著，蓋格靜默了幾秒鐘。

「那個疼痛的感覺在你的眼睛後方形成一場光的表演，你嘴巴嘗得到血，你伸手感覺四周，牆壁冰冷而潮濕，而且平整，沒有能使力的裂縫或缺口。馬修，你能想像自己在那井底嗎？」

客戶感覺脖子後方一陣冰冷，他能想像馬修在那井底。

「你努力保持鎮定，開始大呼求救，告訴自己『有人會聽到我求救』，可是過了一陣子，你意識到自己也許會死在那裡。這個想法一旦成形後，體內某些東西就會真的開始死去，不是肉體，而是求生的意志。馬修，你聽得懂我的意思嗎？」

「老兄，我一直告訴你——我不知道你要的是什麼。」

「馬修……我說過你不准開口，只能點頭或搖頭，你記得我這麼告訴過你嗎？」

馬修瞪著這不眨眼的凝視，點點頭。蓋格伸出放在背後的雙手，拿出一支無線麥克風及一對耳機，他把耳機穩當地戴在馬修的頭上。

「森海塞爾六五〇系列，」他說，「比起AKG系列，我比較喜歡這一型，聽起來聲音比較有質感。閉上你的眼睛，馬修。」

馬修照做，呼吸聲夾雜著刺耳的嘆息聲，眼皮下眼球緊張地移動著。

蓋格拿起麥克風，一面低聲說話一面走動，此舉使客戶想起公共電視節目的那些心靈成長大師——只是觀眾僅有一名。

「你聽得清楚我說的話嗎？」蓋格問。

馬修點點頭。

「好。現在……回到井裡，馬修，你在那裡嗎？」

馬修吞嚥口水時喉結上下移動，他再度點點頭。

「很好。」在客戶聽來，這話彷彿是柔和的祈禱，「馬修，重要的是你得相信自己在那水井底下，因為這不是心理遊戲，你的確在井底……而我是你唯一的出路，我是那條丟到下面救你的繩索，拉你上來的手。」他溫和地把一隻手放在馬修的肩膀上，馬修僵直不敢動，「唯一能夠讓救命繩索出現的……只有真相。」

客戶彎身靠近玻璃。

「真相是美麗的，是人類唯一完美的創作，而且我一聽就知道是不是真話。並不是因為我的直覺特別敏銳或洞察力過人，只是因為我聽過的謊言太多，當我聽到實話時馬上分辨得出來。」

蓋格彎腰湊近馬修的臉龐，客戶看得到馬修的下顎關節因焦慮而彎曲。

「托斯卡尼尼說自己能聽出一整個管弦樂團裡其中一支小提琴上的一根弦是否走音。他並沒有音準，可是因為聽過成千上萬的音符，因此馬上可以聽出音準與否。」蓋格吸口氣，「所以馬修，別對我說謊。」

馬修的鼻孔如感應到煙的小公馬般擴張。蓋格湊得更近，直到麥克風來到他和馬修的嘴唇之間。

「你聽到我說的話了嗎？別對我說謊！」

這透過耳機的聽覺攻擊使馬修的頭部以巨大的力道猛然向後彈回，客戶以為他的脖子可能會骨折。馬修驟然睜開雙眼，嘴巴伸展成凹陷的圈圈，嚎叫聲維持了足足五秒鐘才轉成唧唧的呻吟聲。

蓋格把頭轉向一側，客戶聽到頸椎的卡嗒聲，接著蓋格轉向另一側，又一記卡嗒聲。客戶試圖解讀蓋格的表情，可是看不出任何特定的情緒。

「馬修，」蓋格說，「我需要你閉上眼睛，別再呻吟，注意聽我說，如果你做得到的話，點點頭。」

馬修的呻吟聲卡在喉嚨裡，頭部虛弱無力、如木偶般上下起伏回應，雙眼緊閉。

「現在，針對特定的情境有許多種施加痛苦的方法——主要是身體層面、精神層面和情緒層面的痛苦。在這些類別下還有許多副分類，在生理痛苦的範圍裡，還有聽覺……」

他的指節用力敲在麥克風上，馬修頭部猛然一拉，雙眼瞬間張開。

「閉上眼睛！」

馬修發出嚎叫聲，蓋格的指尖輕柔地放在馬修顫抖的眼皮上，闔上它們。接著，他把大拇指放在馬修胸骨左方五公分之處。

「還有壓力……」

他伸直大拇指、毫不費力的往內壓，馬修嘶啞大吼，臉上表情扭曲成張牙舞爪的愁眉苦臉。客戶吃驚地看著，並好奇地按按自己的肋骨四周。

「還有重擊……」

蓋格舉起手臂，手肘彎成九十度，上臂如彈簧作用的槓桿般猛然重擊馬修的胸部，逼出所有氣息，使他氣喘噓噓，肺部渴望吸進空氣。

「還有侵入，削肉……」

蓋格停下來。

「但這些對我而言太過中古世紀了，」他繼續說，「不過……」

他把手伸到耳朵後方，滑出什麼閃閃發亮而銀色的東西，十公分長，非常非常的細。

「張開眼睛。」

馬修眼皮向上捲，棕眼散布著紅色血絲。

「你知道這是什麼東西嗎？」

馬修瞇著眼看著蓋格大拇指和食指之間的物體，搖搖頭。客戶發現自己在點頭，他曾經罹患椎間盤突出，嘗試過所有的止痛法，他知道那是什麼東西。

「這是針灸用的針，主要功用在於阻礙大腦辨別為疼痛的感覺在神經傳導系統上下遊走，不過也能製造疼痛。」他指尖的針如玩具英雄手上的細小刀劍般閃閃發光，「幹我這一行，有不得不注意到的諷刺之處。」

這話不帶一絲幽默或恐嚇，兩者皆無，使客戶脖子上寒毛直豎。蓋格用空出來的那隻手緊握著馬修的頭髮，馬修脫口發出短暫的喊叫聲——並非因疼痛的反應，而是意識到將要發生的事而不自覺的發出叫聲——蓋格熟練地把針刺進馬修脖子上的脊椎之間。馬修沒有退縮，視線完全沒有離開蓋格毫不留情的面孔。

「事實是，人類的結構異常脆弱，馬修，這根針比一支麻雀的羽毛還要輕，光是在一端放上一顆小孩的眼淚就足以使之彎曲。」

蓋格微微搖搖針，引發一陣刺耳的叫聲。接著他拉出針，哀嚎停止，馬修的臉頰流下眼淚，密集而急促地吸氣吐氣。

「還有操縱關節、加諸極熱或極冷、強迫灌入液體。馬修，事實是，我可以毫不重複地使用各種方法折騰你好幾天。」

蓋格拿開馬修頭上的耳機，把麥克風放在地板上，「至於精神層面的痛苦，我認為你的身體對刺激的敏感性使你得以免於探索那個部分。而情緒上的痛苦——根據你的檔案，你單身、沒有固定對象、獨子、父母雙亡，所以我認為利用這方面的弱點也沒有好處。馬修，你也許不相信，但你是個非常幸運的傢伙。」

客戶希望蓋格好好地揍馬修一頓，讓他吐實後結束這一切，客戶就可以打電話報告後回家。可是見到蓋格時，他意識到不會是這樣的情形。

「馬修，我還沒有要問你，因為我看得出你還沒有準備好要說實話，我不想逼你說謊。」

「天殺的要問什麼就問。我——我他媽的沒辦法告訴你我不知道的事。」

「說得沒錯，」蓋格說，「不相干，可是說得沒錯。」

一個想法使得客戶胃部一陣緊縮，馬修有沒有可能是在說實話？研發部門的規格有沒有可能是別人偷的？所有的線索都指向馬修，可是……

「馬修，水井，」蓋格說，「你在小井底下，所以閉上眼睛。」

蓋格雙手移到兩側，手指不停地在空中拍打，看著的客戶覺得那動作似乎帶著某種規律，彷佛蓋格隔空彈著鋼琴。

「好吧，你已經在下面一陣子了，當身體很長一陣時間無法活動時，心智也會受到影響。黑暗和幽閉恐懼症會影響知覺作用、時機感和自我感，進而製造出一個情緒界線模糊不清的環境。痛苦已退居恐懼之後的次要地位，希望越來越微弱，伴隨而來的是絕望。這種情況一旦發生，你開始看到自己到底是誰，還有你意志力的深度和界線。」

蓋格蹲在馬修面前，「然後你改變了，馬修，小至分子都重新排列，那是最終極的警鐘。」

蓋格閉上雙眼，用大拇指和中指以深思熟慮、精確的動作按摩著。

「我們先簡短休息一下，你待在井裡。」他從口袋裡拿出一條黑絲絨蒙眼布，綁在馬修臉上，「還有一件事。馬修，我學到一旦經歷過某種疼痛之後，預料疼痛再度降臨，幾乎如痛感本身一般地強烈而有力。我認為你遲早會同意我的看法。」

蓋格走出視線範圍之外，燈光再度熄滅。經過幾秒鐘後，觀察室的房門打開，走進來的蓋格看也不看一眼就直接走到吧檯前，幫自己倒了一杯水喝。

「我有點擔心，」客戶說，「我抓對人了嗎？」

蓋格點點頭。

「你確定嗎？」

蓋格再度點點頭。

「你怎麼知道？」

「我已經向馬修解釋過了，」他放下空杯子，「你不是在聽嗎？」

「沒錯，托斯卡尼尼。可是他為什麼還沒有吐實？」

「他還沒有到達臨界點，不過很快就會到了。」

「臨界點？」

蓋格再度點點頭，臉上表情似乎表示他不想再做一次，「目前，馬修最害怕的是，如果招認的話可能會發生什麼事，而不是不招認會發生什麼事。目前而言，刑求的現實比死亡的可能性來得好，不過這種情形會改變的。」

客戶好奇蓋格微笑起來是什麼樣子——如果他曾經露出笑容的話。

「我們沒打算取他的性命，」客戶說，「只想知道他把資料賣給誰。」

蓋格眼睛眨也不眨地瞪著他，「可是他並不知道這一點。」

蓋格離開，客戶嘆口氣，轉頭回到鏡子和黑色的無底洞。擴音器以顫抖的天使之翼將蓋格溫和的聲音傳送到他的耳裡。

「馬修，你在井底嗎？你可以回答我。」

馬修的聲音聽起來彷彿粗糙木頭上的砂紙。「是的，我在井底。」

「很好。」

接著馬修開始尖叫，音量之大，使得擴音器傳出的聲音因失真而刺耳。天使就此四散，客戶轉頭伸手拿起耳塞。

第一部

1

凌晨四點，蓋格站在後門門廊看著一隻蜘蛛結網。

天空下著雨，地平線上煙灰色而多雲的天空如舊拼布被般烏雲密布。一滴水珠懸吊在一條剛結成的蜘蛛絲上，從門廊懸掛延伸到一公尺下方的木製欄杆上。蜘蛛網如吉他弦般受到微風拉扯，雨滴顫抖但屹立不搖。接著，蜘蛛搖晃著臃腫的腹部往下爬，開始結一條新的蜘蛛絲。

稍早，蓋格在記錄他對馬修的執行過程。隨著《胡椒軍曹》的音樂從一點八公尺高的海沛里昂擴音器裡流瀉而下，他感覺到非凡的超低音精確地回應麥卡尼撥弄吉他琴弦的聲音。一如往常，貓躺在書桌上，在鍵盤右方伸展著身體；每隔幾分鐘沒被抓癢時，它就舉起前腳拍拍蓋格的手。蓋格抓抓它失去的左眼上方的疤痕時，貓所發出的咕嚕聲近乎雷鳴。蓋格並不清楚它受傷的情況，三年前，小傢伙出現在後門門廊時，就已經是這個樣子了。他也不知道貓的名字或來歷——也就是說，他們多少有點同病相憐。

蓋格總是在執行過程結束的當天晚上，趁著腦海裡的作用力與反作用力還鮮明之時，就寫下筆記；他發現，即使是幾小時的睡眠，也會使記憶的鮮明度模糊。第二天，他的同伴哈利會用電子郵件寄來一份執行過程錄影的副本，蓋格會再檢視一次，在相關處填上評語。

他工作時坐的是一張特別訂製、符合人體工學的椅子，可是他仍然必須每十五分鐘就起來走動，否則左腳會一路刺痛到腳趾。這些年來，他為了這個問題看過三位專家，其中一名醫生稱之為「死腳」，他們全都意見相同：唯一可行的方法是重建手術。蓋格告訴他們，不管有何理由，任何人都不能在他身上劃上一刀。才剛檢查過他的醫生很瞭解他對此事的感受。

蓋格走出後門以減緩麻木感，順便抽根香菸。他不在屋內抽菸，因為房裡走味的菸味會影響到自己的專注力。幾個月前他剛開始坐上躺椅時，柯立醫師追溯此事到他的父親及他一根接一根的駱駝牌香菸。直至今日，這是柯立醫師唯一從蓋格身上拉出關於他父親的影像；在夢裡，蓋格看到父親面無表情的臉龐低頭瞪著他，飽滿的雙唇間夾著一根香菸，彎曲的煙霧從鼻孔噴出。蓋格記得自己當時想著，上帝就是長這個樣子，只是身高更高一點。

他摸摸剛從開著的門出來的貓，它磨蹭著他的腳踝。他抱起貓，把他毛茸茸的身體蓋在自己的肩膀上。除了趴在書桌上之外，這是貓最喜歡的位置。

蓋格點起一根幸運牌香菸，看著蜘蛛充滿決心地以數不清的完美手法表演唯一的任務。想像木匠在肚子裡製造釘子後再吐出來，用手當榔頭；想像音樂家拿自己的身體當作樂器。蓋格不禁思索，除了人之外，還有什麼生物能如此勤奮又具藝術性的創造殺戮裝置？

蓋格是細節的使徒與奴隸。他無時無刻地不在分解、萃取精華、定義整體的各個部分，因為在「ＩＲ」，也就是情報擷取這一行，細節是最重要的。他的目標是把整個過程改善到近乎藝術化的程度，因此，從蓋格進入房間的那一刻起，每一件事物都具有某種程度的重要性，並且需要認知到如此細微之處：每個表情、每個說出的字眼、每一次的沉默、每個抽搐、匆匆一瞥及動作。只要讓他和一名瓊斯待在同一個房間裡十五分鐘，十有八九他能在對方有動靜前，就知道對方對什麼樣的動作會有什麼樣的反應：恐懼、挑釁、絕望、虛張聲勢、否認；有模式、循環、行為上的克制，只要小心注意就能夠瞭若指掌。他藉由聽音樂學習到這一點；他瞭解到每個音符在整體所扮演的角色，每個聲音如何和其他聲音相互影響、互補。他可以哼出一千首曲子裡的每一個音符，全都在他的腦海裡。如同情報擷取一樣，在音樂中，每一個細節都很重要。

然而，就算有無數可能出現的因素，蓋格對自己工作的看法卻相對單純。隨著客戶和瓊斯而來的任務，幾乎總是不出以下三個基本情境。

第一：偷竊。瓊斯從客戶處偷了什麼，客戶要討回。

第二：背叛。瓊斯犯下不忠或背叛的舉動，客戶想知道每一個共謀的身分及潛在影響的嚴重程度。

第三：需要。瓊斯擁有客戶想要的情報或知識。

人類個個不同，但也只有這麼多層面而已，蓋格的副本一再證明這一點。自從做這一行以來，他已經寫滿了二十六本十公分厚的黑色檔案夾，如今整齊排列在他的書桌上。他能以職業、年齡、淨值及最重要的指控內容交互比對筆記本裡的資料，這些資料夾是情報的百科全書，針對威嚇、威脅、恐懼和疼痛的回應與反應。可是頁面上沒有關於死亡的資料，蓋格從未讓瓊斯死在執行室裡，十一年來，一個都沒有。如同卡密尼說的，蓋格的紀錄完美無瑕。

蓋格的客戶來自私人企業、法人世界、犯罪組織及政府。四年前，他甚至在祕密地點為情報局幹員做過一場。他們相信自己的方法是走在時代尖端，但蓋格馬上看出他們大大落後，談到拯救世界時，他們所追捕的只不過是拉掉蒼蠅翅膀的人而已。在情報擷取這一行，專長是無可取代的。愛國心、宗教、對是非的堅定信仰都得擺一邊，最後只剩下謊言與真相，兩者之間的距離可能近到沒有空間容許正直和堅定來搗亂。當他工作時，祕密地點的那些幹員在陰影中觀察著他，如穴居人般看他用都彭打火機點火。

他是這門工藝的學生，也是歷史學家。正如那些黑色資料夾包含他所有的工作內容，他也是這一行活生生的教科書——起源、基本理論、方法和演變。他知道人類至少從一二五二年起，就開始毫無歉意的使用刑求，當時，教皇英諾森四世授權使用刑求對付異教徒。自從這次官方批准後，無數的時間與精力便貢獻在創造、改良使人痛苦的方法，就只為了追求一個人或一群人認為不可或缺的資訊或真相。這個行業沒有文化、地理或道德的成見，歷史證明只要你有基本工具——榔頭、鋸子、銼刀——和基本材料——木頭、鐵、繩子、火——就足夠了，再加上最簡單的物理和對於結構的理解，就可以搞這一行。

蓋格的教育始於研究這些先鋒的直覺和基本選擇，某些方法和技巧特別有效，包括：

尖銳物品。「猶大之椅」在西班牙宗教法庭的成功，促使大多數歐洲國家開始訂製自己的版本。義大利人稱之為「猶大的搖籃」，德文稱之為「猶大椅」。無論使用什麼名字，指的都是一張金字塔形狀的椅子，被繩索吊掛的瓊斯便掛在椅子上方。

裝箱和壓力。「鐵娘子」是一個直立的石棺，內裝尖刺及縫隙以供偵訊時插入不同的尖銳或尖叉物品；同時，在某種程度上這也是感知剝奪方法的始祖。「半筒厚底靴」、「西班牙長筒靴」、「馬來壓腳機」都使用壓縮和操控手法斷腿。「蝶形螺釘」只限用於一隻手指，但只要口袋裡帶著一副，隨處都是偵訊者的刑求室。

束縛與伸展。「拉扯台」是科技的進步，加上滾筒、齒輪和手把後，使人能迅速地以極小的差別增加或減少身體的痛楚。

水刑是西班牙宗教法庭偵訊者的另一項腦力結晶。他們瞭解到就長遠看來，將瓊斯浸在水裡可能有效果，但水刑幾乎立刻引發嗆到後的反射動作，加深死亡的恐懼。

高溫一直都是刑求這一行的重要方法，思索一下「把腳放在火上」這個措辭，還有撕裂和剝皮。同樣有效的還有一連串各種不同的工具，從最簡單的使用老虎鉗拔指甲，到複雜如「焦慮之梨」，這個工具利用鉸鍊及通常精巧蝕刻的鐵製工具插入陰道或肛門，利用螺旋把手緩慢地擴張。工具目錄包羅萬象：輪子、貓爪、壓頭器、鱷魚管、頭手枷、吊刑等；這些刑具都在工業革命之前就已發明出來，而蓋格也漸漸瞭解到刑求這一行並非偏差行為。為了權宜及探求情報，人類一直都願意超越自己的法律，背叛信仰，只為了將刑求異議者的行為合法化。

經過許多的研究與考量之後，蓋格發展出一套標準作業流程。他只接轉介來的案件，需要他提供服務的公司或個人會被轉到他的網站，取得密碼後，再由他的伙伴哈利立刻審查此案件。如果哈利認為無可疑之處，他會要求潛在客戶送上瓊斯的初步資料，接著哈利開始深入挖掘資料，在幾天內整理出一份更詳細的內容。哈利很不好惹，可是沒有人做得比他更好，他可以找出連瓊斯的伴侶、最要好的朋友、政府都不知道的事，甚至連瓊斯自己都不知道。等蓋格讀過整套檔案後，他會告訴哈利是否接下案子。

蓋格有三個規則：雖然哈利從來不曾接過這樣的客戶，不過蓋格不接兒童的案件。他也不接過去曾經罹患心臟病的人，不接七十二歲以上的對象——蓋格曾經讀過研究報告指出，超過這個年齡，心臟病發作及中風的風險升高至無法接受的程度。

不過有一個灰色地帶：急件。蓋格認為「所有的線索都很重要」，「瓊斯並非他或她所扮演角色的完整總和」。因此如果客戶希望越快越好，也就是急件，蓋格通常會婉拒。有這麼多的資料要吸收：肢體語言、口語回應、聲調、臉部表情、一連串的資訊形塑他的選擇和決定——不論多麼的細微，一個錯估或錯誤的結論都有可能搞砸執行過程，甚至把他的私人宇宙戳破一個洞。這也就是蓋格為什麼比較喜歡由內到外的工作方式，遵守依據哈利的研究資料所擬定的策略。有些像達爾頓這種專業好手習慣採用由外到內的方式，也就是較為單一的手法——直接採用殘暴手段。可是使用他那種方式時，客戶未必能確定執行過程結束時瓊斯的狀態會如何——雖然在某些情形下，這並不是問題。

正如情報擷取這一行的同業一樣，蓋格聽過許多關於達爾頓的故事，最有名的一個來自「沙漠風暴」。當時科威特警察抓到海珊的親信偷偷越過邊界，他們花了一個禮拜時間在那名伊拉克人身上下工夫，可惜一無所獲，因此他們找來達爾頓，由他全權處理。這種執行過程稱為「不可放」，是「不太可能釋放」的簡稱，意思是偵訊後讓世人再度見到瓊斯大概並非明智之舉。達爾頓第一次問問題時，這名伊拉克人露出微笑，達爾頓用一支圓刀剪割掉他的一片嘴唇，接著用上一把空氣釘槍——然後瓊斯便給了達爾頓想要的資訊。這個故事也許聽來可信度不高，卻使達爾頓一炮而紅。在情報擷取這一行，有「說你什麼事都幹得出來」這種名聲絕無壞處，因為大多數的客戶視瓊斯為敵人，實際上要的也不只是賠償或啟發而已，他們希望自己一出手就能重擊對方。

在蓋格看來，政治、商業和宗教是歷經戰役傷痕的拳頭上碩果僅存的三根手指；然而，真相則是就算受傷的拳頭也能握住、掌握的武器。這是非常多樣化的商品；可以交易、有助達成目的，或製造獲利。然而，這是一個不安定的元素，只有短暫的半衰期，因此必須在獵物於客戶眼前崩潰之前迅速使用。早期，蓋格便已學到真相無關神聖，只是市場上最熱門的產物，情報擷取這一行的任何人如果相信自己是依循某種公正的法則在行動，那可不只是自欺欺人而已。

貓從蓋格的肩膀上跳到門廊的欄杆上，繼續每夜的行動。它總是在早上五點鐘準時回來，生理時鐘近乎完美。

蜘蛛已經完成了當晚的工作。一隻陷在蜘蛛網裡的巨大條紋飛蛾猛烈地掙扎著，並不知道自己越是努力掙扎著要逃脫，就陷得越深。蜘蛛毫不遲疑地從右上方角落爬下來，不疾不徐，彷彿目的次於手法，這餐飯只不過是這藝術品所設下的圈套的副產品而已。

蓋格再點起一根幸運牌香菸，隨著蜘蛛逼近獎品，蓋格把打火機的火焰放在一條懸吊的蜘蛛絲下方，蜘蛛網、飛蛾和蜘蛛都在瞬間灰飛煙滅。

蓋格決定目前還不要去思考自己的行為，回到屋內，明天再跟柯立談一談。

2

馬丁・柯立醫師站在十八樓露台的欄杆旁，在會談間的空檔抽著萬寶路淡菸，皺著眉頭。自從改抽淡菸之後，這個例行公事已經成為他一系列自我否認、令人不滿的行為中最新的一樁，目的是避開死亡的侵襲。促使他專注、揮別舊習的並非六十歲這個里程碑，而是離婚的餘波。無論多麼地陳腐與固定，這段長遠的婚姻及隨之而來無數的傳統提供了令人麻木的持續性，以千篇一律遮蔽了時間之流。自從莎拉離開後，他的孤獨每天提醒著自己的年紀及進一步退化的可能性。首先，他用含脂量百分之一的牛奶取代咖啡裡的奶油；接下來以健怡可樂取代一般可樂，以化學人工餘味取代真正的美味。接著是改喝阿姆斯特淡啤酒，需要自我催眠才能讓他相信自己是在喝啤酒。如今，這毫無樂趣的吸進無味香菸的舉動，等待著脈搏中不再出現的悸動。失去了隨之而來的樂趣之後，抽菸這回事被打回原形：只是一個過於懶惰的心靈綿延不絕的癮頭，這心靈能勤勉地探索他人的內心世界，卻懶於探索自己。

看著西八十八街的路口，柯立看到蓋格轉過街角，走向自己所在大樓的側門。八個月前，蓋格在一個精神疾病網站上的名單裡找到柯立的名字，來電約了時間。在他們第一次的會談中，他揭露自己出現的原因：兩個月前，他夢到一個非常複雜又具戲劇性的夢境，伴隨而來的是嚴重的偏頭痛。他告訴柯立從那之後，這個夢境每隔兩、三個禮拜，就以稍微不同的版本出現在他的心靈舞台上，每次都由劇烈的偏頭痛展開第二幕。在他們所有的會談中，蓋格都非常精確、坦率、提供不帶情緒的報導。柯立發現這位新病人是令人好奇的矛盾體，相當於一顆聰明的石頭。

第一次會談結束時，蓋格決定繼續療程，並提出兩個要求。首先，他只會談到夢境，不會談及自己的過去或是在柯立辦公室外的生活。第二，他必須持有這棟大樓服務人員出入口的鑰匙，讓他不用穿過大廳。

當時，坐在座位上的柯立抓抓斑白的鬍子問為什麼。

「因為我知道怎麼做對自己最好，」蓋格這樣回答。

這是柯立第一次聽到蓋格慣用的語調，後來又聽過無數次：平穩、無抑揚頓挫，其中所夾帶的確定性似乎使進一步的討論變得毫無必要，甚至沒有意義。蓋格的第一條規則將所有討論侷限於夢境裡的事件，這表示嚴重侷限了一般治療的界線，他要求鑰匙這件事也遠遠超越了可接受的規則，從來沒有病人這樣要求過。然而，柯立兩者都同意了。蓋格的夢境顯然是自身所未曾認知到的極端混亂，卻在柯立黯淡的餘燼灑上汽油。當時，他希望蓋格會再上門。

從他的露台上，柯立看著蓋格用鑰匙開啟服務人員出入口進入；柯立把手上的香菸丟在沒有花的黏土盆裡，回到辦公室。

柯立瞪著腿上的筆記本。他最近才開始在會談時記筆記，過去他總是在會談間匆匆寫下幾行字，晚上再加以補充。後來他注意到自己的記憶在夜間會出現些許的遲鈍，回憶細節時有輕微的延滯。他試過服用銀杏，但由於常常忘記便乾脆放棄。

「所以，」他說，「蜘蛛網織好了，捕到一隻飛蛾，你把它們全都燒光。你認為這是什麼意思？」

蓋格躺在沙發上瞪著牆上的書架，他記得這文學的天際線：每本書的書名、作者、顏色和字型。書架下層中央放著一幅裱框照片，照片中一棟格局凌亂的大屋坐落在雄偉樹林間的起伏草地上，強烈的線條及屋頂的角度對他很有吸引力。他曾經問過柯立這棟房子，只得到簡略的回應。蓋格只知道這棟房子有百年歷史，位在紐約州的冷泉鎮，距離大約一小時的路程。

「我認為這是什麼意思？」蓋格說，「我不確定，你認為這是什麼意思？」

「嗯，」柯立說，「有可能是關於控制。權力。」蓋格的指尖以不同順序、速度和節奏的變化組合拍打著沙發。對柯立而言，這些柔和的敲擊伴隨著口語，已成為會談的一部分。在治療的頭四個月，蓋格只有在夢境及偏頭痛事件發生後才會約時間，而且只討論這件事。不過漸漸地，不定時的會談演變成每週一次，有時每週兩次。最近，蓋格似乎對自己的第一條規則比較沒有那麼嚴格。就像今天一樣，有時他甚至會報告實際發生的事件。

「也許是關於完成，」蓋格說。

「很有意思。」

「真的嗎？」

「我是這麼認為，」柯立回答，「你大有可能說是『毀滅』，可以被視為是完成的相反。」

「馬丁，說得好。」

在三十年來的會談生涯裡，在蓋格出現之前，從來沒有病人對柯立直稱其名。第一次發生時，此舉在他們之間平穩的表面上散發出漣漪，使這位心理醫師坐立不安，動搖內心深處的某個角落。這姿態中自願透露出的親密和蓋格本身的高深莫測是如此地互相矛盾，柯立未曾對此說過什麼，最後，他接受這是他們不尋常互動中的一部分。

「每一件事都是一個過程，」蓋格說，「開始、中間、結束，這樣對我最有效果，你知道這一點，完成。」

蓋格的視線轉移到幾年前曾經發生過漏水損害的天花板上，雙眼總是被修理造成的些微質地改變所吸引。他很清楚他們如何進行每一個步驟，因為他自己就曾經做過同樣的工作好幾百遍。

「你認為我們為什麼在討論那隻蜘蛛？」柯立說。

蓋格彎起右膝，慢慢把腿拉到胸前，柯立等著聽到骶關節那熟悉、柔和的劈啪聲。

「蜘蛛完成了它的網，」蓋格說，「所以我為什麼把它燒掉？我不確定。因為那是我的地盤？」

「在你的地盤，只有你能決定什麼事情該結束？」

「舉目所及之國王？」他口中傳出溫和的聲音，也可能是一聲嘆息。「這是一句台詞什麼的，對不對？」

「《李察三世》嗎？」柯立說，「《烏龜大王耶爾特》？」

「什麼？」

「是一本童書。」

等待著的柯立用指尖刮刮長鬍子的臉頰，再換另一邊。可是蓋格的沉默彷彿一扇緊閉的門扉。

「你記得什麼童書嗎？」柯立問，「還是歌曲？有想到什麼嗎？也許是玩具或是——」

「沒有，沒有想到什麼。」

經過這些日子，柯立已經將蓋格視為一個迷失而深受困擾的小男孩，不知為何卻保持無畏。由於蓋格的夢境是柯立實際上唯一能夠參考的情境，而他對這名男子又一無所知，因此，對他們會談以外的世界，柯立也只能猜測了。就算如此，蜘蛛的故事和這樣的對話內容使柯立相信，蓋格內在的小孩被埋在劇烈創傷的瓦礫堆下，魅影大於實際的存在。有時候，柯立覺得自己彷彿招魂會上試圖聯絡亡靈的媒介。

柯立瞄一眼手錶，那是妻子給他的最後一份禮物，錶身背面刻的是「時光流逝何處？愛你的莎拉」。

「我們的時間快到了，」他說，「所以，讓我丟點東西給你思考——關於蜘蛛。」他拉拉膝蓋上的筆記本寫下：移情作用？「也許，放火燒蜘蛛網的意義不在於完成或勢力範圍，」他注意到蓋格飛舞的手指更加劇烈，「也許你是不希望蜘蛛殺死飛蛾。」

蓋格的手指打住，身體坐直。柯立看著他襯衫下過度發展的協方肌變換線條，蓋格總是穿著長袖、黑色全棉磨毛襯衫，領口扣好。

蓋格站起來左右轉動頭部，柯立聽到兩聲劈啪聲。

「值得深思，」蓋格說，接著又說，「馬丁，告訴我一件事。」

柯立預期到這個要求，因為這已成為過程的一部分，蓋格離開前的例行公事之一。通常是「告訴我一件事……」隨之而來的是一個問題，或是「對了……」接著出現看起來似乎不重要的消息。柯立知道這最後的交流幫助蓋格在一個本質上開放式的過程中製造一個結尾，根據會談的進程，賦予他臨別時的控制感。

「你常常去你的那棟房子嗎？」蓋格問。

「沒有，」柯立說。

「為什麼？」

柯立把他的筆記本放在桌上，「我們該結束了。」

對蓋格而言，早晨往返柯立辦公室的路程總是一場感官饗宴。中央公園西大道的景象令人眼花撩亂：計程車如黃皮膚的中量級般在車陣中佯裝攻擊；呆滯笨拙的公車嚓嘎嚓嘎地喘息前進；狗和遛狗人到處嗅聞，互相打量；慢跑者在交通號誌前等待進入公園時伸展肉感的後腿肌肉；橄欖膚色的男子拉著熱狗車或希臘烤肉攤車跋涉過溝渠，彷彿拉的是灰心喪志的苦行僧。對蓋格而言，這都是純粹的刺激，各種顏色、形狀、聲音、動作的衝擊。他不放過最低調的色彩或音調或手勢，可是也沒有出現進階的、更洗練的回應。他吸收一切，但什麼也不保留。他既是吸塵器也是無底洞。

他已經在紐約住了十五年，抵達這個城市之後，就開啟了他唯一曉得的生活方式。一九九六年九月六日，他搭乘的灰狗巴士停靠在四十二街與第八大道路口的紐約港務局車站後，司機搖搖他的肩膀，叫醒睡在最後一排的他；一個幾乎成年、但無法斷定年紀的蓋格出生了。這個男孩／男人猜測自己大約近二十歲，除此之外，他對自己陌生的程度不亞於城市人行道上經過的人群。

他是個帶著傷痕、痛楚的身體，沒有負擔的心靈，也無記憶卡的人體機器，只能依賴直覺運轉。

第二天，走在哈林區的街上時，他停下來看一名裝修工人從一棟荒廢的褐石建築鋸下一個新的窗框。過了一會兒，他穿過沒有門的入口要了一份工作。那是個無邪而不假思索的行為，當工頭問他是否會木工時，他回答會，但並不知道原因。

他在裝修業待了四年，從不在同一家公司待太久，專做不遵守工會規章的晚班，主要在哈林區、布魯克林及蘇活區，為了存錢，晚上偷偷睡在裝修建築的地下室。所有的公司都私底下付現金給他，不需要身分證字號、不需要聯邦保險貢獻法稅、沒有文件紀錄。起先他用的名字是葛雷，後來是布雷克。某天經過邦諾書店時，他看見由H・R・吉格（Giger）寫的一本書，深深受到其中拜占庭影像的吸引，還有這帶有兩個g的名字。為了視覺的對稱性，他加了個e變成蓋格（Geiger）。

一天晚上，在威廉斯堡的一棟褐石建築收工之後，他睡在建築物地下室的狹小空間裡，凌晨三點被下樓的腳步聲吵醒。他躺在那裡看著手電筒的光線在狹小空間裡來回飛舞，聽著兩名男子一面討論任務內容一面走動：他們打算在剛蓋好的石膏板後方裝竊聽器管線，以記錄可陷卡密尼・德拉諾得於罪的某段對話。

「聽說德拉諾有十幾間這種東西，」其中一名男子說。

「我妹夫在房仲業工作，」另一個人說，「他說等他們把拉丁美洲人和黑人都趕出去之後，這裡會值一大筆錢。低價買進，裝修，高價賣出。」

「這些竊聽器很浪費時間，你知道嗎？德拉諾太聰明了。」

「也許，可是我聽說他們已經快讓他手下一個副手變節了。」

「對，嗯，他們試過讓很多人變節，可是他們大都不肯開口。他們用盡一切方法：心理戰、勒索、甚至偶爾用上暴力，那些傢伙他媽的就是不肯開口。」

「一定是很奇特的工作。」

「什麼？」

「讓人開口說話，強迫硬漢開口。你不能光是用拳頭讓他們開口，對吧？你得用上更圓滑的招數，你知道嗎？」

「不過有人知道該怎麼做，偵訊師、專家，他們知道怎麼讓人敞開心房。」

隨著這兩名大概是聯邦調查局技工的人繼續交談，躺在黑暗中的蓋格感覺到某種事物冒了出來，無重地飄浮在空中，強烈到足以召喚他的直覺朝向一個方位，遵循行動步驟。

他曾經感受過這種活力與吸引力。站在哈林區這棟破敗的褐石建築前，他的體內曾經湧上一股彷彿來自分子層次的衝動，這次他也感受到了，一種基因的召喚，如同雪崩破壞一切般地強烈與不顧一切。

3

哈利・柏迪克抬頭瞪著明亮、網狀鋼索伸展的布魯克林大橋，又瞪著滑過東河上方的一架直升機，如巨大的螢火蟲般在靛藍的夏日天空嗡嗡作響。

他瞄一眼停在羅斯福大道下方的深藍色廂型車，瓊斯在後座，嘴巴塞住，身體綑綁著，用膠帶貼在金屬行李箱內側。他是卡密尼的收帳員之一。十五分鐘前，卡密尼的三個手下送貨時告訴哈利，他們抓那個傢伙時不得不下重手，他們趁他在女友公寓上她時抓了他，給了他一對黑眼，也許鼻子已骨折，還有幾根肋骨斷裂。

這時哈利得找蓋格來。他們上次受傷的瓊斯是一名來自普洛維登市的商務經理，當時蓋格不停說著必要的狀態、受損的起源、降低的可能性，絲綢般的聲音毫無起伏，接著取消了任務。由於卡密尼會拿到往常一樣的折扣，這件任務只值一萬二，可是一想到自己失去的那一份三千大洋，一股酸楚馬上從大腦衝到胃部，打了一個苦澀的泡泡再往食道衝。他們已經五天沒有工作了。他又吃了兩顆制酸劑，不論他們在那白色粉末狀的混合物裡加了什麼東西讓舊版「更新更改善」，對他的胃似乎沒什麼差別，仍然一如往常的攪動與咆哮。

他遠遠走離廂型車，戳打自己的手機。蓋格會在鈴聲第三響時接聽，不是第一聲或第二聲，也不是第四聲，總是在第三聲。

「哈利，什麼事？」蓋格接電話。

「關於今晚，有問題，受損商品。」

「哈利，細節。」

哈利嘆口氣，「一隻眼睛腫得張不開，也許鼻子骨折。肋骨也是。」

經過短暫的沉默之後，蓋格說，「更改地點。哈利，帶他去布朗區。」

「好，」哈利如釋重負地閉上眼睛。蓋格願意接這份工作。

「還有，用異丙酚而不是美索比妥。兩西西。」

「好，異丙酚，兩西西。」

哈利來電時，蓋格正在後院做單手伏地挺身：左手五十下，右手五十下，接著變成四十下、三十下。微風吹乾他赤裸身上的汗水。後院是一片六公尺乘四點五公尺的綠色綠洲，密集蔓生於都市磚塊和柏油之間的幾何水泥。這片綠地襯以橡木長凳及優雅的挪威楓樹，三面木製高牆由蓋格使用超過一百片三公尺高的垂直木板條所建造完成。圍籬最長的那一側位於房子背面，東西向，蓋格把每一條木條切割成特定的長度後，再削掉或挖掉每塊木條上端，如此一來，當他從後院門廊看出去時，整片圍籬上方就是後方建築所形成的天際線按比例的完美複製。

早先，蓋格研究過瓊斯的檔案，在腦海中建立情境。約翰・「傑基貓」・馬西莫是卡密尼的手下，以任何標準來看，都是個不好惹的傢伙，四十二歲的他身材矮胖但肌肉發達，用起暴力一點也不手軟。年輕時胸部中過刀，大腿受過散彈槍傷。而且他是愛貓人士：養了六隻貓。可是，此刻馬西莫深受肉體的痛楚，也許視力受損，所以蓋格必須重新安排一切——執行室、策略、方法。不過他壓根沒想到要取消工作，他不會這麼對待卡密尼。

十一年前，卡密尼給了蓋格第一份情報擷取的工作。就在蓋格聽到那幾個聯邦調查局技工對話的第二天，他上網路咖啡店找到聞名黑幫老大卡密尼・文森・德拉諾的照片，還有他位於小義大利「美人餐廳」的地址。蓋格讀了幾篇關於卡密尼的報導，知道他算是有遠見的人物。一九八〇年代早期，他就開始在行政區內到處以超低價購入荒廢的褐石建築，顯然抓住了所有的機會，這些房子提供他合法掩護、洗錢場所、回扣合約；十五年後，鈔票如潮水般湧進他的手上。其中一篇報導引述聯邦調查局的消息來源，聲稱最近卡密尼在房地產賺的錢大於地下錢莊和賭場的總和。

那天晚上，蓋格走進卡密尼的餐廳，交給領班一個密封的信函。

「把這封信交給德拉諾先生，」蓋格說。

也許是蓋格的態度產生立即的影響，也或許是領班常常送信給老闆，無論如何，他不發一語地接下信走開。蓋格認出卡密尼和三名男子坐在角落的一張餐桌前。每次轉頭，他藍眼珠的光彩及銀白頭髮就閃閃發光，彷彿體內有電流交替運轉。

領班彎身靠近老闆在他耳邊低語，並遞出信件。卡密尼看著送來的東西，目光轉向蓋格，以沉著的目光打量著他，蓋格看見睜大、天藍色的眼珠裡淡然的陌生感讓位給一抹好奇心。卡密尼用他光亮的拇指甲打開信封，拿出裡面的單張紙閱讀。他有條不紊的摺起那張紙，撕成兩半後再撕第二次、第三次，把碎片丟進桌上一個瓷杯裡，點燃火柴燃燒。

他的嘴唇翕動，發出的字句驅使他人移動。領班離開，卡密尼的三個同夥起身站在他背後，背貼著血紅色的錦緞牆面。卡密尼再次看著蓋格，舉起兩根粗壯的手指彈一下，向蓋格發出帝王般的命令要他走近。

當蓋格距離一公尺時，卡密尼指著他，蓋格停下腳步。卡密尼彎身朝著燃燒的紙片吹熄火焰，杯中升起無精打采的煙霧，卡密尼把煙霧揮向自己，深深而享受地吸了一口。接著他抬頭看著蓋格。

「我已經不准再抽菸了，」他說話的聲音隆隆地迴盪著幾千根深深吸入的香菸，他沮喪的聳聳肩，靠在椅背上，「你們……」他說，三名守衛慢步走向吧台。

「坐下，」卡密尼說。蓋格滑進一把椅子上，卡密尼幫自己倒了五公分高的奇瓦士威士忌，把瓶子放在蓋格面前。

「我不喝酒。」蓋格說。

卡密尼舉起杯子喝了一小口，「三年了，我還是不習慣喝奇瓦士威士忌時沒配上幸運牌香菸。」他放下杯子，「你上夜班賺多少錢？我該付你多少錢？」

「一個晚上一百五十塊。」

「現金，不入帳，所以其實應該是一天兩百二。」

「對。」

「這些錢早就夠你租一個房間了，不是嗎？」

「是的。」

「可是你卻睡在我的房子裡，那是不允許的，蓋格先生。」

「我知道。」

「那你為什麼這麼做？」

「這樣我可以省下很多錢。」

卡密尼寬闊的嘴唇一角往上揚，「蓋格，你是在唬爛我嗎？」

「不是。」

「你知道我是誰，對吧？」

「知道，德拉諾先生。我讀過關於你的報導。」

卡密尼的嘴唇繼續往上揚，成為完整的微笑，「好，」他說，「首先，你不能再睡在我的房子裡。第二，我感激你對聯邦調查局的事隨機應變。我會處理。」他伸手進西裝口袋拿出一個灰褐色的真皮皮夾，「五百塊可以嗎？」

「我不要你的錢，」蓋格說。

「不要？你睡在我的房子裡賺太飽，所以不需要錢是嗎？」

「我有一個問題。」

「問吧。」

「關於你的副手，你要怎麼找出那個打算背叛你的人？」

卡密尼皺起眉頭，「有可能是那五、六個人之中的一個，我認識某個人，他可以查出來。」

「我做得到。」蓋格說。

「你做得到什麼？」卡密尼問。

「查出你需要的資訊。」

「那你怎麼做得到，蓋格？」

「我會問你的副手問題，他們會告訴我實情。」

「所以，你不做裝修工程的時候是在管真相這一行？」

「情報擷取。」

卡密尼彷彿狗聽到遠處口哨聲一般歪歪頭，他在評估聽到的音調，蓋格說這兩個字時不帶絲毫諷刺或挖苦。

「情報擷取，」卡密尼說，「懂了。好吧，所以我現在在想些什麼？」

「德拉諾先生，我不會讀心術，」蓋格頭部向右轉，勉強聽得見一聲卡嗒聲，「不過，你可能在猜我也許是精神異常或智障。」

卡密尼的笑容如淺水處的鯊魚般在表面之下遊移，「我猜我沒辦法要求看履歷表，是嗎？你在這方面有經驗……情報擷取，對嗎？真話這一行？」

「有人說謊時我看得出來，我光是看著人就知道很多關於他們的事。」蓋格把頭轉向右邊，又一聲卡嗒聲，「你是左撇子。」

「沒錯，你怎麼知道？」

「你的眉毛。」

「我的眉毛？哼？接下來你要看我的手相幫我算命？」

「那個我不會，不過你的右眼視力比左眼好；你左手有兩根手指、也許是三根，很久以前脫臼過，現在還會痛，也許是風濕痛。」

卡密尼不自覺地彎曲左手的手指，接著彎身朝向蓋格，直到他們的臉近到只隔幾公分，「有人告訴過你，你是個奇怪的混蛋嗎？」

「有，有幾個。」蓋格的手指不安地在桌面上顫動，「讓我參加第一次偵訊。」

卡密尼皺皺眉頭，又倒了五公分高的液體。他瞪著玻璃杯出神，彷彿聆聽著一生所仰仗的一萬個直覺，接著眼神中散發出直覺智慧的光芒。

「蓋格，你有手機嗎？」他問。

「沒有。」

「去弄一支。」

做完每天例行的伏地挺身後，蓋格回到屋裡，站在自己設計、自己搭建的巨大ＣＤ櫃前，一點八公尺平方的櫃子以完美無瑕的櫻桃木製成，內附十個滾軸架，可存放一千八百多張專輯。他掃視這寶玉箱，拿出史特拉汶斯基的《敦巴頓橡樹園》，打開擴音器，把ＣＤ放進播放機裡，海沛里昂擴音器傳出一陣輕快的小提琴旋律。

他走到一扇門前打開，裡面是一座小型衣櫃，只有一點二公尺見方，牆面上的鏡子從地板延伸到天花板，音樂從嵌入的博士迷你擴音器中流瀉至衣櫃裡。

仍然赤裸的蓋格瞪著鏡中自己的三個反射影像，檢視緊繃皮膚下粗壯如電纜般的肌肉、彎曲的膝蓋骨、腳踝外側明顯的鼓起處。他彎過身轉頭看到側彎的上脊椎及臀部異常平坦的脊椎底部。一如往常，他特別專注地凝視那無數剃刀般、水平欄狀的細疤痕從腿背肌肉延伸至小腿，一直到後腳踝肌腱，看起來就像囚犯在牢房牆上耐性而規律刻下的線條。

蓋格走進衣櫃裡側身躺下，把身體蜷曲成球狀以擠入空間裡。他伸手關上門，閉上雙眼。隨著音樂在四周流轉，每個音符都如鮮豔欲滴的彩色發光體、如夜空的流星般留下將熄滅的尾跡。他也能品嘗到聲音的味道，每個樂器和音調都傳達不同的味道：大提琴刻畫出漫長海藍色的線條，是甜美而沉著的風味；小提琴潑灑出熱烈的紅線，加上些許的肉桂。

他正身處黑暗之中，他需要思考。

4

傑基貓被貓的哀鳴聲吵醒。他的眼睛很痛，而且只有一隻眼睛能張開。他記得自己被拉下床，記得被膠帶綑綁，被迫進入一座巨大如棺材般的鋁製行李箱裡，後來他也記得有人打開行李箱把針刺進他的脖子。其他則是一片空白，直到現在。

他身處黑暗之地，完全無法感覺其範圍大小。他看得出自己四肢成大字型被垂直懸吊在一個幾何構造裡，由螺絲將鐵條以九十度鎖在一起，形成一個約三公尺立方的空洞立方體。他一絲不掛，手腳伸直四十五度角，手腕和腳踝以皮帶緊緊綁在上層及下層的平行鐵條上。下方地板上有一片直徑約一點二公尺的圓形金屬格狀物。

他瘀青的身軀沉浸在立方體八個角落裡迷你聚光燈所散發出的冷酷燈光中，沒有其他照明，立方體外的黑色地板與天花板融合為一。他不知道自己身在何處，可是知道原因為何，也知道接下來會發生什麼事。他拉拉手上的綑綁測試，沒有鬆脫的空間。

貓的哀鳴聲轉成貓科動物憤怒時喉頭發出的怒吼聲，很快地，另一陣緩慢、使之屈從的怒吼聲加入，宣告第二隻貓的存在。

傑基貓大叫，「他媽的閉嘴，哼？」

他無法相信自己有多麼愚蠢，一個操他媽的愚蠢大白癡。他等待表現的機會等了這麼多年，忍受卡密尼的狗屎，好不容易找到適當的人馬，順利完成任務。自由、無憂、富有。如果按照計畫進行，他現在應該在一萬公尺的高空、摺疊桌上擺著六瓶迷你奇瓦士威士忌、用iPod學習葡萄牙文。可是他去妮姬那邊上她最後一次，結果被幹的是他自己。他悔恨地搖搖頭，此舉使他的眼睛跳動。

「我操！」

怒吼聲升級為嘶嘶聲及喉嚨發出的咆哮，看不見的貓互相攻擊。小聲撞擊身體、兇惡咆哮的聲音、粉筆寫在黑板上般的尖叫聲交織成刺耳的雜音，使他咬緊牙根，又害他眼睛疼痛起來。

怒吼聲停止，周圍環繞著沉重、令人悸動的沉默。他看到光圈邊緣有兩隻眨也不眨的眼睛飄浮在黑暗之中瞪著他。

「過來，小貓，小貓，」他一面說一面格格笑著。他很久以前就已經和恐懼和解了。他曾經直視散彈槍的槍管、感覺短刀抵著自己的肌肉、在阿提卡監獄和那些怪物和原野小動物蹲過五年半。關於恐懼，他有一套自己的理論：恐懼的本質是後悔，如果已經從人生得到自己想要的，不要對自己廢話一堆自我選擇的問題，那就沒有遺憾，沒有遺憾的男人不會有任何恐懼。

不過，他的確希望自己沒有再去看妮姬最後一次……

那雙眼睛快速朝他飛來，什麼東西咻的一聲快速出現在燈光之中，是一支碩長的船槳，平坦的那一面打在他的胸骨上，他的身體本能反射地想蜷曲起來，可是被束縛綁住，因此他搖動的身體如魚鉤上的大魚般抽搐，接著慢慢停止。

「操—你—媽—的，」從他口中迸出。

痛楚爬上他的脖子，使他雙眼充滿淚水。立方體外站著一個人，一身黑衣的他戴著手套和頭罩。傑基貓知道自己面對的不是卡密尼或他的手下，他們會把他交給專業好手。他記得卡密尼過去提過兩個人，一個人的名字是D開頭，丹頓、德賓之類的，但他想不起另一個名字。

「老天爺，」他說，「他媽的船槳？」

船槳頂端砸上他的背部，使他的身體想向前彎曲；接著船槳猛烈打在他的腹部，這些撞擊使他不自主反射的身體一陣大混亂，肌肉還沒有完成一次強烈抽搐之前，就得承受又一次的猛烈打擊。他的身體深處整個扭轉，感覺身體的部位都被扯離原位。膽汁如火山岩漿般呼之欲出。

「你選擇的謀生方式還真他媽的特別，一定很好賺吧，你這個變態的混蛋。你不介意我嘔吐吧？」

他把午餐噴到地上，那也許是自己的最後一餐，而他卻沒有很喜歡，因為小牛肉太老。他貪婪地吸入空氣到肺部。

「混蛋，我不會供出任何人的。」他說。

他背後一把輕柔的聲音說，「約翰，我需要那些幫你偷錢的人的名字。」

傑基貓盡可能的轉頭看那名男子所在之處，可是只看得到一片黑暗，「你沒聽到我剛剛說什麼嗎？」他大叫。

「約翰，我需要那些幫你偷錢的人的名字。」

「你他媽的是聾子還是——」

船槳邊緣碰到他的胸部發出破裂聲，他發出一聲哀嚎，頭轉回來時剛好及時看到船槳消失。那個聲音來自他的後方，那個男人怎麼可能在他面前？難道他們不只一個人？

「你去告訴卡密尼——既然他錢已經拿回來了，也抓到我了，那就算了。我不會告密的，你可以吸我的老二。」

他聽到一聲卡嗒聲，接著一注溫溫的液體倒在他的頭上和肩上，順著曲線流下來浸濕他的身體，滴在下方的柵欄格上。

「這個見他媽的鬼是什麼東西？」

澆水減緩成為滴滴答答，接著停止，迷你聚光燈變得更明亮。那東西刺痛他的雙眼，好像泳池裡放了太多氯，味道很苦。

「那是水和三種化學物質的混合物，」聲音說，「在皮膚上開始乾燥時，會在燈光下逐漸加溫，起先感覺很好。」

前幾分鐘的確如此。傑基貓記得小時候坦原大道旁的家鋪瀝青的屋頂，躺在上面時臉上的陽光和穿透毛巾的熱度溫暖他的背部。可是，此時他的背部灼痛，彷彿自己是烤肉架上的一塊肉，只差沒有聽到滋滋聲而已。

「所以要怎麼進行？」他對著黑暗問道，「除非我供出名字否則你賺不到錢，是這樣嗎？如果是這樣的話，那你這一場就是做白工了，我告訴你，你可以等到我他媽的烤成木炭，可傑基貓是不會開口的。」

「約翰，我告訴你我所需要的，可是目前我沒有問你什麼，時候還沒到。」

「所以你是誰？是丹頓還是另一個傢伙？」

「他叫達爾頓。」

「隨便。」

他覺得自己的皮膚好像在萎縮，緗緊在骨頭上。他的雙手已經麻木了，而且開始有很奇怪的感覺：以這樣的方式被懸吊在空中，使他無法再感受到自己身體的範圍，如果他能觸摸到什麼東西就好了……

「這麼做怎麼樣？以一個刻薄瘋狂的混蛋對付另一個，當我說我不會供出任何人的名字時，相信我。不過我們省點廢話，你現在就把我了結掉，你覺得怎麼樣？早死早超生。」

就在船槳打在他的左膝蓋骨之前，他聽到一陣咻咻聲；他的咆哮聽起來沙啞而不熟悉。

「所以就是不要的意思嘍？」他大笑，這次的笑聲聽起來也不一樣，聲音空洞而尖銳，「那這麼辦吧，我向你解釋一件事，試著向你解釋為什麼乾脆現在把我了結比較好。」

另一聲咻咻聲把船槳砸在他的右膝蓋骨上。他緊緊咬住下唇，嘗到血的味道。牆上和天花板突然出現刺目的燈光，視力改變所帶來的感官震撼是如此強烈，他的身體彷彿再度受到重擊似的僵硬起來。

房間很大，大約六公尺見方，除了鐵條外有一名男子站在他面前，再無一物。他穿著一身黑，手上拿著船槳。

「操你媽的混蛋，很高興認識你，」傑基貓說。

蓋格拉下臉上的滑雪面罩，很滿意目前的進展。他有節制的使用暴力，正好足以維持馬西莫的主要感官，同時讓立方體和氫氧化鈉溶液發揮效果。慢慢地，這個男人對於自身身體的實際感官會改變、消失，最後會影響他的心智，削減他的決心、優先順序、忠誠度。馬西莫正在告訴他自己有多強悍，解釋自己為什麼無法被擊潰，這是好現象。

「約翰，繼續說，」蓋格說，「告訴我，我們為什麼該把這個執行過程提前結束。我在聽。」

「好吧。你看，就我看來，生與死是一個沒有輸家的主張。我三十年來都這麼覺得，不論你在我身上玩什麼把戲，我都不會改變。你知道為什麼嗎？」

蓋格開始沿著立方體緩慢地走動，船槳掛在身旁，「約翰，告訴我。」

「我告訴你為什麼。依照我在我的世界所依循的生活方式，有人要幹掉我？好，盡你一切力量，看看我會不會被打敗。如果會的話，嘿，我沒問題。反正我已經掛了，我一點也不在乎。我不在乎你揍我、操我老婆或是在我的墓碑上撒尿。操他媽的隨你喜歡，隨便都好。你聽得懂我的意思嗎？X先生？」

「約翰，繼續說。」

「可是如果你揍了我，而我卻沒倒下……嗯，你要知道我會回來報仇的，你會面對一卡車的正義復仇。因為這時候我覺得自己是放長週末的上帝，除了他媽的真正可怕的傷害之外，沒事可做。在我幹掉你之前，你得先叫你老婆跪下來吸我老二，直到她嗆死為止。為了讓我停止你的痛苦，你得哀求我在你老婆身上做一些你做夢也想不到，你自己在最悲慘的婊子身上也不會做的事，懂嗎？」

蓋格知道時機快到了。

「所以不論哪一條路，」傑基貓說，「生或死，我都沒差，聽懂了嗎？生與死是他媽的盛在銀盤上沒有輸家的提議，我絕不會招供，永遠都不會。」

「約翰，我有一個問題。」

「什麼？」

「如果你是另一個傢伙呢？」

「什麼另一個傢伙？」

「你的故事裡你所折磨的對象，那個為了停止自己所受的生理折磨而選擇奉上自己的老婆承受性虐待的人。你的意思是說，如果你是他的話，你不會做那樣的選擇嗎？」

「操你媽的說得沒錯！我剛剛講的你沒在聽嗎？」

「那你和他有什麼不同？」蓋格走進立方體。在這麼近的距離，他聞得到氫氧化鈉溶液的餘味，他很快就會給他第二劑，「告訴我，約翰，你和他有什麼不同？」

傑基貓脹紅的面孔由於憤怒的迷惑而糾結在一起，「你他媽的到底在說什麼啊？」

「為什麼你就不會墮落到那種地步？你有什麼不一樣的地方？是你的身體特別強壯嗎？你比較強悍嗎？」

蓋格舉起船槳，用邊緣打在傑基貓右腳踝外側，發出尖銳的斷裂聲。

「你的痛苦門檻比較高嗎？」

他對著左腳踝敲下去，傑基貓發出咆哮聲。

「你比較勇敢嗎？」

他翻過手把，用船槳圓的那一頭打在傑基貓的右鎖骨上，他流血的嘴唇爆發出深沉的喘息聲。

「是更高尚——還是更忠心？」

他將船槳對著左鎖骨刺下去，選擇能引起最強烈的痛苦，卻不會打斷任何骨頭的部位。

「還是比較親切？」

蓋格如握著長矛般握著船槳，以傑基貓的鼻子當作靶心。當他把船槳往前丟時，傑基貓因眼前的衝擊而畏縮——船槳在他面前三公分處停下來。他的雙眼往後翻，頭部往一旁歪斜。

「約翰，我現在要說的話很重要，你如果聽得懂的話，點點頭。」

「操……你……媽。」

蓋格的手指開始在大腿側跳舞。

「約翰，在這個房間裡，我們努力處理真相，我們會一直待到找到真相為止。現在，我真的認為你相信剛剛所告訴我、關於你自己的事是真的。我認為那是你自以為自己是誰——不過我不同意你的看法。」他走出立方體，「約翰，我的工作是擷取資訊，可是有時候為了達到目的，我必須先幫助你更深入意識到自己的長處與弱點，什麼事你做得到，什麼事你做不到。約翰，發現真正的自己才是這檔子事真正的目的。」

蓋格走到傑基貓眼前的牆邊。

「所以你試一試，看看去掉所有的裝腔作勢和外號之後，真正的你是什麼樣的人。試試看，約翰，然後你我再來談一次，看看有什麼結果。我甚至有可能問問我所需要的情報。」

蓋格伸手在牆上一個黑色控制面板上按下按鈕，另一陣水花從傑基貓頭上倒下來，他發出咕噥聲，但幾乎沒有移動。蓋格按下另一個按鈕，除了立方體的迷你聚光燈外，其他燈光都熄滅。

「操你媽的混蛋，早就見識過了，」傑基貓嘀咕著說，貓的嘶嘶聲和哀嚎聲又開始，蓋格從早先黑暗中的位置又出聲說話。

「約翰，我需要協助你偷錢的那些人的名字。」

這句話成為迴旋錄音，交錯著貓的哀嚎聲，那把聲音不斷重複同樣的字眼。約翰，我需要協助你偷錢的那些人的名字。約翰，我需要協助你偷錢的那些人的名字。約翰，我需要協助你……

接著傑基貓口中發出一個聲音，就算在受傷的狀態中，那個聲音也使他震驚不已。那是啜泣聲。

5

哈利坐在他位於布魯克林高地家的客廳書桌前，啜飲著晨間咖啡，看著窗外的東河。他伸手進運動褲裡小心翼翼地摸著，臉上愁眉苦臉的表情如馬蹄鐵般揮之不去。昨天晚上，他在馬拉松式的淋浴過程中，發現了使自己在熱騰騰的蒸汽裡打冷顫的事，他的鼠蹊部皮下有一顆小小的突起物，大約一顆葡萄大小，軟中帶硬。

認識蓋格之前，還在《紐約時報》訃聞版工作的那些年間，哈利逐漸相信只要活過四十歲的話，早晚會得癌症。少數沒有活到四十歲的人，那些喪生於車禍、被謀殺或中風死掉的人，如果他們活久一點，也一樣會得癌症。如今哈利四十四歲了，已經無法信任這個軀體——他曾經共同對抗世界的戰友。從所有篩選過的生命裡，他知道每個人都是自己的凱撒及布魯托，從現在開始，他的軀體隨時有可能背叛他，那個「你也是？」的一刻會到來，不是背上的匕首，而是吞嚥時感覺到的腫結、鏡子裡一瞥的放大瞳孔，或淋浴時指尖發現的葡萄大小硬塊。

在這樣的時刻裡，哈利羨慕蓋格。不論用什麼代價，他都不願意與之交換位子——顯然這人心中的惡魔比希羅尼穆斯·鮑許的畫作裡還要多——不過，那鋼筋包裹的心靈和意志絕對很吸引人。對蓋格而言，似乎沒有所謂不尋常這回事。他就像某些神祕的工程師，找到方法關閉偶然的情緒起伏及其所造成的影響。他們剛開始當拍擋時，哈利就認定蓋格是服用情緒平穩劑，那種把體驗人生所造成的粗糙之處磨平的藥物。可是，最後哈利還是改變了自己的看法，如果蓋格有服藥的話，也是他的大腦所製造出來的，不論那化學加神經性的雞尾酒藥物是什麼，哈利都很想來一點。

他們是十一年前的某夜凌晨三點在中央公園認識的。當時哈利喝醉了，那是他每晚的習慣，並且正要被兩個小混混踹頭。幾年前，他成為一個沒有夢的男人——不是晚上睡覺的那種夢，而是放棄希望——放棄對新的、不同事物的希望，任何其他事都可能發生的希望。他年輕時的夢想正如自己所撰寫的對象一般消失殆盡，化為塵與土；因此，他那漫無節奏的沉重腳步拖著一身骨肉、削弱呼吸的痛楚、可能被送出這個世界的可能性等等加起來，幾乎都感覺很正常。失去成為總是就在咫尺之處的配角，在他幾步之遙跟隨著。終於要說再見的這想法使哈利受傷的嘴唇延伸成拙劣牙齒上方的微笑，就在此時，蓋格從他的夜間跑步停下腳步，逗留的時間足以在一片模糊中以致命手腳攻擊那些混混，在哈利能吸口氣開口前便揚長而去。

兩星期後，縫了三十針、裝了兩顆新牙的哈利開始每天在受辱之地守夜。他並沒有等很久：第二天晚上，穿著T恤和運動褲的蓋格出現在滂沱大雨的小徑上，哈利現身阻擋，蓋格停下來，但仍原地跑步。

「你想幹嘛？」蓋格問。

「只是想說謝謝。」

蓋格的濕髮如擦亮般閃閃發光，雨水從眉毛滴進眼裡，但他似乎不介意。哈利注意到他幾乎不眨眼。

「我叫哈利，哈利‧柏迪克。」

他伸出一隻手，但蓋格連看都不看一眼。

「可以請你喝一杯嗎？」

「我不喝酒。」

「嗯，我只是在想，因為你救了我一命——」

「只是湊巧而已，哈利，和你一點關係也沒有。如果他們踹的是一隻狗，我也會做同樣的事。」

「那喝咖啡怎麼樣？你喝咖啡吧？」

有那麼一會兒，蓋格以他沉穩、眨也不眨的雙眼看著哈利，不發一語。哈利突然覺得很不安，這個人似乎在檢視他、評斷他。然後蓋格點點頭說，「好，哈利。」

他們去百老匯的一家酒吧，坐在陰影中充滿阿摩尼亞味的包廂裡，蓋格啜飲一杯黑咖啡，哈利喝了三杯野火雞威士忌。接下來的三個小時，哈利以自傳式的獨白夾雜著熱切分享與再度自我肯定的企圖，彷彿過去曾經擁有的能力已經磨損到危險的程度，必須藉由回顧事件才能支撐現在的他繼續下去。

講到從城市大學一畢業就得到《紐約時報》研究員的工作時，哈利說故事的步調加快了，「這時我才發現自己對挖掘資料很有一手，他們叫我『鑷子』，有趣的是，有時候需要一段時間才會發現自己對什麼事很拿手。」

他告訴蓋格如何使用自己所設計的軟體在夜間偷偷進入電腦網路，如何利用這些技巧發掘祕密，把線索連接起來；他如何針對種族現況寫了一篇重要的報導，記者生涯因而一炮而紅。

「一天早上就突然出現在那裡，頭版次頭條，『哈利・柏迪克報導』，就好像，嘿，那是我耶。」

哈利說話時，蓋格只回答了幾次是或不是，對其他問題點頭或搖頭。雖然他積極參與的程度僅限於此，卻沒有想離開的衝動。他注意到隨著酒精發揮作用，哈利急轉直下顯現出憂鬱傾向，而且回憶越來越模糊，故事越說越七零八落。蓋格也感覺到哈利漏掉了重要的一章：談論自己的人生時，彷彿自己度過兩個清楚區隔的年代，對中間連結的事件卻絕口不提。起先，哈利的故事充滿興奮與驕傲的成就感，接著卻轉進黑暗的巷弄：工作熱情減退、報導品質急速下滑、內容失準、誤稿、喝酒從興趣變成習慣。經過幾個月的忠告之後，《紐約時報》給他最後一個機會以及在訃聞部門的工作。

「你知道那種感覺，」哈利說，「當你覺得自己盪到谷底，卻意識到自己其實適得其所？」

哈利告訴蓋格，被發落到訃聞部門有如歸鄉一般，他和那些鬼魂及他們的過去生活在一起，沉浸在他們的事蹟與衰滅之中。然而，這也促使他創造出更精細、更狡詐的搜尋程式。填入空白、將混亂賦予延續性，因而沉迷其中，成為一種奇特的再生方式。

對蓋格而言，聆聽這個史詩般的故事是個奇特的體驗。在那三小時裡，他所得知關於哈利的事遠多於他所認識的任何一個人。當他在晨光中跑步回家時，彷彿有一隻無形的手送來一個想法：這不會是他最後一次見到哈利・柏迪克。

哈利的電腦響起一陣鈴聲，提醒他有人造訪網站；這聲響總是令人振奮，表示生意上門了，挑戰拼湊一個人的人生故事，還有金錢。只有在開始和蓋格合作、賺大錢之後，哈利才開始體悟錢的好處。錢當然很管用，但也緩和了他如何賺到這筆錢的羞愧。

哈利從不出席執行過程，但開始瞭解到對蓋格而言，這份工作與錢無關。老天才知道是為了什麼，但哈利從沒探問過，那就像問梵谷他為什麼畫畫，或問開膛手傑克為何夜間出外野遊一般。哈利終究瞭解到蓋格就是必須這麼做，正如關於這個人的其他事一樣，這一點的確使哈利很好奇。他隱約記得那種感覺，那種足以把他拉回翻騰大海、強而有力逆流的顫動。雖然蓋格禁慾式的奇特，卻讓他想起熱情是什麼感覺。

哈利看著螢幕上的網站，DoYouMr.Jones.com百分之九十五的訪客都是迪倫・湯瑪斯的歌迷，他們來到刊登這位歌手照片的首頁，不過鈴聲響起表示有人點選了「密碼」更深入地探索網站。這個密碼必須是從哈利最喜歡的水果「哈密瓜（MELON）」所引伸出來的五個字。如果他們鍵入正確的密碼，表示他們是由正當管道推薦而來。

哈利啜飲著咖啡，當目前的訪客鍵入「人（Men）到處（Everywhere）生（Live）為（On）堅果（Nuts）——到處有人以堅果為生」時，他臉上露出了微笑。不壞，他告訴自己。當然，沒有人比得上卡密尼在一九九九年首次登入時使用的詞彙：「義大利蔬菜湯（Minestrone）、茄子（Eggplant）、義大利寬麵（Linguine）、燉小牛腿（Ossibuchi）、牛軋糖（Nougat）」。典型的五道菜義式套餐，來自一個胃口和幽默感都和復仇慾一樣高張的人，生活方式和掌握權力的方式一樣的盡其所能。

網站接受了這個詞彙，要求鍵入推薦人。當訪客輸入「柯里科斯」時，哈利認得這個名字。柯里科斯是廢五金大王，曾經雇用過蓋格兩次。哈利等著訪客遵循指示提供自己的姓名、手機號碼、瓊斯的身分、客戶需要蓋格服務的理由。

哈利再次輕輕地擠壓鼠谿部的硬塊，考慮找人檢查一下，可是，他討厭看醫生的程度等同於清楚自己該這麼做的理由。蓋格曾經教他如何偽造各種假證件，可是對他這種社會邊緣人而言，使用健康保險太冒險，所以他看醫生總是付現金。他並不介意花大筆錢做檢查、檢驗、切片等等一切程序。

網站上開始填滿資訊，接著另一個音調顯示訪客離開。哈利按下「列印」鍵，看看手錶，莉莉就快到了。

他的目光轉向角落桌上她的照片，蜷縮在沙發上的她臉上露出淘氣的表情，一臉「我知道一個祕密」的笑容看著他，可是，他妹妹已經很久沒有露出這種表情了。十年前他把她安置在安養院裡，從那之後，每隔一個星期天，他就到新羅謝爾市去看她，坐在床邊看著她目光呆滯或哼著歌曲的片段，聆聽著聽起來如此蒼老的聲音，彷彿她已經活了十幾輩子。她看起來似乎成了科幻電影中由外星人佔據的生物體：彆扭的動作、講話帶著古風、支離破碎，無法理解其主題。

就算如此，哈利深信莉莉一直牢牢掌握著自己生命的荒謬性，她的固執糾纏著他。哈利曾訓練自己不要去想莉莉，可是，妹妹卻佔據了他幾近空泛的良知，拒絕被驅逐。他的內疚並非來自代理照護這件事——他付一大筆錢讓她住在安養院裡。折磨他的是很久以前就寄居在他心裡、鋸齒般的真相。他一年掏出十萬美元並不是因為愛莉莉，而是因為他曾希望她死掉。最近這些日子以來，六位數似乎是柏迪克罪惡感的行情。

樓下的門鈴響起，哈利走到門口按下牆上的對講機。由於突如其來的悔恨，四個月前，他安排莉莉在休假日由一名精神科護士帶到家裡來，他發現比起到安養院裡慘白的房間探視她，帶莉莉到公寓裡，對自己的焦慮有暫時性的麻木效果。最近他安排了另一次過夜行程，也就是今晚。

哈利打開門後倒退幾步，聽著上樓的腳步聲。一名身著黑衣、稻草般頭髮、穿著綠色褲裙及長筒靴的二十來歲女子，手裡拿著一個小型帆布過夜包進門。

「嗨，瓊斯先生。」

「嗨，梅麗莎。」

她轉身伸出一隻手到看不見的走廊裡，「來吧，莉莉，進來。」一個柔軟如綢緞般的聲音說：「該走了。」

「沒錯，」護士說，把莉莉拉進公寓裡。

藥物和精神錯亂使他妹妹頭髮灰白，身材瘦小。她穿著短袖粉紅色襯衫，還有幾年前他買給她的紫丁香色及膝緊身短褲。她發出乳白光的皮膚下可見明顯突起的手肘、腕骨和顴骨。一如往常，哈利看到她時必須提醒自己，她比他小六歲。

「她的狀況如何？」他問。

「一樣，」梅麗莎說，「很好，對不對，莉莉？」

她身上帶有一股死氣沉沉的氛圍，似乎沒有什麼東西在動，彷彿這個精神病是個腫瘤，分解了身上所有的肌肉、肌腱和神經。她看起來就像空氣一樣輕，一個美麗、巨大的摺紙人像。當她深陷的藍眼珠終於移動、定在哈利身上時，它們凝視著他，沒有一絲認識的跡象。

哈利朝著妹妹走一步，她的凝視定在他喉結下方的小小凹洞上。他舉起一隻手，用指節敲敲她的頭頂三次，「有人在家嗎？」

他碰她時，莉莉的嘴唇微微地彎了一下。

哈利看了梅麗莎一眼，「我們小時候常常這麼做。」

他妹妹走到寬闊的圖畫般窗前，「我喜歡這裡，」莉莉說，「每樣東西都在快速移動，我喜歡看每樣東西快速移動。」

幾乎沒有受到漣漪影響的東河持續近乎完美地反射著曼哈頓的天際線。在這樣的夏日裡，城市似乎有個閃閃發亮的雙胞胎就躺在水面下。

莉莉把額頭靠在玻璃上，手掌平放在上面，開始以輕柔、飛舞的字彙躊躇的唱著。

「下方遠處……海洋深處……」

哈利加入，「我想去的地方，她可能會在。」

莉莉似乎完全沒有聽到他的參與。

「梅麗莎，妳知道這首歌嗎？」哈利問，「〈亞特蘭提斯〉？」

「不知道——」她說，「有咖啡嗎？」

「在咖啡壺裡，想喝新鮮的自己再煮一壺。」

哈利坐回書桌前，胸部因深呼吸和深深嘆息而起伏。他從印表機上拿出一張紙，一面讀一面點頭，他喜歡自己所讀到的內容。

「梅麗莎，我可能要出去一下。」

「好，我們會沒事的，莉莉很好。」

哈利抬起頭，歪起一邊嘴角微笑，「是啊，」他說，「莉莉很好。」

6

他們坐在哥倫比亞大道上一家餐車式餐館的卡座裡，哈利從一九八〇年代就開始來這裡，當時他和妹妹住在附近。如今他和蓋格一星期兩次在這裡吃早餐，哈利吃他的切達乳酪烘蛋加培根，蓋格喝黑咖啡。哈利會談生意：稍微更動過的電子郵件編譯碼器、新的客製間諜程式查殺軟體、他駭進的資料庫。蓋格會聆聽，有時候以一句話回應。哈利會帶《紐約時報》來，他講完話後，兩人就看報紙。哈利從不拿第一摞，因為蓋格只讀給編輯的信。

哈利把第三顆奶球倒進咖啡裡以安撫自己的胃，蓋格則打開資料夾拿出三張紙。第一張是潛在客戶在網站上登錄的內容，他的名字理查・霍爾、手機號碼，及他的需求：

我代表一組私人藝術收藏的所有人。兩天前，一幅德庫寧的畫作遭竊。我們相信下手的是一名藝術商，他擔任我客戶採購時的中介。我的客戶認為通知執法單位未必有助於拿回畫作，因此我才找上你。

哈利看著蓋格的灰眼珠左右移動，雖然已經為他工作超過十年，哈利對蓋格還是所知甚少。他從不經意的言談中拼湊出貧乏的資料：並非來自紐約、喜愛音樂、素食、沒有電視機、住在市區某處；不過，他很久以前就不再問甚至最不經意的私人問題了。如果哈利對他還有更多獨特的看法，那是來自蓋格聆聽時歪斜的頭部、飛舞手指的速度和模式、偶爾針對任務的評語。哈利已經以最單純的字眼看待他們之間結合的本質：需求。由於哈利所不瞭解的原因，蓋格把生命中很重要的部分交託在哈利的手上，哈利也把服務他這個任務放在自己空虛的中心。他們是最陌生的伙伴——在臀部相連，卻有光年的距離。

理查・霍爾的登錄資料繼續：

上述提及的男子是大衛・馬瑟森，三十八歲，住在紐約州紐約市西七十五街六十四號，社會安全號碼是379-11-6047。我目前已經派人監視他，可以「運送」他，我知道這是程序之一。馬瑟森很有可能在下手前就已經找到買家，所以重要的是迅速處理此事。如果擷取的情報有利於收回畫作，我被授權額外支付二十萬美元。請在下午兩點前聯絡我，不然我將另尋他人。誠摯的理查・霍爾。

蓋格放下第一張紙。

哈利露出微笑，「不壞吧，啊？你會接急件嗎？」

「哈利，一步一步來，我們有既定的程序。」

哈利點點頭，壓抑住皺眉頭和打嗝。

其他幾頁是針對瓊斯和理查・霍爾的研究。研究大衛・馬瑟森的背景時，哈利找上十幾條「脈絡」——他喜歡這麼說。馬瑟森擁有國際研究的學士學位，藝術史碩士，過去十年來擔任藝術品鑑定師、顧問和採購。由於與疑似黑市古董人員接觸，他名列希臘和埃及的黑名單。他住在紐約十三年，離婚，有個獨生子和母親住在加州。哈利所找到的霍爾資料只有他的出生年月日和社會安全號碼，一九九六年從美國國家警衛隊光榮退役，在精藝服務公司繳了十三年的聯邦政府社會安全醫療稅，那是位於費城的一家調查公司。

經常服務他們的女侍麗塔留著一頭漂白、白金蜂窩式的髮型，她拎著咖啡壺過來，知道沒必要費力跟蓋格說話。他每次點的內容都一樣：黑咖啡，續杯兩次，幾乎不發一語。有時候，他的凝視會接觸她的目光，卻沒有邀請的意味。起先她以為他的態度冷酷，但終究明白自己的誤解：她把他的缺乏溫暖詮釋成相反的意義，實際上他的行為不帶任何情緒。她把他的杯子滑過來倒滿後又滑回去，看著哈利。

「親愛的？」

哈利揮揮手謝絕，「麗塔，已經超過我的上限了，而且我正在付出代價。」

「哈利，早餐要和平常一樣的嗎？」

「今天什麼都不用，甜心。」

麗塔改去服務其他客人，蓋格把紙張放進檔案夾裡。

「你覺得怎麼樣？」哈利問。

「沒有太多資料可用，」蓋格說。

哈利皺皺眉頭，「我的時間不多。」

「哈利，我不是在批評你的努力。」

哈利點點頭，那些話裡並沒有什麼負面含義，從來都沒有。蓋格中性的陳述就像聽覺的羅氏墨跡測驗：根據心情不同，哈利聽到自己想聽或不想聽的意思，有時候會害他抓狂。

「很有可能霍爾的那個客戶並非合法購得那幅畫作，」蓋格說，「所以他們才不想驚動警方。」

「我有想過這一點，不過並不相干，對吧？」

「你有找出近五十年來是否有德庫寧的畫作遭竊或失蹤嗎？」

「呃哼，兩幅，一九七九年及一九八三年。」

蓋格的手指在桌面上飛舞。

「哈利，就算我幫霍爾拿到他需要的情報，我們也不可能知道他的客戶最後是否拿回畫作，我們永遠看不到那筆額外的錢。」

「我們可以把它變成交易的一部分，如果馬瑟森開口，霍爾取貨時我可以一起去，這樣我們就會知道了。」

「不行，執行過程一結束，任務也就跟著結束了，我們不跨越那條界線。由內而外，哈利，這一點你很清楚。」

哈利點點頭，襯衫裡衣架般的肩膀聳了聳。

「我知道，我知道，只是這是很大一筆錢。」

蓋格拿起咖啡吹一吹，喝一口。一如往常，哈利注意到就連最簡單的動作，蓋格做起來都有如芭蕾舞者般優雅。

「哈利，我們去年賺了多少錢？」

「一百萬加點零頭。」

「那個數字的百分之二十五是……？」

「二十五萬。」

「如果你有繳稅的話是多少？」

「四十二萬，好啦，好啦。」

蓋格舉起咖啡靠著下巴，如果是急件，瓊斯會是更大的未知因素，而時間緊迫。蓋格通常不喜歡仰賴運氣，可是客戶很急時，他沒得選擇：他被迫希望瓊斯會犯錯，遲早露出馬腳——弱點、恐懼、魔鬼——然後蓋格就會利用到極致。急件總是非常不易處理，但的確有其挑戰性。

蓋格放下杯子，沒有一絲聲響。

「告訴霍爾去進行，」他說。

哈利的嘴角上揚，露出哈雷路亞的微笑。

「要他現在就去抓馬瑟森，」蓋格說。「把執行過程的時間訂在午夜，拉羅街。」

當天下午蓋格和柯立有約診，不過他想先去現代美術館，因為哈利說那裡有幾幅德庫寧的作品。蓋格從沒進過美術館，只跟卡密尼去過蘇活區的一家藝廊，因為他是狂熱的藝術蒐藏家，蓋格卻不為所動。畫作、雕刻、攝影作品和音樂不一樣，那是不會改變的影像，對他而言，瞪著它們是靜止的活動。不過在情報擷取這一行，瞭解瓊斯的熱情所在是無價的資產，所以他要去看看大衛・馬瑟森渴望的是什麼。

他步行穿過中央公園，太陽如同轉印在天空的黃色圖案，壘球隊全副武裝出動。就是在公園裡，他開始研究松鼠，它們是心靈經濟的奇才，由恐懼主宰每一個反射動作及行動。有時候，蓋格看著一隻松鼠走到一半停下來，前腳停在半空中三十秒，衡量可能的威脅。

他搬到新家後很快開始實驗，看他是否能改變、控制它們的行為。有一個星期，他在後院樺樹旁放下一堆向日葵種子，松鼠來吃的時候，他坐在台階上看著它們。一天早上，他坐在樹下，一手打開放在大腿上，手中放滿種子，靜止不動的坐了一個小時。連續三天早上，一隻松鼠前進到距離他約一、兩公尺之處，靜止不動後迅速離開。蓋格瞭解到，隨著松鼠越來越接近，他升高的期待造成自己身上的改變：包括脈搏、凝視、呼吸的方式，因而啟動它們內在的警報。為了控制它們的行為，他必須先改變自己的行為。

第二天早上，他坐在樹下，閉上雙眼，腦海中播放一首交響曲，剝奪感官對外在的所有訊息。兩天內，它們就開始從他的手上挑種子吃；四天後，它們一面停在他的小腿或大腿上，一面吃種子。

蓋格把這樣的經驗帶進執行室裡：改變自身行為的能力以適應情境，讓瓊斯出現敬畏的心態，但同時又能正常運作、做出選擇。如果松鼠的內在模式讓它只有在樹上時才能暫時不恐懼，那麼，蓋格的目標並不是讓瓊斯擔心自己是否永遠無法回到樹上，而是讓他根本忘記樹的存在。

最近，他把松鼠的故事告訴柯立，這是他少數幾次自願提供目前事件的資料，柯立的回應是問他是否覺得「和人們沒有連結」。

蓋格回答，「馬丁，如果你從來都沒有插上插頭，就不可能切斷連結。」

蓋格瞭解自己的不同之處。一星期七天的一百六十八個小時裡，他大約有五個小時和哈利在一起，一小時和柯立在一起，和瓊斯在一起的時間平均十五個小時。此生孤獨的生活並非出自選擇，而是他最自然的狀態。蓋格認識自己的那些部分，他非常瞭解；他所不認識的部分，則一無所知。紐約之前的生活如黑暗的房間般模糊不清，當他探頭進去時，黑暗提供的只有模糊的答案。可是當夢境開始時，彷彿一道閃電照亮了房間，他看得到裡面的空間無邊無涯。夢境給了他半秒鐘的一瞥，見到房間裡的內容：無數的面孔、身體、樹木、無法辨識的形體。柯立就在此時介入。蓋格告訴他這個夢境及其所有的版本，利用柯立的雙眼幫助自己看進黑暗的房間裡，發現自己是誰，以及他的過去。蓋格這麼做是因為他對自己越瞭解，對工作越有幫助。一切都是為了情報擷取。

昨天晚上，夢境又出現了，後座力也相同。他凌晨四點醒來，看到閃光宣告強而有力的偏頭痛已如暴風雨的前兆般移動到他的左腦。夢境的細節有所改變，但架構永遠相同：青春期前的蓋格從某個地方衝出來，努力前往一個一直都不是很清楚的目的地。他的旅程充滿障礙，遲早會開始真正的崩解：首先是他的手指、腳趾，接著他的四肢掉下來，當他的頭部開始鬆脫時，他就會醒來。

剛開始聽說偏頭痛的事時，柯立開了治療偏頭痛的藥物，但蓋格拒絕接受。他不肯吃藥解除身上的疼痛，在他的心裡，那是由外在攻擊。他要由內在處理疼痛，正如日常生活中大多數的庸俗程序般，他的方法一點也不複雜，只是例行公事。

偏頭痛開始發生時，蓋格總是選擇結構豐富的音樂播放，然後蜷縮在衣櫃的地板上。他會關上門，戴上森海塞爾耳機，把自己交給黑暗和音樂。接著他會將手伸到深處，雙手擁抱疼痛；當他成為自己所有感覺到的東西、唯一感覺到的東西時，他就變得和疼痛一般強大。這時候，他便抓住疼痛的要害一舉殺死它。

在他大腦縫隙中寄居的是某個知識，知道面對疼痛的方法不止一種。蓋格一生花了如此多的時間在這上面，被駕馭、駕馭，很少有人瞭解到疼痛二元的可能性。不但可以被加諸疼痛的人利用，也能被接受疼痛的人利用；這最主要的感官可以被當成力量的來源，疼痛越強烈，力量也越大，他很清楚這一點。不知為何，他也明白是疼痛造就了今天的他。

7

「我又做了那個夢，」蓋格說，手指敲打著沙發。

柯立在筆記本上潦草的寫下「夢境頻率增加」，這個夢境是充滿細節的藏寶圖，也可能是通往內在自我的入口。除了零零落落、隨機的影像之外，蓋格對於自己來到紐約前的生活毫無記憶；是藉由重新轉述夢境及其不同的版本，使柯立在光線中隱約見到過去災難的陰影。那些夢境是矛盾心理的大漩渦，在夢裡，蓋格一方面強烈地需要起而行動，另一方面又絕望的需要遏制自己，兩相對抗著。這兩種相對的衝動在蓋格的內在造成如此強烈的風暴，在夢境裡實際將他撕裂。在他的筆記裡，柯立將此命名為「終局之夢」，雖然仍然無法完全瞭解，但他很確定其中一個意義：身為小孩的蓋格渴望找到方法逃離某種無法忍受的情境，然而，這麼做帶來心理上的崩解，或至少使他能慶祝自由的那部分死去。

「這個夢越來越常發生了，」柯立說，「過去五個星期裡發生了三次。」

「四次，」蓋格說。

柯立的胸口感到輕微的不安。「四次？旅行車、單車、摩托車……」

「還有滑板。」

柯立壓抑自己的嘀咕，在筆記上寫著。

「馬丁，我聽得到筆的聲音，你在寫什麼？」

「寫我忘了你的夢，你有什麼感想？」柯立問。

「什麼意思？我認為你沒有其他人完美嗎？」

「嗯，我認為病人這一方在某種程度上仰賴我記得這個房間裡談過哪些事的話，有助於信任。」

「信任，」蓋格複述，「馬丁，你信任我嗎？」

這是最經典的蓋格式語氣：如鏡面般平順、缺乏感情，強迫聽者解構這個陳述，繼而努力發現其中的態度或背後的意圖。馬丁，你信任我嗎？馬丁，你「信任」嗎？馬丁，你信任「我」嗎？

柯立把筆記本放在地毯上，靠在椅背上，「說說那個夢境，」他說。

蓋格的手指停下來，雙手放在腹部，「我在一個漆黑的隧道裡跑著，老舊的木頭橫梁和廢棄礦坑裡的一樣。我眼前有燈光。」

「你大約十、十一歲？」

「對。我聽到背後發出崩塌的怒吼聲，聽起來彷彿是活生生、憤怒的怪獸。入口崩塌時，我衝進光線之中，我有目標感，可是並不知道自己要去哪裡。接著我在人行道上，我覺得是紐奧良，可是無法穿過馬路，因為一支送葬隊伍正在通過，好幾百個人拍手大叫『哈雷路亞！』一組樂隊在演奏當地半即興式爵士樂。棺材經過眼前，小型、黑色、四匹玩具馬拖著馬車。」

「你是指謝德蘭矮種馬？」

「不是，玩具馬，車輪上的木馬，精工打造。我得穿過馬路，所以我跳過棺材，可是腳卻卡住了，我倒在地上時棺材倒下，一名男孩滾了出來。他和我同年齡，穿著藍色西裝、擦亮的皮鞋。他長得不像我，可是我卻馬上知道那是我。死去的我看起來如此安詳，我想和他一起躺在裡面，可是要去某個地方的渴望更強烈，因此我爬起來跑掉。」

柯立再度拿起筆記開始寫，哀悼某人——或某件事。

「我很快地跑到河邊，碼頭上有一艘汽艇。我抓了發動繩拉了又拉，馬達轉動，可是沒有發動。一如往常，我的連身服上有很多工具，我拿出一支扳手打開引擎蓋上的螺絲，我在轉螺釘，可是扳手抓不住，然後我的手指開始掉落，接著是我的雙腳和雙腿，我的頭部開始鬆脫……然後我就醒了。」

柯立再寫下註記，「你說崩塌聽起來像是憤怒的怪獸，它為何憤怒？」

「我猜它憤怒是因為被埋在崩塌裡。」

「好，有可能因其他事情而憤怒嗎？」

「比如說什麼？」

「比如對你憤怒。」

「為什麼？」

「因為你逃出洞穴外。」

「所以，也許我奔跑不只是為了逃出洞穴，而且是為了逃離怪獸？」

柯立內心一股如今已熟悉的熱情點燃，有一股衝動想安撫、慰藉、保護這個總是困在某處的小男孩：在燃燒的建築物裡、漆黑的房間裡、沒有門把的門，這次是洞穴。他為這個治療上近乎荒謬的事實而發火：為了讓這個孩子自由，他必須破解他的苦惱，讓他重新經歷一次。

柯立知道會談時間快到了，可是他不想停下來。

「關於這個夢境，我一直很好奇的一點是並沒有恐懼存在。你從不談過去，可是你一定經歷過恐懼。在夢裡，你經歷了恐怖的事件，卻從來未曾感覺害怕，你曾經想過是什麼原因嗎？」

「因為不再有害怕的對象了。」

「在夢裡嗎？」

「在夢裡，在現實生活裡，隨便，都一樣。」

「你說『不再有害怕的對象了』。」

蓋格的手指輕快地掠過柔軟的皮革，「我們超過時間了，是不是，馬丁？」

柯立寫下最後的筆記：老爸怎麼了？

自從離婚以來，柯立的週末時光就打上了暫停的符號，彷彿頑皮的神祇在宇宙之鐘的齒輪裡插進一支扳手。週末這兩天在他的婚姻裡總是有特定用途，給莎拉和自己一個機會相聚、談天、嬉戲。如今，一小時有九十分鐘那麼長，紅燈恆恆久久之後才轉成綠燈。

他躺在病患的沙發上，讀著保存在皮製檔案夾裡針對蓋格寫下的筆記。他打開一盞檯燈。太陽早已下山，他卻遲於注意到低垂的夜幕。如今他大部分的時間都待在這個房間裡，客廳和臥室仍然裝飾著他們之間的結合已然死亡所留下的遺物，因此他很少使用。莎拉宣布自己打算離開時，說所有的東西都留給他，這宣告使他心碎不已：她明白表示自己唯一要的只有離開。

柯立每個週末都會花點時間閱讀自己的會談筆記，不過最近他對蓋格的筆記特別留意。他花好幾個小時過濾自己所拼湊起來、關於這個男人極少的資訊，細心研究這個謎團，其結局和內情尚未寫下。如同筆記所揭露的，由於蓋格將許多範圍列為禁區，因此在治療的過程中，柯立常常不依循公認的智慧，但不違反自己的直覺。柯立不知道自己的病患來自哪裡，以前住過哪裡，甚至以何維生。

窗外開始聚集令人厭惡的刺耳聲音。柯立起身走到露台，一群黑鸝正從屋頂起飛俯衝而下。它們以萬花筒碎形般的隊形迴旋飛行，完美的結合在一起。它們使柯立想到蓋格，他是個殘疾的小孩心男人身，靈魂承受過某人巨大的酷刑。他以十足的意志力，以某種方法讓身體各部分同時運作。有好幾個星期，柯立感覺到蓋格的情緒板塊有所移動，似乎有什麼事將要發生。他不認為這個男人感受到這些夢境是證明自己內在的捍衛結構開始鬆動。惡魔在敲門，並且不會被拒於門外。

柯立看著鳥群消失於行道樹的樹葉之間。他厭倦了一成不變，厭倦自己無可動搖的從熱情變成例行公事，厭倦犧牲樂觀所得來的智慧。他厭倦了懺悔者、內疚販子，那些非蓋格躺在他的沙發上沉溺於自己的不完美。他也同樣厭倦自己的助長，分配五十分鐘劑量的關注與耐性，幫助他們分享軟弱無力的微笑或揮灑幾滴眼淚，再把他們送回外面的世界。

在屋內，他走進廚房裡開燈。流理台上淺藍色的瓷磚仍然使他想起莎拉的眼睛。他的太多思緒來自回憶的刺激，知道自己未來的生活和現在不會有什麼太大的不同，這一點使他覺得很沉重。

柯立幫自己倒杯咖啡，坐在吃早餐的角落裡，眼前躺著《紐約時報》，頭條標題就像回收使用的口號一樣：「喀布爾附近亂葬崗出土」、「車城自殺炸彈客殺死五十六人」、「開羅工廠發現屍體：據報有拷打證據」，關於埃及的那篇報導旁伴隨著一張無窗囚室的照片，地上覆蓋著深色污點，牆上噴灑著點狀與弓型的蜿蜒曲線，顯然是一名殘暴畫家的畫布。柯立啜飲著咖啡，努力決定世界是否變得更野蠻，抑或有線電視、全天候部落格、專注揭發醜聞的網站，只表示被隱藏的事件較少而已。

他告訴自己，我可以不幹，收起來。他想像冷泉鎮的房子，在他與莎拉所累積的所有財產之中，那是他唯一想要的。自從離婚之後，他到冷泉鎮的次數越來越少，但他總是不理會出售的勸說，也不願意思索背後的原因。也許他夏天剩下的時間該休假，每天帶一箱健力士黑啤酒和一包駱駝牌香菸躺在吊床上讀小說，讓肚子越來越大，讓肝臟和肺臟走向毀滅之路。

柯立輕蔑地對自己噴鼻息，他不會離開的：光是想像其他的選擇都很愚蠢。他會和蓋格一起坐在辦公室裡，直到突破瓶頸，直到那道心靈的牆崩塌，恐怖的景象出現，他強而有力的拉出泥淖中的小男孩，把他洗乾淨。

突然出現高昂而憤怒的合唱聲使柯立轉向窗戶，是黑鸝，它們正要離開。

8

在廂型車裡，哈利透過擋風玻璃瞪著窗外一大群嘈雜的鳥從上城往南飛，在東河上方如一大片巨大的翅膀般傾斜，所形成的顏色是如此深邃，突出於傍晚的夕照中。接著這群鳥分散開，融入延伸到他身邊布魯克林大橋的網狀鋼索之間。

幾個小時前，離開餐館的哈利回布魯克林開了租來的廂型車。理查・霍爾今晚會把瓊斯送來，可是蓋格的標準作業流程是哈利必須在所有的執行過程中準備好一輛車：又是另一個重視所有細節、控制外界混亂力量的例子。接著哈利回家停留了一下，給梅麗莎十幾張莉莉最喜歡的CD，在沙發上坐了幾個小時，看著妹妹盤腿坐在椅子上，手指撥弄襯衫的鈕釦。他曾經試著問了幾個問題：「莉莉，妳想吃點東西嗎？」還有「今天天氣不錯，對不對？」還有「小妹，妳記得我的名字嗎？」可是她只回應了一次，針對最後一個問題她說：

「我記得所有的名字，我都知道。」

哈利開上大橋出口匝道，穿過城內朝拉羅街開去。他喜歡紐約這一區的感覺，空氣聞起來和上城不一樣：較為辛辣、較有異國風；街上的歌曲音調比較甜美、燈光比較柔和，任務結束後，他可以走兩條街到界線街上的港式飲茶小店，坐下來花二十塊錢享受一場盛宴。那是城裡最划算的地方。

上星期，他收到電子郵件通知，莉莉的費用要調高到一年十一萬，所以今晚的急件算是甘霖。他也和理查・霍爾談成一個好價錢：三萬五。蓋格總是把生意的這部分留給他處理，他也越來越拿手。誰會想得到？

一九九九年六月的那一天，哈利赤出紐時大樓時，發現蓋格帶著一個合作提案在人行道上等著他，哈利完全不知道自己蹚入的是什麼渾水，也無法基於財務預測下決定。最後，他之所以做出改變一生的選擇，是針對蓋格實事求是簡報的直覺反應，「我要進入一個新行業，」當時蓋格說，「非法的，我需要一個伙伴，你會拿到獲利的百分之二十五。」蓋格描述這個行業的內容時，哈利不禁猜想：逼供的行價是多少？要怎麼建立客戶群？研究這一塊很容易，是他的強項，不過押送人可能沒那麼容易。先別談道德和法律問題，他做得到嗎？他有這個能耐嗎？他讓胸中的興奮之情提供答案。

哈利把廂型車開到拉羅街執行會所旁一塊空地的閘門前，看看手錶，霍爾和馬瑟森應該十五分鐘內會到。他下車推開沉重的閘門，正當他轉身回車上時，感覺到有人從背後接近，他僵住不動，默默詛咒自己的大意：他為什麼把自己的路易士威爾球棒留在廂型車的地板上呢？他慢慢轉身。

一名襤褸、高大的黑人站在面前，身著破爛的紐約尼克隊運動衣和長褲，布滿的污點早已難以分辨顏色。他的衣物掛在又厚又寬的骨架上，哈利看到他無底洞的雙眼中怒射著兇狠的飢渴。哈利暗自思量到廂型車的門有幾步之遙，七步、也許八步。拉出球棒對著閘門揮舞需要技巧，如果這傢伙動作靈敏的話，就需要更高超的技巧，而哈利永遠打不到曲球。然而如果需要的話，他拼死命也要嘗試，沒人可以再揍他了。

男子從背後伸出一隻隔熱手套大小的手掌，向上翻起的手掌乾枯，滿是深刻的紋路。

「老兄，給我什麼東西，」那個傢伙用陰沉的聲音說，「五塊錢。」

哈利意識到自己停止呼吸，他吸入空氣，「老兄，你不該這樣偷襲別人，」他說，「一點也不酷。」

「下次我他媽的會先寫信通知你。現在該死的給我點什麼東西，」他的瞳孔如熾烈的情緒閃閃發光。「快點，操你媽的混蛋！」

「操你媽的混蛋？」哈利說，「嘿！我有欠你什麼嗎？」

那傢伙的巨掌抓住哈利運動外套的翻領，把他拉近，他沒洗澡，濃重、酸臭的體味使哈利鼻毛豎起。

「操你個大頭，」那傢伙說。

不遠處傳出輕佻的吃吃笑聲，接著一個嬌小、雙眼狡黠的面孔從那傢伙樹幹般的雙腿後方出現。女孩穿著一件骯髒的橘色連身衣，運動鞋腳趾處用磨損的膠帶貼著，露出笑容時，門牙間的縫隙對著哈利眨眼。她不可能超過五歲，如果哈利還信上帝的話，會發誓她是個天使。

女孩抬頭看著他，「對，」她說，「操你個大、大頭。」

「拉妮夏，妳可別罵髒話，」那個傢伙說，視線停留在哈利身上，掩不住臉上的笑容。

「拉妮夏是什麼意思？」哈利問。

「老兄，我知道才有鬼。」

「很美麗的名字。」

「你喜歡嗎？給我五塊就送你。」

「好。」哈利說。

那傢伙聽到回答斜眼看著他，放開哈利，「真的嗎？」他說。

「當然是真的。」

哈利伸手進口袋拿出一個鈔票夾，用大拇指翻翻摺起來的鈔票，皺眉頭。

「沒有五塊的，你得拿二十塊。」

他拉出一張鈔票伸出來，那傢伙用大拇指和食指抽走，塞在口袋深處，花了一會兒重新評估他的恩人。

「謝了。」

「不謝。」

「你是個怪人，」大傢伙說，「酷，可是很怪。」

「酷的那部分很可疑，」哈利低頭看著小女生，「妳的名字跟我一樣。」他說。

她皺起眉毛，額頭出現三條迷惑的線條，「你的名字才不是拉妮夏！」她說。

「現在是了，」哈利笑著說，「我剛剛買下來了。」

她伸手讓自己的小手消失在巨人的手裡，他們轉身走到街底，天空飄起細雨，街燈在各處投下陰影，不規則的十字架彷彿是鋪在濕水泥上的巨網。

哈利跳上廂型車開進空地裡，在執行會所的牆邊停下來，把車停在建築物旁延伸出長二點五公尺的灰色帆布隔間裡，以阻擋鄰近建築和路人對側門的視線。

經過的一波燈光短暫地把擋風玻璃上的雨滴照耀得閃閃發光。哈利轉身看著一輛深綠色廂型車開到打開的閘門前停下來，靜靜地怠速等著。哈利下車走進一大片頭燈之中，如機場登機門的工作人員，勸誘噴射機般指揮車輛向前，接著指引廂型車停在帆布棚裡。引擎熄火，車門打開，一名男子帶著手提箱下車，慢慢走向哈利，頭燈以背光式的氛圍修整著他結實身影的邊緣。

「哈利嗎？」男子說。

「對，霍爾先生嗎？」

「是的。」

他走近時，霍爾的身影漸漸成形，灰色西裝看來是現成的，體型屬於美國中產階級的平淡無奇，那種坐在威奇塔餐館裡或德莫尼辦公室小隔間裡的面孔，在人群中不會引起注意。但面對面時，哈利看得出他忙碌的眼神永遠在四處察看。霍爾是那種可以一面直視著你、同時又看到你周遭一切事物的人，他的目光移動些微的角度，如行動探測器般掃瞄著，再度掃瞄區域，從內鍵指揮中心得到訊號。

他伸出沒戴戒指的手，哈利握握他的手，感覺手指好像被老虎鉗夾住。

「都準備好了嗎？」霍爾問。

「對。」

「很好，進行吧。」

他們朝著廂型車走去，霍爾顯然沒興趣閒聊，對此哈利也沒問題。他一直無法忽視一面準備逼供，一面卻談論大都會球隊或交通狀況的荒謬性。最糟糕的是想談論蓋格的那些人，他做什麼，怎麼做。哈利花很多時間在他的特殊知識周圍築起一道牆，因而能視自己為生意人。可是，針對蓋格的詢問就像拍肩、耳畔的低語，使他向內探查；這種時候，就算是他的石膏板心態，也無法隱藏過去十年來長出來的梅杜莎腦袋。

他開鎖後打開建築物補強的側門，揭露一道寬闊、明亮的走廊。走廊地板中央裝置著四排五公分的鐵製貨物滾輪，霍爾從廂型車後門底下拉出滑動斜板，把一端架在滾筒上。他抓住車內行李箱的手把拉出到斜板上，行李箱滑到滾筒上時，他和哈利輕推一下，接著一面走一面把行李箱推到走廊底部一座打開的載貨電梯前。

「設計得很不錯，」霍爾說。

「對，」哈利說。

他們把行李箱推進電梯裡，踏進電梯。哈利關上拉門、轉動手把，他們叮叮噹噹地緩緩上升。

「很久沒搭這種電梯了，」霍爾說。哈利低頭瞄一眼他們之間的銀色容器，跟他用的一樣：一點八公尺長，接縫焊接的查格斯牌陽極氧化鋁箱。哈利把這個牌子列在電子郵件裡的準備清單上。

「找行李箱有問題嗎？」

「沒有，完全沒有，」霍爾說，打開手提箱給哈利看看內容，「三萬五千元，百元鈔和五十元鈔，依照你的要求。」

哈利移動把手，讓電梯在二樓緩緩停下。這裡的房間比布朗區執行室的空間大：十公尺見方，高三點五公尺，在光滑的黑色牆面和天花板上，每兩公尺處裝置著一格格的音箱。哈利打開電梯門時，刺耳的卡嗒聲如一把硬幣在地面上跳動般。

房間中央放著一張電動輪椅，黑色皮革和鍍鉻在頭頂尖銳的燈光下閃閃發光。椅背、扶手和腳踏都掛著皮帶。除此之外，房內空無一物。

霍爾看了哈利一眼，「輪椅？」

哈利點點頭。

「他在這裡嗎？」

「他在這裡，」哈利說。

他們把行李箱拖出電梯外，他的思維如腦袋裡石頭下的小蟲子般蠕動，有哪裡不太對勁。他正要把這塊石頭翻開檢視時，蓋格走進房間裡。

「蓋格？」霍爾問，伸出一隻手。

蓋格向他們走來，點了一次頭，雙手停留在兩側，他身著黑色丹寧布連身衣，高筒球鞋。霍爾放下手提箱。

「蓋格，」他說，「計畫稍有改變，」這世上可能只有哈利明白蓋格臉上細微的肌肉改變，也許是皺眉頭。

「什麼樣的改變？」蓋格問。

「馬瑟森溜走了，他跑掉了。」

這時哈利翻開腦袋裡那塊石頭，驚訝的退縮。他們把行李箱扛進房間時感覺很輕，太輕了。

「那麼在行李箱裡的是誰？」蓋格說。

「我很肯定知道馬瑟森在哪裡的人，」霍爾打開行李箱上的釦子，「他兒子。」

霍爾動手打開蓋子，但蓋格的手指放在上面，只讓蓋子打開了幾公分。

「幾歲？」蓋格說。

「十二歲。」

蓋格關上蓋子，動作放鬆但很堅定。

「霍爾先生，我不做小孩。」

「你不做？」

蓋格的指尖在大腿上簡短地敲擊，霍爾手伸進外套口袋裡拿出一個厚厚的牛皮紙袋，放在行李箱上。

「不知道再加五千塊是否能說服你破個例？」

「你應該通知哈利這個情況，他會告訴你原則。沒有例外。」

「當然，你說得對，」霍爾不斷點頭說，「可是，我從來沒有想到幹你這一行的會有任何的……例外。」他瞥了哈利一眼，哈利正哀怨地瞪著手提箱，彷彿那是個棺材，對他而言，裡面的五十元鈔和百元鈔算是死了。

「蓋格，聽我說，」霍爾說，「既然都來了，讓我們先談一談。這孩子和他父親一起待了幾個星期，我們幾乎能確定他知道馬瑟森在哪裡，或是要去哪裡。現在，我的推薦人給了我兩個名字做這份工作：你的名字和一位達爾頓先生。我們找你是因為知道你的方法比較低調，而達爾頓的名聲是得意忘形。蓋格，我不想見到這男孩受傷，可是我必須知道他知道些什麼，而且我們已經沒有時間了。所以我的重點是：如果你不做這份工作的話，我們就去找達爾頓。所以，你何不接受這筆錢呢？」他雙手張開放在兩旁，手掌向上，彷彿在業務大會上剛說完一段推銷詞，「包括額外的五千塊。」

哈利看著蓋格進入考慮時的狀態，他私底下稱為「死亡模式」：眼睛眨也不眨，胸部毫無起伏，完全靜止地站著幾秒鐘，接著，眨一次眼似乎使他死而復生。

「把孩子放在椅子上。」蓋格說。

霍爾的眉毛捲成問號，轉頭看著哈利，彷彿蓋格說了什麼不知名的方言，而哈利是官方翻譯。哈利沉默地瞪回去，他從來沒接過未成年的瓊斯，甚至從未考慮過這個可能性。蓋格已經很久沒讓他驚訝了。

「好，」霍爾說，「太好了。」

他伸手朝行李箱翻開蓋子，哈利彎腰接住滑向地板的牛皮紙袋。

蓋格看著行李箱裡，馬瑟森的兒子側身躺著，手腕和腳踝以自動鎖死膠繩綁在一起；三條銀色膠帶繞過他的頭部，一條繞過眼睛，兩條繞過嘴巴；波浪般的金色長髮如沙灘上的海帶般貼在額頭和臉頰上；他身上穿著藍色T恤，銀色運動短褲，紅黑相間的耐吉勒布朗氣墊球鞋，古銅色的四肢瘦削，頭靠在一個小提琴琴盒上。他看起來像在沉睡，或是昏迷不醒。

「他叫什麼名字？」蓋格問。

「艾斯拉。」

「你有給他什麼藥物嗎？」

「沒有，不過他很難纏。」

蓋格在行李箱前蹲下來，哈利覺得這個行為幾乎帶有祈求的意味。

「艾斯拉……」蓋格輕聲說，彷彿父母叫醒睡午覺的小孩；那蒙眼、無聲的身體對自己的名字沒有任何反應，「艾斯拉，該起來了。」

蓋格站起身時順手抓住行李箱一頭的把手，突然往上翻讓行李箱站起來。男孩和小提琴琴盒滾出來倒在地板上，哈利不自覺地往後退兩步，瞪著呻吟的男孩。

蓋格抓住綁在男孩腳踝上的塑膠電線，拖著他走過地板。男孩如魚鉤上的馬林魚般劇烈扭動，膠帶下傳來蒙住的嗚咽聲。在輪椅前，蓋格兩手抓住男孩腋下，把他粗暴的丟在椅子上。接著他動手把椅子上的皮帶扣住男孩的腳踝、手臂和胸前。

霍爾嘴角帶著一絲欽佩的看著這一幕。

「艾斯拉，」蓋格一面說一面做，「我們要去兜風，你不會掙扎，你要乖乖坐在這張輪椅上。再過一會兒，我要問你關於你父親的問題，你要告訴我所有我要知道的答案。」皮帶扣好，蓋格轉動脖子發出卡嗒聲，左邊、右邊，「我說的是實話，艾斯拉，你要告訴我實話，這就是我們在這裡的原因。只要答案裡有一點點的不真實，我就會傷害你，就算你是小孩也一樣。在這個房間裡，你的年齡沒有差別，這是這裡的規矩。你聽懂的話就點點頭。」

男孩咽喉發出一陣流動的聲音，介於哽咽和格格聲之間，他擺動頭部，此舉使哈利自然反射地清清喉嚨。

「很好，」蓋格打開輪椅上的一個開關，隨著輪椅開始越過黑色瓷磚，他走到一面牆邊按下按鈕，擴音器以隨機順序傳出霧角低沉、嗚咽般的聲音，隨即又消逝。輪椅接近角落時平穩地向左轉，固定在路線上，以距離牆面十幾公分的軌徑繞著房內前進。噪音本身對男孩形成一種都卜勒效應的消退，或越來越大聲，或從側面突然大聲出現，撼動受到束縛的他。

霍爾和哈利看著這幅景象時，蓋格朝他們走去。

「哈利……」蓋格的聲音幾乎是低語，哈利拿起手提箱走回電梯，靜靜關上閘門，消失在視線之外。蓋格指著牆上方形鏡旁的一道門，霍爾跟著他走進去，進入一間觀察室，裡面的裝潢和內容，和拉羅街那間一模一樣。他們轉到單向鏡前觀察輪椅循環的儀式。

「失去方向感？」霍爾說。

「是的，輪椅上有定時器，」蓋格說，「五分鐘，然後我就會開始。要喝點什麼嗎？」

霍爾看著鍍鉻吧台，「葡萄酒，紅酒。」

蓋格走到吧台前倒了一些黑皮諾。

「你的客戶知道你抓的是兒子嗎？」他問。

「我的客戶只要取回他的畫作，怎麼取回操之在我。」

蓋格把杯子遞給他，燈光使朱紅色的液體閃閃發光。霍爾喝了一大口，讓紅酒逗留在嘴裡後才吞下去。他滿意地點點頭。

「霍爾先生，你對他有什麼認識嗎？沒出現在報告裡的資料？」

「沒有，他大部分的時間和母親住在一起。他的手機在我這裡，過去二十四小時打了兩通電話，一通是新罕布夏州的區域號碼，另一通是曼哈頓的區域碼，我們認為是馬瑟森。我們在他位於馬瑟森公寓的房間裡找到小提琴，我認為也許對你有用。」

「他房間裡還有其他東西嗎？」

「我沒注意到，有關係嗎？」

「霍爾先生，一切都有關係。」

坐在廂型車的駕駛座上，哈利已經開始數錢，可是黏稠的夜晚空氣中一股悲觀悄然接近，使他停了下來。蓋格把那男孩從行李箱倒出來的那一刻，是純粹的「這一幕有哪裡不對勁」。就算他能夠再次調整自己的道德算盤，以蓋格過去的紀錄看來，要使蓋格的反覆無常一致比較複雜。哈利已成為蓋格周圍穩定軌道中的月亮，仰賴其地心引力，並因而安全運轉。因此，經歷蓋格中心規則的改變帶來某種暈眩感，看到蓋格做出預期外的事，相當於看到自由女神對自己眨眼一樣。

哈利嘆口氣，繼續數錢。

輪椅和上頭的蒙眼乘客繼續繞著圈圈轉，牆上傳出霧角哀傷的警示聲，霍爾再看一次時間。

「再等久一點，」蓋格說，「門外漢也許認為很容易打破未成年者的心防，可是不一定是如此。在強烈的恐懼下，小孩子容易轉向內在而對外封閉，或是說謊，什麼謊都說得出來，而且很具說服力。」他倒一杯水，「霍爾先生，如果你這麼關心時間，告訴我實情會讓我的工作容易一些，而且快一些，一切都取決於你。」

霍爾看著他喝光杯子裡的水，「什麼意思？」

「我的意思是你在說謊。霍爾先生，我是吃這行飯的，我能決定某人是否說實話。」

霍爾喝一口手上的酒，「你只需要知道要不惜一切讓這孩子開口。」

「好，只是想幫上忙而已。」

蓋格看著窗外的男孩，有那麼一會兒，時間的本質以及蓋格對時間的意識都改變了，不再是持續而流動的，而是固化成可測量的瞬間。每個短暫的時刻都有其開始與結束，正如分別觀看閃爍的電影畫面，就算它們連續放映時也一樣。

「我覺得時候到了，」他說，向前擊出右拳，指節擊中霍爾胸骨下方三公分處，逼出他的氣息之餘，使他發出大聲、吐氣般的呻吟聲。霍爾踉蹌地退到牆邊，跪在地上，胸口上下起伏，雙手放在四頭肌上，隨著橫膈膜掙扎著掙脫抽搐、吸入空氣，喉嚨發出鋼鋸切割銅製水管般的噪音。

蓋格在霍爾身邊蹲下來，霍爾嘴角冒出的涎沫因黑皮諾而變成粉紅色，他嘴唇微微張開，打算開口說話。

「嗯格……嗯格……」是他發出來的聲音。

霧角的聲音停止了，蓋格起身看著窗子的另一面。輪椅靜止下來，男孩動也不動。蓋格再度蹲下，霍爾似乎無法轉動頭部，但濕潤的雙眼得以在眼眶裡轉動，找到蓋格面無表情、目不轉睛的面孔時，才停下來。

「霍爾先生，」蓋格說。

霍爾臉頰流下的眼淚使他看起來非常不快樂，彷彿強悍男子的角色只是表演，而蓋格說了什麼惡毒、傷人的話。

「格格格……幹，」他喘著氣說。

「霍爾先生，我不知道你是誰——不過我很清楚你不是誰。」

蓋格的話散放出些許刺耳的威嚴，不熟悉、且微微令人不安。突如其來的暴力使蓋格的脈搏和呼吸加速，改變了他聲音的起伏。

「你想告訴我你的真實身分了嗎？」蓋格說。霍爾垂著頭，肩膀伸長，身體尋找舒服的姿勢及呼吸的方式。他抬起頭眨眨眼、咳嗽、再眨眨眼，彷彿以某種蓋格應該知道的密碼傳送著答案。

蓋格張開手掌，緊緊放在霍爾的臉上，再用這頭去撞牆。碎裂聲宣告某種硬物破裂，木頭、骨頭，或兩者皆是；霍爾的雙眼因這更甚的驚訝而睜大，接著才閉上。

蓋格抓住霍爾的頭部，隨著每個流逝的分割時刻觀察著。在他的視覺網絡中，某個糾結處降低了進入大腦的影像深度，結果影像比平常還要扁平，就像拍立得快照一樣。最後他放開手，霍爾朝側面倒在地上，露出牆上葡萄柚大小、約三公分深的凹陷，深紅色的斑點混合著搗爛的組織纖維。

霍爾長褲口袋裡的內容物正如預期：皮夾裡放著美國運通和大來卡、大約六百美元現金、一張賓州駕照、州立農業保險公司保險卡保的是一輛二〇〇六年的銀色凌志雙門跑車。他的西裝口袋裡有一包駱駝牌香菸、一個打火機、兩支手機——黑莓機和摩托羅拉安卓手機，蓋格忖度應是屬於那個男孩。霍爾的皮帶上夾著一個黑色皮套，裡面放著金牛座千禧專業九釐米自動手槍。

蓋格把電話放進自己的口袋後站起來，眼內脈搏怦怦跳著，在他的視覺造成微小的信號，以弧狀移動的物件和表面。他把槍放在吧台上，穿過門進入執行室裡，鼻端偵測到一絲煙燻味。他用力深呼吸，彷彿跑者在馬拉松開始前期調整呼吸一般。

他走到男孩面前，很清楚這是記憶中第一次，任務過程的每個階段都沒有事先計畫。超越所有思維和感受的，是純粹、毫無負擔的感覺到自己正朝著某個未知的目標前進。他的意識對這種感覺非常陌生，對另一個領域卻很熟悉。他明白是由於夢境的緣故。

男孩有氣無力、頭部歪斜的坐在椅子上。蓋格把房間的溫度設在十七度，可是男孩在流汗，上衣短褲都潮濕的貼在身上，露出的皮膚覆蓋著恐懼的光澤。蓋格看著男孩脖子上的頸動脈一伸一縮，加速著心跳。

「艾斯拉……」

如士兵遵守士官的命令般，男孩的身體瞬間猛然地專注。

「艾斯拉，再也不會有問題了。」

男孩腫脹的喉嚨發出刺耳的咕噥聲。蓋格拿出手機按下一個鍵，第一聲鈴聲還沒響完，哈利就接聽了。

「動作真快，」哈利說。

「上來，錢也帶上來。」

電話線上沉默的盡頭冒出一個問號，「錢？好。」

蓋格走回觀察室，霍爾沒有動靜，以近乎胎兒的姿勢朝向右側躺著，他的頭部在撞擊後滑到地上時，傷口在牆上劃下一道潮濕的弧形。

蓋格聽到自己體內深處傳出微弱的音樂聲，看到紫羅蘭色及黃綠色的聲音開始在眼部後方按照節拍擺動，接著開門的嘎嘎聲和一絲灰濛濛的光線侵入他一片漆黑的核心，感覺到腳踝一陣鈍痛。他如芭蕾舞者般踮起腳尖，伸展腳踝後方的肌腱及小腿肌肉。疼痛和音樂就此停止，接著那道光線也消失了。

電梯門嘎嘎作響。

「蓋格？」哈利說。

哈利的聲音彷彿越過峽谷般傳到蓋格耳中，他轉身發現站在門口的哈利臉上露出困惑的表情。

「老天爺，他媽的發生了什麼事？」

蓋格回頭瞄了一眼霍爾，「我們要離開了，」他說，彷彿通知的對象是屍體而不是哈利。

哈利把手提箱放在腳邊，「喔幹，你對他怎麼了？他——他死了嗎？」

「沒有。我們得馬上離開。」

蓋格朝門口走去，哈利像交通警察般舉起雙手，蓋格停下來瞪著哈利舉起的手掌。

「等一下，」哈利說，「等一下，好嗎？老天爺，」他把手掌放在臉頰上，「你他媽的到底是怎麼了？」

「我們得離開了。」

「我們就不能討論一下這件事嗎？」

「哈利，現在更重要的是我們得離開。」

「老兄，我同意，這實在太瘋狂了，這真的很瘋狂好嗎？」

「哈利，」蓋格說，「就算我無法肯定，但霍爾的人也很有可能跟著他到這裡來，而且就在附近等著。你不這麼認為嗎？」

「我他媽的一點也不知道。」

「所以我們才需要離開，現在就得離開。我們待得越久，事情就會變得越複雜。」

「複雜？你剛剛把客戶打昏了！」

哈利看著房間另一頭酒吧上各色酒瓶所形成的天際線，從接受蓋格提議的那天起，他就沒有再喝酒了，戒酒是蓋格的要求之一，不論刻意與否，他的清醒是另一個將蓋格當成救命恩人的理由。然而就算已經過了十一年，他的喉頭仍能回憶起廉價波本酒的味道。他開始意識到地板上的屍體意味著什麼——很有可能從這一刻起，他得重新定義自己的生活。他想要喝一杯，現在就要，以平息耳朵裡雷鳴般的心跳聲。

「哈利，我們得馬上離開，從後門出去。」

「去哪？」

蓋格嘆口氣，哈利嚇傻了，意識到自己從來沒見過蓋格嘆氣。即使蓋格尖叫，他也不會更意外。

「我們把錢留下。」蓋格說。

這句話讓哈利胸口一陣劇痛，可是不知為何，他好似早就知道會發生。他悲傷地點點頭，

「如果我們把錢留下，你覺得可以平息這件事嗎？」

「我不這麼認為。」

「為什麼？」

「因為我不認為那筆錢對霍爾很重要，而且因為我要把男孩帶走。」

「帶走？」

哈利回頭看看門口，他差點忘了那名男孩。看到他沉默而奄奄一息的模樣，使哈利腹部爆發出憤怒的暴風。

哈利轉向蓋格，「這真是操他媽的瘋狂，你告訴霍爾你不做孩子，然後又改變心意說好，然後你把他打昏了，老兄，到底是為什麼？」

「哈利，我們需要一輛車，從巷子出去——」

「蓋格，這到底是他媽的怎麼回事？」

「坐計程車去『省錢』租車公司，他們營業得比較晚——」

「蓋格——」

「租一輛車，開到巷子裡，倒車進來後再敲門，我們再——」

霍爾那頭傳出一陣濕咳，蓋格和哈利轉身看到霍爾移動了一條腿，從九十度變成四十五度，蓋格在他身旁蹲下來。

「蓋格，」哈利說，「你有沒有想清楚這件事？」

蓋格解開霍爾的領帶，用它綑緊他的腳踝。

「首先，」哈利說，「你壞了自己的第一條規矩：絕對不讓外在改變內在。我並不是說你錯了，他只是個孩子。可是我不知道這樣我們會有什麼下場。」

蓋格綁好霍爾的腳踝，把結打緊。

「第二，我們也許還有轉圜的餘地，只是也許。可是如果你把小孩抓走了，那等於是自斷生路，你聽懂了嗎？這件事一旦傳出去我們就完了，老兄，徹底完蛋了，就連卡密尼也不敢碰我們了。老天，你有考慮過這些嗎？」

蓋格站起來面對哈利，「沒有，我沒有想過這些。」

「那你也許最好──」

「哈利，聽我說。」

「我真他媽的沒辦法相信你剛剛──」

蓋格抓住他的搭檔甩在門框上，「哈利，你根本沒在聽我說。閉嘴，深呼吸，聽我說。」

哈利覺得自己完全無法深呼吸，可是他點點頭，「好，」他說，「好。」

蓋格的瞳孔閃閃發光，彷彿灰色煙霧中的兩支散彈槍槍管般瞄準著哈利，「這件事，」蓋格說，「和畫作無關。」

他放開哈利，走到吧台前再倒一杯水喝。剛剛那一撞使哈利的肩胛骨疼痛不已，這是蓋格第一次也是唯一一次碰他，顯然這天晚上會充滿許多第一次，也許也有許多最後一次。他看著喝水的蓋格喉結上上下下，直到他放下空杯。

「霍爾先生，」蓋格說，「並不是為收藏藝術品的有錢人工作的私家偵探。」

「你怎麼知道？」

「他說他來找我是因為知道我比達爾頓『低調』，如果我拒絕這份差事，他就會把艾斯拉帶去給達爾頓處理，雖然他知道結局是血腥混亂，不可放。換成是你在找失竊的畫作，你會這麼做嗎？」

「那他是誰？」

「我不知道。」他轉身面對哈利，「不過不論他是誰，我不認為他會就此罷手，他的工作內容也許包括接受謀殺為選項之一。」

「我可以再問你一件事嗎？」

蓋格等著，身體兩側的手指活躍起來。

「蓋格，發生了什麼事？」

「發生了什麼事？」

「你有些不對勁，怎麼了？」

「我不知道你是什麼意思，」蓋格說。

哈利搖搖頭，「對，嗯……我也不知道。」

一切就這樣了，哈利告訴自己。問再多也沒用，因為蓋格沒有答案。這個房間裡出現了巨大的海相變化，這時的哈利身在海裡，頭在水面浮沉，放眼不見陸地，也不知道該往哪個方向游去，不確定爬上岸時，會不會有人一槍轟掉他的腦袋，或是否有足夠的運氣上岸。他唯一確定的是，就算他再度上岸，也沒有裝滿錢的手提箱等著他了。也許是某種宇宙級撥亂反正的力量，或某種復活的感覺，促使蓋格做出如此隨性的慈悲行為，這個想法的餘波使他微笑——悲傷的微笑，正如清理書桌雜亂的抽屜時，發現親近故人的舊照片所引發的同樣情緒。

「哈利，你在微笑，為什麼？」

「不重要。」

「那就去拿車。」

「好。」

哈利讓自己最後再瞥一眼霍爾的手提箱，然後出門。

蓋格看著他走進電梯下樓，和哈利的互動使他再度繃緊。聆聽和回應這兩個動作彷彿束縛著他的身軀，裂縫緊閉，讓他終於又找到立足點。

隨著霍爾的意識慢慢恢復，他的四肢微弱而無精打采的移動。蓋格走進執行室，來到男孩身邊。

「艾斯拉？」

男孩僵硬地轉身，彷彿椅子的魔咒使他關節緊繃，連最隨意的動作都很辛苦。

「我們很快就要離開去安全的地方，」男孩緩緩點頭，「等到了那裡，我再把膠帶撕掉，」這次男孩沒有點頭，只發出短暫的嗚咽。

蓋格走到一面牆邊，用力緊貼著牆，閉上雙眼。他感覺自己彷彿開車在沒有盡頭的路上，彷佛從遠處觀察著司機，他想：你已經開車開得太久，手中方向盤的嘈雜聲使你的感官麻木。你垂下頭，打瞌睡，突然間又猛然驚醒踩煞車。你停在路肩，透過擋風玻璃看出去，再看看照後鏡，還有兩旁的窗戶，你發現自己身處在一個完美的視野盲點，樹木、駝背的山丘及前後的彎路都是每個景物上的一層薄紗。你不是很確定自己什麼時候開始打瞌睡，持續了多久，可是現在你完全不知道自己身在何處。

哪裡都有可能。

9

接到哈利的電話宣布自己到了巷子裡後，蓋格看看理查・霍爾，處於半昏迷狀態的他脈象很穩定。蓋格把男孩推進電梯裡，關上電梯門。透過鐵格子之間，他看到小提琴的琴盒躺在執行室的地板上。他又回頭拿起琴盒，回到電梯裡，下到地下室和小巷裡的門口。他裝設這個門的目的，就是為了一旦必須祕密離開時。這扇堅固的鐵門外側沒有鎖頭也沒有門把，鉸鍊在內側，用的是手動滑栓，內側門把。

離開建築物前，他告訴男孩接下來的事：他會進入一輛車子的後座躺下，這趟車程至少有半小時。上下車時他不得試圖逃走，雖然他嘗試的話不會遭到處罰，可是這樣一來會浪費時間，此刻時間是最重要的。

蓋格拉開滑栓推開門，一輛福特四門金牛座汽車停在沒有燈光的巷子裡，引擎運轉著。站在一旁的是哈利微微發亮的身影，上面一層雨珠。

「我可以說句話嗎？」哈利說。

「什麼話？」

「我們可以把他留在警察局，他沒見過我們，我們只要把膠帶留著，停在警察局前面，指引他們的方向後離開就好。」

「壞主意，哈利。不要警察。」

「我只是想幫忙而已。」

「這件事和你沒關係。」

哈利覺得一股熱氣上湧，「沒有嗎？你他媽的是怎麼想出來的？」

「哈利，現在別說了。回家吧。」

「我不用跟你一起去？」

「不用。把廂型車留著，以防霍爾的人在外面，別接近拉羅街。」

「萬一霍爾試圖和我聯絡呢？」

「我預期他會，我不認為霍爾先生是這麼容易放棄的人。最安全的事就是回家，待在那裡，直到我們看到這事如何發展。如果霍爾先生試圖藉由網站聯絡你的話，不要回應。」

蓋格回到門內，哈利不安的感覺到自己在現實世界的處境並不穩妥。不是景物開始倒退，就是他越變越小、縮小。

蓋格牽著蒙眼的男孩再次走出來，他的腳踝已經鬆綁，蓋格打開金牛座的後門，把琴盒丟在地板上。

「艾斯拉，彎下腰，躺在那裡。」

男孩伸長被綑綁的手臂照做，沒有遲疑或發出聲音。蓋格關上車門，也關上建築物的門。他繞過來經過哈利面前，坐上駕駛座。他坐直身體，雙手輕柔地放在方向盤上，精確的九點和三點方向。對哈利而言，蓋格的姿勢有著些許孩子氣。他不是第一次有這種感覺。

「你開車沒問題嗎？」

蓋格雙眼掃瞄儀表板的顯示符號，點點頭，再轉頭看看側身蜷曲躺著的男孩，「艾斯拉，我們要出發了。」

男孩身上傳出一陣輕柔的喉音，蓋格面朝前方，「別打電話給我，」他對哈利說，「我會打給你。」

不會，你才不會，哈利想著。他後退一步，看著車子慢慢朝巷底移動。

蓋格往北開在第十大道上，經過外側車道緩慢巡邏的巡邏車，不過車流不多，大都是計程車。他把車速維持在時速五十五公里，在紅燈之間大約行走八個街區。他五年前拿到駕照，從那之後，他每年四月都租一輛車開到西區高速公路練習一小時，每次都走同樣的路線。從五十七街的租車公司朝西開兩條街區到高速公路的匝道，往北開到九十六街出口，在高速公路底下兜圈子，回到高速公路上往南開，在五十六街下高速公路，照著這個路線總共重複五次。此時，在這個不再安定的夜晚，他真正第一次開車前往某個地方，帶著某人。

他的遠距視線很正常，但短距視線的焦點仍被些微零星的信號所打斷，因此，雖然細雨變成持續的雨絲，經過十來個街區之後，他還是把雨刷的設定從高速改成間歇性，因為不間斷的雨刷使異常的視線更加惡化。從擋風玻璃流下的雨滴暈染上車燈的顏色。他一次開過好幾條街，一個人影也沒見到。

六十街路口的紅綠燈變成黃燈時，蓋格慢慢停下來，轉過頭，男孩面對椅座躺著，肩膀微微上下起伏。

「很快就會到了，」蓋格說。

座椅上的男孩頭部微微平行地點頭，蓋格轉頭面對方向盤，感覺得到自己的脈搏在血管裡迴盪：沒有更快，只是比往常的脈動更沉重。他知道自己需要離開這世界的活動與聲音，需要黑暗及音樂帶他回到起點。他的生活淨是平衡、精準、細節，他需要重新設定內在的刻度。

綠燈亮起時他踩下油門，接著看到一名單車客潮濕的身影衝進路口，蓋格向右偏斜，但聽到車子的前擋卡到單車的後輪，接著傳來金屬在柏油路上打滑的空洞刮擦聲。他猛地踩煞車，結果男孩砰地掉在後座地板上。

單車客倚在一輛停靠的車子旁，卡在受損的十段變速單車下，沒有移動。蓋格轉頭看看男孩：他側身卡在前座椅背間，透過嘴上的膠帶呻吟著。

蓋格伸手把他拉回椅座上，「你還好嗎？」

一聲巨大的敲碎聲使蓋格轉頭面對駕駛座的車窗。窗外的單車客一手緊緊抓著打氣筒，高舉在頭邊；在朦朧的街燈下，無法辨別他怒容上的黑色斑點是血還是污垢。

「操你媽的混蛋，給我下車！」單車客透過窗戶大吼。

他身材高大，輪廓分明；粗壯結實的肌肉從T恤和乳膠單車褲裡伸出來，兩隻胳臂都裝飾著幾何交錯螺旋的刺青。試過門把發現鎖上時，他再度用打氣筒敲擊車窗，玻璃上出現一個銅板大小的蜘蛛網。

「你他媽的給我滾下車！」

蓋格的雙耳嗡嗡作響，覺得頭顱裡很擁擠，彷彿對頭顱而言大腦變得太大。他的雙眼向前跳躍，同時吸收擋風玻璃和照後鏡裡的景象。雨中的車頭燈朝著他緩緩駛來。

「是你要下車還是要我上車？」

蓋格轉頭面對單車客，而那裡，就在車窗外頭，站著一名穿著吊帶褲的男子，寬闊平坦的額頭因汗珠而閃閃發光，手上拿著什麼瘦長而發亮的東西。就在半拍心跳的瞬間，他的父親站在眼前，接著又消失。

打氣筒又敲在車窗上，玻璃碎裂成千片細小的鑽石。單車客伸手進來抓住蓋格的連身衣。

「下車出來，混蛋！」

蓋格的右手飛速衝出窗框，停留在單車客的頭髮上，幾乎快把他拉進前座。那憤怒咆哮的男子努力透過空隙進行某種攻擊，但蓋格的左手手指尖深深陷入男子鎖骨上方的柔軟凹陷中。怒吼變成尖叫。

蓋格把男子拉到面前，手指放鬆，尖叫聲停止。

「現—在—就—走—開，」蓋格說。

男子睜大眼睛瞪著他，氣喘噓噓，臉上滿是雨滴。

「你聽懂了嗎？」蓋格問。

男子點點頭，蓋格放手，單車客掙扎著退出車外，踉蹌地回到街上，雙手摸摸脖子。

蓋格的腳找到油門開走，車速指針的箭頭維持在五十和六十五之間。

蓋格住的那條街很安靜，除了水溝裡的雨水之外，沒有任何動靜。這條街上只有幾戶人家，制服店和西班牙雜貨店要到六點才開門，修車廠和倉儲則是一小時後。蓋格住的那棟房子夾在一家浴缸及淋浴設備供應商與一家空置店面之間，由茶色磚塊所蓋成的兩層樓建築寬六公尺，深九公尺，窗戶以木板封死，而且已經封了很久。

幾年前，這棟房子屬於一名和蓋格一起從事裝修工作的塞爾維亞人。工作機會減少時，這名塞爾維亞人會請朋友和同事吃中國菜，交換條件是他們得幫忙清理此處。開始目前這個行業之前，蓋格花了十幾個晚上拆掉腐爛的牆壁及地板。五年後他再回去時，木板封住窗戶，巷子裡的垃圾子車滿是發霉的石膏板，顯然好幾個月沒清過。可是那個塞爾維亞人還住在那裡，他邀請蓋格進門，告訴他自己錢花光了，夢想也破滅了。同一天下午，蓋格和塞爾維亞人達成協議，兩天後，蓋格付現金給他。他手上有三分之二的現金，剩下的以交情向卡密尼商借。

這房子所有的工程皆由蓋格自己打理；他隔開一樓後封起，把水管和電線升級，圍起小後院。蓋上石膏板前，他在每一面牆上從地板到天花板鋪滿煤渣做的空心磚，每隔四塊空心磚就放一層硝化甘油和炸藥RDX混合成的成形炸藥，會向內引爆。他使用薛雲—威廉斯塗料公司出產的柔軟灰色塗料「信風」塗抹牆壁。

接著他開始做地板。

這個設計已經存在他的腦海多年，他每星期會花三、四天的時間前往布魯克林區和哈林區的裝修工地，尋找、購買被丟棄的古董地板，尋訪地點包括褐石建築、小建築與工廠。有時候他帶著一點八公尺長的栗木板回來，有時則是幾塊二十公分見方的鐵杉木。隨著他尋找自己所需、少數人才會有興趣的木材，這些區域的木材行和回收公司開始期待他每兩週一次的造訪。

不論哪一種木材，不論形狀或狀態如何，程序總是一樣。蓋格會鋸、刨、削，仰賴直覺與有限的測量，創造出腦海中看到的形狀。三次漫長的磨砂程序後，他用越來越細的磨砂紙，讓木材回到其原始、自然的表面。接下來他使用自行調製的蜜蠟和油桐處理木材的每一面，然後才放進整片地板中。一片片下來，這些碎片成為一大塊五十五平方公尺拼圖的一部分。

他由外緣往內進行，用了超過七百片木料，有些長一點五公尺，寬十公分，有些比瓶蓋還小。這些木料包括柚木、巴西非洲胡桃木、紅木、白楊木、鐵杉、榆木、栗木、回收松木等。蓋格花了七個月才完成這個驚人的馬賽克，倘若有人看到的話，一定會驚嘆不已。事實上，男孩將是第一個進入此處之人。

蓋格把車子靠邊停在距離家門六公尺處。他看著照後鏡，檢視自己，感覺得到眉毛開始緊繃。內心遙遠的地平線上，暴風雨開始逼近。

他轉身對著男孩說話，他還伸展在座位上。

「我們現在要進去了，人行道寬六公尺，接著上三個台階，然後我們就在室內了。」

他下車打開後座車門，伸手進去抓仕男孩銬住的一隻手，拉他起來轉成坐姿。

「準備好了嗎？」

蒙著面具的頭第三次點一下，男孩幾乎抬不起頭。貼在嘴巴的膠帶有一個平行、朝內的皺褶，來自過去幾個小時裡試圖吸進空氣的反射動作。蓋格抓住小提琴琴盒，左右看看街道，目光所及之處悄無人跡。

「我們現在要快步走了，注意你的頭。」

他抓著男孩的手讓他滑過座位到車門，男孩伸腿下車時，蓋格拉他起身，男孩立刻抬起蒙住的臉對著雨水，彷彿尋求某種淨化的形式。

「走吧，」蓋格說。

他的手臂鉤住男孩的一隻手，領著他朝房子走去，「三個台階，」他說，他們順利走到和拉羅街一模一樣的前門，一道堅固的鐵門外沒有鎖也沒有門把。鐵門旁的牆上安裝著一道密碼鎖，蓋格按下密碼後傳來一陣輕柔的唧唧聲，隨之而來的是隔間打開的較大卡嗒聲，鐵門向內打開三、五公分後，蓋格把門推到底，牽著男孩進門。鐵門在他們身後關上，門鎖發出卡嗒聲自動鎖上。

蓋格知道自己的行為已經啟動一波地震，自己在宇宙中的地位已經以某種方式重新予以界定。不過有那麼一刻，靜默是暫時而溫馨的避難所。他放下小提琴琴盒，從口袋裡拿出一把瑞士刀割斷男孩手腕上的領帶。

「我現在要把膠帶撕掉了，」他說。

蓋格試著用大拇指和食指抓住男孩左耳耳垂下方的膠帶一角，濕氣和汗水把膠帶浸濕了，使膠水乳化而撕不下來。

「這個動作會痛一下。」

男孩發出呻吟聲，似乎削弱了僅存的力氣，如第一次喝醉酒般搖搖擺擺。蓋格扶住他，引導他走幾步到沙發上。

「坐下，」他說，讓男孩坐在柔軟的褐紅色皮沙發上，「我要去拿酒精，這有助於撕掉膠帶。我把膠帶撕下來之後，我們再來談談你母親和父親。」

他走到走廊盡頭進入浴室，裡面裝設有淋浴設備、馬桶、以支座支撐的水槽，上方掛著臉蛋大小的橢圓形鏡子。他在一個鍍鉻手推車前蹲下來，讓膝蓋靠在鑲有鑽石形狀的白楊木與柚木地板上休息，手伸到最下面一層。

他想到自己的聲音聽起來像闖入者一樣。除了和哈利講電話，和貓最少的交談之外，他在家裡從來無需開口。腦袋的遲鈍增加了陌生感，在耳朵裡製造出空洞的聲音，似乎如船跡般尾隨著他的話語。

他找到擦拭酒精，帶著盒子裡的幾張面紙回到走廊，「我們會想出辦法，我們得小心——」

他瞪著側身躺在沙發上的男孩，鼻子呼出恬靜的沉睡氣息，越來越微弱。

蓋格打開後門門鎖走到門廊上，頭頂的行動感應燈亮起。眼前六公尺處，一隻孤單、無眠的松鼠在草地上僵住不動，準備面對災難。

第二部

10

針刺般的滾燙淋浴沸騰地刺入哈利的焦慮，帶領他前往一個能讓思維喘口氣，一瞥嶄新未來的境地。

他步行穿過狹窄、煙霧瀰漫的中國城及布魯克林橋回家，思索著最糟糕的情況。他的保險箱裡有七萬塊，必要的話賣掉公寓也行；他得在檯面下出售，現金交易，最有可能是透過卡密尼，因此拿到的錢會更少。不過，他很清楚布魯克林高地區每一棟附有城市景觀、兩房褐石建築公寓的最新買價或賣價，因此很確定還能有三、四十萬入袋。

那是第一個最糟的狀況，前提是他永遠不再工作，他也無法想像自己再找一份工作。既沒有目前的工作紀錄也沒有推薦信的情形下，誰會雇用他？而且他要做什麼？在電腦公司的小房間裡修理主機板嗎？在網路上兜售虛擬軟體？開計程車？不可能。不過失業、只用現金的生活，他至少還能撐個七、八年。對於政府而言，哈利・柏迪克已經不存在了。他的電費單和電話帳單的收信人是湯瑪斯・瓊斯，他已經十年沒有繳稅，大可以消失無蹤。

還有第二個最糟的狀況，這次得把妹妹納入考量。除非她終於放棄自己在奇異公車上的座位，或是胯下的邪惡硬塊先殺死他，否則四年後她就會把他吸乾，而且還不知道他曾經存在過。

哈利到家時，想到要和人交談就讓他反胃。他搖醒護士，多給她五十塊趕她出門，告訴她自己明天準備好送莉莉回去時會打電話聯絡。探頭進走廊盡頭的第二間臥室裡看一眼，莉莉蜷曲安睡在床罩上，她總是這樣睡法。

這時哈利關掉蓮蓬頭走出浴室，他設定重複播放的雷．查爾斯最佳精選CD已經播放到第二次循環的一半，那洗滌靈魂的嗓音使他覺得舒服一點了。用「床．浴室．和其他」商店的超大義大利高級浴巾擦乾身體時，他抗拒試探胯下的衝動，無力地微笑後走進客廳：他不會再花四十塊買浴巾了。他進入客廳時沒有開燈，窗外的日出只是一天隱約的開始，因此，他直到幾乎站在沙發前時，才看到坐在上面的身影。

「哈利，坐下。」

霍爾的話是三分之一邀請、三分之二命令的語氣，聲音中帶著承受強烈生理痛楚的人才有的粗啞。雖然很意外，但哈利自己的赤裸也帶來同樣程度的難為情。

「我可以穿上衣服嗎？」

「哈利，坐下，現在。」

哈利在最喜歡的那張皮椅上坐下來，光溜溜的背部、大腿和臀部感覺溫暖而黏稠。他盡可能不在意地把雙手放在大腿上蓋住生殖器。

「你的搭檔是個很奇怪的傢伙，」霍爾說，「充滿驚喜。」

「你現在才知道。」

「哈利，他犯了大錯。」

「對，我已經告訴過他了。」

「他同意你的看法嗎？」

「蓋格和我之間沒有這種對話，」哈利在座位上移動，潮濕的皮膚離開皮椅時發出吱吱聲，「我可以至少穿上外套嗎？」他指著自己回家時丟在沙發上的運動外套，霍爾撿起來低空丟給他，哈利蓋住自己的大腿。

「哈利，我要那個男孩，馬上就要。」

「你的錢已經還你了。我猜目前你最多只能做到這樣。」

霍爾身體向前傾，手臂放在大腿上，「哈利，我不在乎錢，」他深呼吸一口，嘴唇擴散成扁平、退縮的愁眉苦臉。他的手摸著胸骨，手指溫柔地探索著瘀傷的區域，「狗娘養的，」他嘟囔著說，「你有什麼可以喝的？」

「抱歉，我戒酒了。真希望我還喝酒。」

霍爾站起身走到窗前瞪著東河，在昏暗的光線下，哈利看得到霍爾襯衫背後和衣領上有一條長長的紅色污漬，後腦勺貼著一小塊白色貼布。當雷．查爾斯唱完〈喬治亞〉時，橋上燈光的倒影彷彿一團團的黃金油般漂浮在水面上。

「很棒的聲音，」霍爾說。

「沒錯。」

「哈利，他們在哪裡？」

「我不知道。」

「蓋格住在哪裡？」

「我也不知道。」

「你們合作多久了？」

「十一年。」

「而你卻不知道他住在哪裡？」

「從來沒去過他家，正如你所說的，他是個很奇怪的傢伙。」

哈利盡其所能的靜靜坐著，說話維持低調，因為他真的開始覺得很害怕，不是對於即將發生的暴力那種發自內心、心臟快要跳出來的害怕；而是霍爾這個人，房間裡的氣氛，一切皆慢慢使哈利升溫，用脫韁的懷疑和迷惑當火苗，不斷燃起他內心的恐懼。

「哈利，我讓你沖完澡是希望你放鬆、頭腦清醒。」霍爾轉身面對房內，「哈利，你怎麼看我呢——現在的我？」

「你正承受很大的痛苦。」

「還有呢？」

「失去耐性了？」

「正中紅心。現在……」霍爾伸手到長褲口袋裡拿出哈利的手機，「我看過你的手機，上面沒有已接或已撥號碼。」

「就是這樣設定的。」

「隨便，可是我需要你現在馬上打電話給蓋格，告訴他如果不立刻把男孩送回來給我的話，你就會吃足苦頭，我甚至也許會帶你去給達爾頓處理。你覺得自己熬得住嗎？」

哈利迅速感到一股恐慌上湧，可是發現自己得努力才能不笑出來。他不懷疑霍爾的誠意，可是這一整齣戲的設計——他荒謬的赤裸、雷．查爾斯陰鬱的嗓音、落在河面上的夏日清晨——在在都密謀將這恐怖的一刻俗氣地包裝出滑稽的氣味。雖然努力嘗試，他卻無法忽略一個可能性，都已經是他在世上的最後一刻了，命運還在拿他開玩笑。

哈利吸一口氣鎮定下來，「蓋格不會接電話的，」他說，「他叫我不要打電話給他，需要的話他會打給我。就算我留了言告訴他你的打算，我不認為那會改變他的計畫，不論是什麼計畫。反正我都不會打電話給他。」

「不會？你不會只是在拖延時間吧？」

「沒有，我發誓說的是實話。」

隨著雷．查爾斯用力唱著〈上路吧傑克〉的第二段副歌——「你可永遠永遠別再回來」——霍爾轉身大步走向音響閃閃發亮的紅燈前，抓住CD播放機一把拉掉，砸到牆上。機殼碎成一片片，音樂停止。

「我他媽的討厭那首歌，」霍爾嘟囔著。

「謝謝，我也是。」

霍爾回到沙發上，坐進抱枕之間時發出輕微的呻吟聲。哈利瞪著霍爾皮套裡的槍，哈利也有一支手槍，貝瑞塔點三二雄貓手槍和七發槍膛收在書桌下的槍套裡，去年聽說一條街外一連串的闖空門之後，他透過卡密尼買到的。他從來沒用過，只按照卡密尼的嚴格指示，把槍拿出槍套外清潔過幾次。

「三萬五在我的廂型車裡，哈利，拿了錢，打電話。」

「不用了，撐不了多久的，我有一些很昂貴的義務。」

「我們不都是如此，」霍爾說完嘆口氣，打開哈利的手機按下幾個按鍵，哈利聽到鈴聲響了一次，接著有人接聽。

「上來吧，」霍爾說完用力關上手機，哈利的目光遊移到書桌上的電腦螢幕，傑克森・波拉克的螢幕保護程式在黃褐色的表面上，以一抹抹黑色和紅色的特寫閃閃發光，看起來像美國太空總署所拍攝的外星景觀。他真希望自己在那裡：他很確定在火星或金星上，沒有訓練精良的殺手在等電話鈴響要上樓在他的腦袋放一顆子彈。

霍爾看著他，搖搖頭，「你為了蓄格和一個根本不認識的孩子選擇這條路？」

「跟他們無關，霍爾先生，不論你的真名是什麼。」

哈利不知道鄰居是否在家。他和　個喋喋不休的期貨交易員共用這棟褐石建築，他住在樓下。他們前陣子在人行道上八卦，那傢伙提到自己暑假要帶老婆去歐洲住一陣子，可是哈利記不得是什麼時候。如果他們人在樓下，而哈利開始尖叫，他們有可能聽見他的叫聲。不過，他一想到這點就知道自己不會這麼做。雖然人生中花了太多時間當混蛋，他才不會以同樣的方式離場。有那麼一秒鐘，他回到中央公園裡，深更半夜爛醉如泥的躺在地上吐血、吐牙齒，強盜站在他頭頂上再度逼問，「把你他媽的金融卡密碼告訴我們？」當時他抬頭看著他們說，「這裡發生了什麼事，可是你卻不知道是什麼，是不是，瓊斯先生？」他們又繼續拉他的靴子，接著蓋格出現……

前門迅速打開，哈利和霍爾同時轉頭，看到黑暗走廊裡一個高大的身影。

「沒用嗎？」一名男子問。

哈利認得這個聲音，就像在人群中瞥見一個熟悉的面孔，卻不記得在哪裡見過。

「沒用，」霍爾說。

隨著這個身影進入公寓裡，霍爾伸手到邊桌旁打開檯燈。

「天啊，」哈利慢慢吐出這兩個字。

他在拉羅街上給了二十塊的叫化子正站在那裡對著他皺眉頭。

「哈利，」霍爾說，「這位是雷。」

「嗨，雷，」哈利說。

「後面房間有一個女的在睡覺，」霍爾對雷說，「去抓她。」

哈利的手掌匆匆閃過一絲電擊般的攣縮，他忘了莉莉。

雷帶著沉重的腳步走向第二間臥室，霍爾轉向哈利，「那是你老婆還是女友？」

「妹妹。」

雷把莉莉抱進客廳放在椅子上，還半睡半醒的她往左右兩邊垂下。

「哈利，別把她牽扯進來，」霍爾說。

哈利轉頭看著霍爾，臉上露出笑容。

「哈利，什麼事這麼好笑？」

「讓我看看自己有沒有看懂情況，」哈利說，「你認為她是你手上的王牌，對吧？」他站起來，把外套袖子綁在腰間繼續遮掩自己。

「哈利，你在做什麼？」霍爾說。

「你先看著，好嗎？」哈利走到妹妹跟前，用指節敲敲她的頭，「有人在家嗎？」

「我們可以去散步嗎？」莉莉說。

「老妹，我叫什麼名字？」

「我們該去哪裡？」她說。

哈利發出輕微、沙啞的格格聲，幫他們講清楚。

「各位，這位是我妹妹莉莉，她伔在精神病院，主因是僵直型精神分裂症。她已經超過十年不認得我是誰了，一年花上我十幾萬，是我他媽的重擔，」他對他們搖搖頭，「我是說，我不想看到她受傷害，不過如果你們認為那會使我改變心意的話……」他又對他們格格笑，「老兄，這麼說吧，我每天晚上都跪下來祈禱她會死。你們如果把她砍成兩半的話，倒是幫了我們倆一個大忙。」

霍爾和雷淡然地互看一眼。

「哈利，」雷說，「她也許跟八歲孩子一樣笨，但不表示她不會感受到痛苦。」

「哈利，該打那通電話了，」霍爾說。

「我告訴過你，蓋格不會接的。」

「你打就對了，」霍爾說，「我們會接手處理。」

哈利看得到河岸對面兩座清澈的大樓側面反射著上升的太陽，地球正以無法理解的速度在轉動。我們會接手處理。如果霍爾能利用蓋格沒有接聽的電話找到手機位置，那麼他顯然有辦法取得很先進的科技。

「所以，」哈利說，「我在想這和被竊的畫作無關，對吧？」

「操你媽，」雷一說完，舉起莉莉丟到房間另一頭，她像舊娃娃般掉在地上，幾乎沒有發出聲音。她面朝下躺著，四肢歪斜，接著開始發出短暫的嗚咽聲。看著她，哈利突然想像自己心裡越來越強烈的悲傷會把心臟撞在肋骨上，進而殺死他。

雷轉向哈利，用臘腸大小的手指敲敲他的額頭。

「哈利，這才是重點。」

「雷，你知道嗎？就一個卑鄙的操你媽混蛋來說，你真是個狗屁倒灶的例子，」雷的大手飛舞過來抓住哈利的喉嚨，「還有，」哈利沙啞的說，「你欠我二十塊，王八蛋。」

雷的嘴唇分開，露出毒蛇般的笑容，有那麼一會兒，哈利以為他會上鉤。

「雷，按照計畫，」霍爾說，「把她拉起來，我們來看看她哥哥到底有多冷血。」

隨著雷放開他，哈利嘗試最後、最好的一次機會。

「雷，你在街上的時候真是個好人，」他說，「告訴我：你還做其他事，還是霍爾主人總是讓你扮演無家可歸的黑佬？」

雷舉起手臂反手上揚，彷彿準備完美的一擊。他的上臂甩到哈利耳朵旁的頭骨上，這一記重擊使他整個人飛了出去。

哈利落地之處距離所希望的位置還差一點，不過他落地後笨拙地滾動，希望自己看起來很有說服力。他臉朝上面對書桌桌腳時停下來，腦袋一陣大聲尖叫，雙眼充滿淚水，視線模糊，但無礙地看到槍套裡的貝瑞塔手槍。

霍爾站起來。

「天啊，雷！你是什麼——天殺的新手是嗎？哼？」

「抱歉，」雷嘟囔著說。

哈利閉上眼睛，左側膝蓋骨承受了全部體重的撞擊力，如今越來越劇烈的抽痛。眼皮下金星亂跳，他以為自己可能會痛昏過去，隨即又咒罵居然沒有先考慮到這個可能性。如今手槍已在伸手可及之處，他感覺驚慌如背部的蜘蛛般上下爬動，完全不知道接下來該如何進行。

哈利聽到莉莉再度發出嗚咽聲，感覺眼皮下淚水上湧，腦袋裡的煙火表演突然被無色起伏的景象打斷。在他們九十四街公寓的浴室裡，他浸在浴缸中讀著心愛綠燈俠的最新功績，門打開，莉莉進來——她不會超過七歲，她掀起馬桶蓋和身上的蘇格蘭百褶裙，噗通一聲開始小便。她轉身面對他，露出甜美的微笑。

「聽到了嗎？」她說，「所以他們才說是叮噹聲，因為聽起來就是這樣。我可以進來跟你一起泡嗎？」

「不行。」

「為什麼不行？」

「就是不行。」

「以前都可以。」

「我都說不行了不是嗎？妳是聾子嗎？」

「傻瓜，如果我在回答你，怎麼可能是聾子？」她朝著他彎下腰，用指節在他的腦袋瓜上敲三下，「有人在家嗎？」

此時，躺在書桌下的哈利最悲傷、最憤怒的那部分想把貝瑞塔手槍從槍套裡扯出來，掃射房間，直到子彈用完為止，沒有人的心臟會繼續跳動。

「哈利，」是霍爾疲倦的聲音，「哈利，起來。」

哈利沒有移動，他聽到霍爾鼻端篩出一聲長長的嘆息，知道霍爾對這些額外的活動沒有興趣，他只在意情報、準確、無阻的射擊角度，並由於這浪費時間而急躁起來。

「雷，我對天發誓，」霍爾說，「如果他昏過去……」

「我聽到你了，」哈利說。

「那就站起來坐在椅子上。雷，把莉莉放在沙發上，讓哈利可以清楚地看到她。」

哈利張開眼睛，雷抱起莉莉時會經過他身邊。哈利轉身用雙手和膝蓋起身，吸入氧氣對抗暈眩。

哈利看著雷對著莉莉彎下腰，抓住她襯衫背部，朝著沙發把她拖過去。她看起來就像正要前往櫥窗展示的人偶。

「哈利，快起床吧，」雷說。

哈利舉起右手抓住桌緣支撐，這個動作使他眼角得以一瞥霍爾的位置：他還站在沙發前。哈利左手滑進桌子下方接近貝瑞塔手槍輕微凹洞、硬橡膠的手把，這時雷和他並肩。

雷停下來對他露出冷淡的微笑，「老兄，好戲正要上場。」

哈利拉出手槍抵住雷寬闊、平滑的額頭，「你敢動一吋，我向老天發誓，那是你最後說的大蠢話。」

哈利喜歡自己所聽到的話，也喜歡自己說話的方式。他看著雷的眼皮張大到極限，露出憤怒的紅木色虹膜。

「老天爺，」霍爾說，「我他媽的不敢相信居然會發生這種事。」

哈利更用力地把槍口頂住薄薄的皮膚，「手舉起來。」

雷的下巴關節緊繃，繃著臉好像咬下什麼很苦的東西，接著他放掉莉莉，雙手高舉過頭。

「跟我一起轉九十度，」哈利說，「這樣霍爾先生就在你背後，我的視線範圍之內。小步一點，慢慢來。」兩名男子轉向共同的軸線，哈利可以看著雷，同時也正面看到站在三公尺外的霍爾，「霍爾先生，」他說，「拿出你的槍，往浴室地板的方向丟過去。」

「哈利，冷靜一點，」霍爾說，「你聽起來很忐忑不安。」

「我是很忐忑不安沒錯，非常的忐忑不安。」

「我們別殺人好嗎？」

「是你說要把我幹掉的。」

「哈利，有些事就是這樣，當然也會改變，做出計畫後會再更動。所以放輕鬆，現在你是拿槍的那個人。」

「把你的槍丟過來，照我的話做。」

「哈利——」

「照做——別等我鼓起足夠的勇氣開槍！」

霍爾歪著頭微笑，「哈利，有時候你說話真有自己獨特的一套。」

霍爾右手移到腰上的槍套，用食指和大拇指抓著慢慢拿出手槍，丟向浴室門口，手槍撞到瓷磚時發出尖銳的卡嗒聲，滑過地板。

「現在坐在沙發上，」哈利告訴他。

霍爾照做，嘴角仍然帶著一抹微笑，哈利從雷身邊後退一步，槍口仍然對準他兩眉之間的凹陷處，他們都注意到哈利的手在顫抖。

「混蛋，害怕了嗎？」雷說。

「帕金森氏症，忘了吃藥，」他轉而用雙手握住槍，有助減少顫抖，「雷，跪下。」

雷搖搖頭，「老兄，不可能。你不會對我開槍，我也不會下跪。」

哈利看到霍爾的下巴疲倦地朝胸部下垂，「雷，我們沒有時間玩把戲，照他的話做。」

「那不是我的工作內容。」

「雷，」霍爾說，「他媽的給我跪下！」

雷跪下來時，哈利幾乎能肯定自己看到他雙眼散發出憤怒的火花。

「雷，把你的槍交出來，同樣的方式。」

「操你娘……」雷說，剩下的話縮成一句嘟囔，掏出一把準星上翹的閃亮左輪手槍，丟在哈利背後。

哈利沒辦法一面盯著霍爾和雷，又同時看到莉莉，可是他也沒有足夠的信心快速看一眼她的方向。

「莉莉，」他說，「莉莉，妳能站起來嗎？」

「她當然可以，」雷說，「而且她還能背誦他媽的宣示效忠誓詞。」

哈利覺得頭歪一邊，膝蓋濕軟又很熱。有那麼一會兒，他忘了自己握著手槍。

「雷，你知道一件事嗎？」他說。

「什麼事？」

哈利低頭瞪著他，突然間腦中一片空白。他本來打算機靈的回嘴，想不出該說什麼時，便用力盡快揮動手臂，貝瑞塔手槍以如此強勁的力量砸到雷的冷笑，他向後彎成拱型倒在地上，噴出的血還停留在空中。一波血滴飄浮後落下，鮮紅的噴濺在他的長褲和運動衣上。

霍爾從沙發上跳起來，房裡充滿雷試著反射性、咕嚕咕嚕的呼吸聲。

哈利把武器轉向霍爾的方向，「別動！」

哈利低頭看著雷，他已經翻身到側面以避免窒息，這時發出黏稠的呻吟聲，雙手緊緊包住臉，可是血還是從指間漏出來。

「擦泥罵的焚蛋，」雷發出咯咯聲說。

這時，陽光已經大半照進房間裡了，哈利讓自己的視線掃過房間，知道這裡曾經是他的家，他的避難所，但已然失去。可是，認知到自己之所以會得到如今所遺留下的一切，都是因為他所選擇的行業，這一點才真正令他傷心。

雷的手掌後方發出的潑濺聲越來越大，他終於成功地讓自己在沒有移動雙手的情形下變成坐姿，哈利倒退一步。

「可惡，」哈利說，「我不是故意的。」

霍爾噴聲鼻息後又在沙發上坐下，「哈利，你當然是故意的。我猜你等著這麼做已經等很久了，只不過到現在才知道罷了。」

讓哈利懊惱的是，他意識到自己實際上真的感受到一股四肢鬆散的如釋重負，經過洗滌般的自由。他轉身看著莉莉，坐著的她雙手放在頭髮之間，手指旋轉又拉直著一長段黑色髮絲，彷彿是一種安靜、私密的儀式。

「我要穿上褲子，」哈利說。

他拿起雷的槍走到浴室裡，視線仍然盯著霍爾。他把槍放在洗手台，拉起腰間的運動外套，從馬桶蓋上拿起長褲。穿上長褲時，他聽到雷吐掉什麼濃厚而黏稠的東西，哈利努力不去想那是什麼。

「我要抽根菸，」霍爾說，「伸手進我的口袋好嗎？」

哈利穿上襯衫、運動外套，一面換手拿槍，接著他走到客廳裡，「請便。」

霍爾從口袋裡拿出一包駱駝牌香菸及打火機，點燃一根香菸後說，「哈利，蓋格為什麼這麼做？」

「他認為，如果你打算把小孩帶去給達爾頓處理，那表示他是可以被犧牲的，因此也許我們都是。現在我要帶我妹妹離開了，我需要把所有的槍都帶走嗎？」

「如果你是問我會不會拿著槍追到街上的話，那麼不用，你不用帶著所有的槍。」

哈利穿上帆船鞋，從浴室抓了一條毛巾回到客廳。他已經開始習慣貝瑞塔在手裡的重量，但感覺自己是在別人地盤的陌生人。

他走向莉莉又停下來，轉身面對霍爾，伸出手掌，「我的手機。」

霍爾把手機丟給他，哈利扶起莉莉，緊緊抱著她，胸口感覺得到她的心臟跳動。她開始非常輕柔地哼著曲子，平均、重複地間斷停下來又開始。哈利覺得聽起來有點熟悉，但認不出那個調子。

「她這樣多久了？」霍爾問。

「太久了，」哈利回答。「霍爾，我得問你，殺死你們倆會結束這一切嗎？」

「你認為自己做得到嗎？」

「純粹是假設性問題，會嗎？」

「哈利，德庫寧很難得手。」

哈利點點頭，草草看了雷一眼。

「嘿，雷，」他說，雷抬起頭，沾滿鮮血的巨大雙手仍覆蓋著臉龐，哈利把毛巾丟給雷但掉在他的膝蓋上，雷雙手伸下去撿。

哈利看到貝瑞塔在雷的臉上造成巨人的傷害。驕傲的鷹勾鼻被砸平而歪掉，人中被打爛成模糊一片，血淋淋的組織下看不見的牙齒即使沒丟，至少也斷了。

哈利讓莉莉站好，自己轉頭過去吐了。他曾經以分析師銳利、勤勉的角度，看過蓋格執行過程的影片紀錄，然而這是他自己下手的結果。他用舌頭舔舔前排三顆假牙，記得發生在自己身上時那種令人麻木的痛苦和斷裂的清澈，不安地知道死亡是成敗機率相等的賭注。他挺直身體。

雷把毛巾壓在嘴巴上，看著哈利的雙眼彷彿看著瞄準器上的獵物。他嘟囔著一些無法解讀的話，但顯然是復仇的誓詞。哈利拉住莉莉的手。

「走吧莉莉，我們得走了。」

「我們得離開這個地方，」她唱著，「如果這是我們做的最後一件事。」

哈利牽著她倒退著朝門口走去，手裡的槍依然舉在腰間。

「再見，」他說。

霍爾點點頭，「告訴蓋格，我會再見到他。」

霍爾從腰部一路痛到頭部，他面對生理痛楚時從來沒有問題，只是讓他覺得自己很愚蠢，因為在他這一行，疼痛表示你搞砸了。你總是有那個「以防萬一」的心態，總是假設某處有一支扳手等著要卡進齒輪裡。然而，過去二十四小時就像一場殘酷的回力球三連勝：馬瑟森動搖他們、蓋格決定擔任道德相對論者、一個電腦宅男變成藍波。霍爾深深吸一口駱駝牌香菸，在茶几上按熄後走到雷的面前。

「把你的手機給我。」

雷吐出一大口血，從口袋裡拿出手機，霍爾撥號。

「米契，準備好，柏迪克出來了，還帶著他妹妹。」

「妹妹？」米契說，「裡面發生了什麼事？」

「柏迪克和雷打起來，不過晚點再說這些，我得送雷去把他的臉縫起來。」

「這麼糟糕？天啊，里奇，我們要變成他媽的三隻瞎老鼠了。」

「米契，跟緊一點，不過別太近，」霍爾說，「別玩把戲，你知道想找到蓋格的話，他是我們最好的機會，對吧？」

「你想知道我的想法嗎？我認為，也許那個一直做出錯誤選擇的人應該不要再聽起來好像知道自己他媽的在做什麼。」

好幾年來，霍爾都想往這個傢伙臉上揍一拳，不過他無聲地嘆息後掛斷電話。自從這一連串的衰事找上門來，他就一直假設如果情況更糟的話，他們三個最後會自相殘殺，可是他還不能讓這種情形發生。他還有一通電話要打，為了這通電話，他在哈利的椅子上坐下，深呼吸一口，經過深思熟慮的呼氣後，他撥打電話，響第一聲就有人接。

「喂？」

「我是霍爾，閣下，我們遇到問題了。」

「『問題』是我最不喜歡的字眼之一，什麼是『我們的』問題？」

「我們把那孩子弄丟了，還沒能得到任何情報就弄丟了。他在蓋格手上。」

「手上？」

「他被帶走了，閣下。」

「那就去找蓋格。」

「是的，閣下，計畫是如此，可是我們不知道蓋格在哪裡……還不知道。」

「霍爾……」

「是的，閣下。」

「我開始考慮自己是否應該開始擔心。昨天你說已經把馬瑟森安排好了，現在卻變成這樣。」

「我明白，閣下，不過沒有必要……」

「找到蓋格。」

「是的，閣下。」

「隨時向我通報。我不喜歡在實情之後聽到『問題』。如果你預見更多的節外生枝，我要在發生前就知道。」

「是的，閣下。」

通話結束，霍爾聽得到天空開始崩裂的聲音。除非他成功地完成這項任務，否則天空鐵定會垮下來。大聲呻吟的雷踉蹌地站起來，一手抓著牆邊不讓自己跌倒。

「擦泥罵的焚蛋——」

「雷，閉上你的大嘴巴！」

11

男孩並沒有睡很久，他的熟睡充滿抽搐的聲音和喃喃自語，接著被夢中的惡魔驚醒。坐在他身邊的蓋格手上拿著酒精和毛巾，地上放了一杯水。

「我要把膠帶撕掉了，太痛的話告訴我。」

艾斯拉點點頭，蓋格開始慢慢撕掉一眼旁的膠帶一端，一點一點地拍拍剛露出的皮膚。男孩退縮了幾次，但沒有發出聲音。蓋格撕完第一隻眼睛——左眼——上的膠帶之後，剩下的膠帶比較容易拉起來。男孩的眼睛是引人注目的亮綠色，海灘磨砂玻璃的顏色，但帶著一絲揮不去的恐懼、迷惑，毫無信任的空間。

蓋格繼續處理艾斯拉嘴上的膠帶，男孩謹慎地瞪著他。蓋格小心翼翼地撕開膠帶，艾斯拉的臉頰和太陽穴上有兩條平行的紅線，來自化學藥物所造成的發炎現象。他用舌頭舔舔嘴唇幾次。

「口渴，」他沙啞地說。

蓋格把杯子遞給他，男孩把水喝光。

他們如同長途旅程一開始時共用空間的陌生人般，打量著彼此。

「你會傷害我嗎？」艾斯拉說。

他的聲調不高不低，蓋格聽出些許青春期前的尖銳聲，但也有不預期的沙啞低沉。蓋格覺得男孩的聲音具有奇特的緩和作用，彷彿四重奏深處的大提琴。

「不會，」蓋格說。

艾斯拉一手滑過黏膩的額頭，「這裡好熱，可以開冷氣嗎？」

「這裡沒有冷氣。」

「沒有冷氣？那可以開電風扇嗎？」

「我沒有電風扇。」

「你在這裡不會熱嗎？」

「會。」

男孩試圖解讀蓋格的表情，在尖銳的相貌和冰冷的灰色眼珠中尋找一絲幽默的暗示。他對嘲諷的觸角很靈敏，那些總是存在於他父母選擇的語調中，他們常用在鬥嘴、斥責、閒聊與廝殺般的爭論上。可是蓋格看起來非常坦率。

「那，我可以沖澡嗎？」

「可以。」

艾斯拉舉起一隻手，輕輕撫摸臉頰後退縮。對蓋格而言，讓另一個人在這裡的這個舉止似乎有著神奇的效果，它改變了此處的形狀，也縮小了尺寸。男孩手掌放在大腿旁，平放在皮製抱枕上，彷彿需要額外的支撐才不會往側面倒下。他頭往後靠在沙發上，眼皮下垂。

「你為什麼要做？」他問。

「做什麼？」

「你的工作，」他再度張開眼，「這是你的工作，對不對？傷害別人？」

蓋格接過艾斯拉手上的空杯站起來，才意識到自己心裡並沒有特定的目的地。他轉身面向男孩。

「艾斯拉，你知道這一切都和你的父親有關嗎？他們想知道你是否知道他在哪裡？」

「呃哼。」

「你知道你父親在哪裡嗎？」

男孩抬起頭移動瘦弱的身軀，「我怎麼知道你跟他們不是一夥的？也許你只是裝作好人，好騙我說出一切。」

後門位在廚房面北的牆上，蓋格走過去解開密碼鎖開門。

「你要去哪？」男孩問。

「後面，抽菸。」

蓋格走出去到門廊，進入後院。他點燃香菸，深深吸進一口時，圍籬後方的他聞到引擎機油的味道，這口呼吸的時間裡，他看到父親面孔的影像從頭頂上往下看，鼻端噴出珍珠色的煙霧。直到黎明前開著出租汽車的旅程之前，那是蓋格心靈剪貼簿裡唯一一張父親的照片。他知道還會有更多出現，不顧他的慾望或主觀能力，填滿每一頁。

「我可以出來嗎？」

男孩站在門口，蓋格吐一口氣，父親的面孔漸漸消散。

「不行，」他說，「待在裡面。」

外面的世界會不斷透過縫隙滲進去，過去會篡奪現在，逐漸主導一切。蓋格感覺得到自己的脈搏在體內敲打，如越來越大聲的內在定音鼓，血液及器官如音槌和砧琴。他開始以自己獨特的步伐繞著後院四周漫步，手指在兩側跳動。

「嘿，」艾斯拉說，「我可以問你叫什麼名字嗎？」

「蓋格。」

「跟那個輻射偵測器一樣嗎？」

「對，跟那個輻射偵測器一樣。別說話了。我需要想事情。」

蓋格再吸一口香菸後讓它掉下來，看著菸屁股的最後一絲煙霧往南方吹去。他想再點一根。

哈利把公用電話的話筒緊緊貼在耳朵上，這樣他才能在自助洗衣店的噪音中聽到答錄機的電子留言。他的另一隻手牽著莉莉，她似乎在洗衣機和烘乾機此起彼落的混雜韻律中，找到了最主要的節奏，並隨之微微擺動。他還感覺到貝瑞塔砸爛雷的臉時的餘波從手掌透過手臂傳上來，有什麼地方鬆脫了。

「是我，」機器嗶一聲後哈利說，「我們得談一談，非常、非常重要，關於霍爾和馬瑟森還有那孩子還有他媽的整件事。我在坦原的一家自助洗衣店裡。我不知道怎麼發生的，但霍爾和另一個傢伙出現在我家，想找出你在哪裡，如何把那男孩找回來。這些傢伙是重量級的，霍爾是個狠角色，我用公共電話是因為霍爾可能竊聽了我的手機，所以別打我手機，已經關機了。我會再打一次，或是你打給我——拜託！」

掛斷電話時，他注意到幾個顧客從衣物分類、摺衣服的動作中停下來，瞪著那個對著電話大吼的傢伙，他並沒意識到自己在大吼。他牽著莉莉到牆邊的一排椅子前坐下。他受的傷、疼痛的膝蓋感覺像水球一樣。

「莉莉，坐下，」他說，推了她一把，可是她還是站著，一前一後的轉換著重心，被機器的噪音給迷住了。離開褐石建築時，他拉著她走了三條街才招到計程車。司機問他要去哪裡時，哈利過了十秒鐘才回答。在一個充滿目的地的城市裡，他意識到自己無處可去而啞口無言。最後，他告訴司機自己需要使用公用電話，他們在坦原大道上慢慢地靜靜開著，直到司機看到自助洗衣店刺眼的螢光燈。

看著機器翻滾、旋轉，哈利仔細回顧，德庫寧畫作的說法已經完全沒有真實性。大衛・馬瑟森有什麼東西，或知道什麼事，霍爾迫切地想要拿到這件東西或是找到他本人。霍爾顯然是個怪人，似乎最先進的追蹤科技都能到手。綁架和暴力不是問題，這個男人在一個任君選擇的世界裡擁有上層完全的授權。可是，哈利無法想出他們是怎麼找到他家的，他讓自己無法被追蹤，無法被找到，所以霍爾是怎麼坐在他的客廳裡，等他從淋浴室出來？他用舌頭擦擦嘴巴內側，吞了兩顆制酸劑消除揮之不去的嘔吐味，可是沒有用。

莉莉放掉哥哥的手，開始用中指指尖慢慢地追蹤右臉頰上的一條線，從顴骨到下巴上上下下，像她開始唱的伴奏韻律。

「哈囉黑暗我的朋友，我又來跟你說話了……」

「莉莉，妳最近很愛講話，妳怎麼會開始唱這首歌的？因為閃亮的燈泡嗎？」

他靠在椅背上閉上雙眼，莉莉朝著一個三、四歲的男孩走去，他雙腿交叉坐在母親腳邊的地板，她正在摺的床單上裝飾著丟蜘蛛網的蜘蛛人，飛過超大字型的「轟！」和「卡炮！」之間。

哈利漂流過一九九〇年代在大學高地區陡峻的記憶之牆，當時他妹妹的內在齒輪開始鬆脫，他收留她，將她安置在自己的臥室裡。在夜晚最寂寞的時刻，他在客廳的沙發上半睡半醒著，莉莉會拖著腳步走進來，躊躇地對著他低聲說：「哈利？」不太算是在問問題，而是邀請他分享自己移轉的心靈想像出的異想天開冒險。後來，這些探訪停止了；有時候，晚上哈利會探頭進臥室裡，發現她坐在窗戶前對著玻璃後方的城市說話，她找到了一個沒人看得見的聆聽者。

哈利一睜開眼睛立刻站起來。莉莉蹲在小男孩面前，他從大腿上一大堆塑膠超級英雄之中抬頭看著她。

「嗨，」男孩說。

「好棒，」莉莉說。

她瞪著他的樣子就像哥白尼發現地球在宇宙真正的位置一般。哈利過來找她時，她正伸手要抓住男孩的手，哈利到達時，那母親正低頭看了一眼。

「嘿！」她大叫。

「沒關係，」哈利說，「她只是……」

「手放開！不准碰！」她說。

哈利抓住莉莉的手臂把她拉向自己，男孩的手滑走時，她的手臂還伸得老長。

「抱歉，」他說，「她有點……怪。」

「瞎米？」

「古怪，很古怪。」哈利用西班牙文說。

女子抬起頭研究哈利的表情，不高興的臉色轉變成悲傷、慰問的微笑。

他帶著莉莉回到椅子上，低頭埋進雙手之中，卻引發雷的拳頭所帶來的發熱、疼痛的顫動，他挺直身軀。

「老妹，我該拿妳怎麼辦？」

「好棒，」她說，雙眼閃閃發亮的瞪著小男孩，他拿起他的超級英雄，繼續正義和邪惡之間永恆的戰爭。

蓋格在院子裡踱步時，艾斯拉看著這名男子奇特但精準的身體動作。大部分的活動似乎集中在臀部與腳踝，動作看起來幾乎很自然，卻並非如此，顯然因為某處傷害或疾病做了調整。艾斯拉不知道他是否經歷過嚴重的意外，也許是對撞車禍，或經歷過戰爭。

「蓋格，我好餓。」

「我做點東西給你吃。」

蓋格穿過院子，他們一起走進廚房。兩面牆上裝置著黑色胡桃木流理台，上面放著咖啡機、磨豆機、水槽及維京牌雙爐爐台，下方是紅木門板的小型冰箱。其中一個流理台上方放著一座木製刀架，裡面插著兩把刀，還有一台木製廚房用具車，上面放著兩支湯匙、刀叉、兩個不鏽鋼大碗，其中一個裝著水果和蔬菜。一面牆的架子上掛著一個鑄鐵長柄小鍋及一個不鏽鋼鍋，角落裝有一台洗衣烘乾機。所有的廚具都在四座吊燈下閃閃發光，房間氣派而簡約，沒有額外的東西。

蓋格打開水龍頭，把一些青花菜和蘆筍放在流理台上，再從刀架上拿起一把刀。

「好奇怪，」男孩說。

「什麼？」

「你都沒有櫃子或抽屜。」

蓋格唯一一次花時間和小孩子在一起，是好幾年前的一個下午，當時他去「美人餐廳」付卡密尼每月的貸款，受邀留下來和卡密尼與他姪子共進午餐。一如往常，這個提議形式上是邀請，卻帶著命令式的微笑。卡密尼以自己在海軍和卡車司機的軼事款待蓋格和那大約和艾斯拉同齡的古怪男孩時，蓋格靜靜坐著。接著卡密尼彎身向前對他說：

「你走進那扇門時，我姪子說了一句話。麥可，告訴蓋格你說了什麼。」

男孩聞聞他的鮮蔬義大利麵，「我不記得了，」他說，以陰鬱的眼神看了卡密尼一眼，同時問著賭氣的問題：你為什麼要我這麼做？

卡密尼的微笑和藹可親，不過一向如此，「麥可，告訴蓋格你是怎麼說的。」

「我說……」男孩看著蓋格囁嚅的說，「我說你看起來很怪。」

「麥可，說清楚一點，」卡密尼鼓勵他。

男孩看起來一副受擺布的樣子，「我說，你看那個男的，我敢打賭他是個畸形或智障。」

「很好。」卡密尼弄亂男孩的頭髮，靠在椅背上，道貌岸然的準備道出智慧之語，「好，麥可，我要你這麼做是有原因的，因為這樣你才不會忘記在這裡學到的一課。第一課：絕對不要向他人侮辱你不認識的人，因為你說話的對象很可能尊敬或在意那個人，就像我對蓋格一樣，這樣一來你就侮辱了兩個人，懂嗎？」

那姪子點點頭，雙唇緊張地顫動。

「第二課：你這種說話方式有可能變成被寵壞的小子，天殺的被甩一巴掌。現在回家去吧。」

可是，艾斯拉說這話時帶著一絲溫柔的意味，有時詮釋為悲傷的效果。蓋格也注意到一股靜定主導著男孩的身體，除了有意和需要的動作之外，他幾乎都不移動，沒有不耐煩的手勢或孩子氣的不安。

一聲輕柔的喵聲宣告貓回家了，它從後門底部寵物門板的貓門進入屋內停留了五秒鐘，一眼打量著訪客。

艾斯拉蹲下來，「嘿……」伸出一隻手，「天啊，這隻貓真醜，是你養的嗎？」

「它住在這裡，愛去哪就去哪，可是它總是會回來。」

「那是一首歌，你知道嗎？」

「不，我不知道。」

「『貓回來，它就是沒辦法離開』，你不知道嗎？」

小傢伙毫不費力地跳上流理台，受傷的頭部緊緊挨著蓋格的手臂。

「它叫什麼名字？」

「貓。」

「你就這麼叫它嗎？『貓』？」

蓋格簡短而用力地揉揉它的頭，接著把空碗裝滿水，貓安頓下來喝水。男孩看著蓋格在流理台上排好六、七支蘆筍，一次切掉蒼白的尾端，他不高興地皺起嘴唇。

「那是給我吃的嗎？」男孩問，蓋格點點頭。「當早餐？你難道沒有，像是，你知道，像食物的食物？早餐麥片？零嘴？洋芋片？」

「沒有。」

「天……啊，」男孩的聲音延伸成兩個悲哀的音節，「我們可以出去吃嗎？」

「不行，現在不能出去。我還有蘋果和梨子。」

「我吃個梨子好了，」艾斯拉淒涼地說，走到碗前拿起一個梨子用力咬一口，「好吃，」他說完點點頭，還沒吞下去就又咬了一口，用一隻手指撫摸貓的脊椎，貓的尾巴和腰腿在他的撫摸下拱起來。

「蓋格……」

「什麼事？」

「我認為他在城內某處，我爸爸。」蓋格把蔬菜放回碗裡，「他留了一張紙條給我，說他在城裡有事要辦，不過晚點會想辦法回家。他叫我要把門鎖上。」

「可是你不知道他們為什麼在找他？」

「不知。」男孩聳聳肩，肩膀放鬆時發出一聲嘆息，看起來彷彿洩了氣，「我可以打電話給我媽嗎？」

「可以，就快了。她在家嗎？」

「不在，她算是——在度假。她在新罕布夏州，在森林裡，她說那是什麼『沉默靜修』之類的，她每天早上大約十點會打我的手機，之後他們就把她的手機拿走，直到第二天才還她。」他突然敲了流理台一下，貓抬起頭，「可惡，那些傢伙把我的手機拿走了！」

「沒有，在我這裡。」

蓋格從口袋裡拿出手機，開機後放在流理台上。他會等她打電話來，然後他再接聽。處理起來會很麻煩；我叫蓋格，妳的前夫失蹤了，妳兒子被綁架，現在和我在一起，妳得馬上到紐約來……

「她會很難接受這件事，」蓋格說，「我認為最好等她打給你——就像平常一樣，好嗎？」

「好，我想也是。」艾斯拉又摸摸貓，「我可以抱它嗎？」

「可以，搔它的疤痕，它喜歡那樣。」

艾斯拉抓起貓抱在懷裡，食指找到灰白的舊傷下手，小動物開始大聲咕嚕咕嚕叫。

「天啊，你聽聽看。」

「艾斯拉，有幾個人去你父親的公寓？」

「兩個抓我，我想我可能聽到客廳還有一個，但不確定。」

「我只有見到一個，」蓋格說。

「他就這樣任由你把我帶走？」

「沒有，我把他打昏了。」

男孩驚嘆張大的雙眼帶著孩子氣，「真的嗎？你真的，用什麼揍他？」

「我的拳頭。」

蓋格覺得談話使人疲倦，有這麼多不同層次的新事物需要處理：適應男孩的出現、聲音和問題、聆聽與回應、專注在他可能做出的行為。

「其中一個是很高大的黑人，他說我如果尖叫就要把我殺掉。」

「他只是在嚇你，」蓋格說。

男孩的聲音因憤怒而緊繃，雙唇捲了起來，「嗯，我希望你揍的是他。我希望你把他揍得很慘。」他轉過身，懷裡抱著新朋友往沙發走去。

一個想法像「盛大開幕」的布條在蓋格腦海中展開：一切都不一樣了。一切都改變了。他覺得自己被放到世界裡，很敏銳地感覺到某個已然失去、拋在腦後的東西，就像士兵仍然能感受到已經截去的四肢。

艾斯拉大叫，「你的手機叫了。」

蓋格走到書桌前，手機螢幕顯示「一個留言」。他拿起手機按下一個鍵，顯示的不是平常的H（哈利）或C（卡密尼），而是看到212-555-8668。努力閱讀小字體使得數字邊緣變得模糊，為眼球暗處帶來鈍鈍的疼痛。除了哈利和卡密尼之外，沒有人會打電話給他，連打錯號碼的都沒有。他選擇「聆聽」選項，來電的是哈利，他的聲音切過背景一道溫和而混亂的雜音。

聽著哈利的留言，閉上眼睛的蓋格看到滿是雲層的天空，翻滾、不祥的一群。他試著具體想像一名神祇鼓起雙頰吹出一陣強風，把雲朵吹走，但什麼也沒出現。

「這真的好酷，」男孩說。

張開眼睛的蓋格看到艾斯拉站在訂製CD架前，探索著一排排浩瀚的音樂圖書館。男孩彎身向前，一張特定的專輯名稱使他發出興趣的咕噥聲。

「這是史特拉汶斯基指揮的〈敦巴頓橡樹園〉，對吧？」

「對。」

「你有幾張ＣＤ？」

「一千八百二十三張。」

「天啊，真多。」

拿著手機的蓋格開始再度走向後門，「馬上回來。」

「我可以放音樂聽嗎？」艾斯拉問。

「可以。」

在室外，當天越來越高的氣溫已經把雲朵和潮濕的黏膩燃燒殆盡。魏本的弦樂四重奏五樂章如有人拍拍肩膀般傳到他的耳裡，蓋格彷彿在不期然之處遇到老朋友般轉向音樂，接著他低頭看著手機，按下「回撥」鍵，一聲鈴響之後，哈利接聽。

「喂？」哈利說。

「是我。」

「天啊，老兄，真高興聽到你的聲音。」

即使有背景噪音，蓋格還是聽得出哈利張開的嘴唇間傳出沙沙的嘆息聲。「哈利，告訴我發生了什麼事。」

這個要求是打開哈利心裡那道門閂的萬能鑰匙，「他媽的火車撞車就是發生了什麼事，操他媽的祖宗十八代，手槍和殺人威脅聽起來怎麼樣？」哈利說話時越講越激動，每個字都催著他加速講出下一個字，「屍體到處亂飛，還有流血，老兄，他媽的很多血！」

「哈利，慢一點，講實際發生的事。」

蓋格看得到哈利說話的樣子、熟悉的語調和節奏，看得到他皺眉頭、扭動不安。他忽然想到，其實哈利是他唯一真正認識的人。

「好，實際發生的事。我走路回家、淋浴、出來發現霍爾坐在我家客廳，要我打電話給你，我說不要。他說如果我不照做就要殺了我——我還是說不。」

哈利敘述事發經過時，蓋格讓自己瞬間看到其潛在的意涵：另一個人被迫為他做出犧牲。他很快把這個想法推到一邊。

哈利講完後深呼吸一口，「老天爺，老兄，我今天早上差點殺了人！」

「霍爾是怎麼找到你的？」

「我不知道，不過他說了一些話，讓我覺得他能追蹤手機訊號，所以我才叫你不要打我的手機。」

「有第三名男子嗎？男孩認為去他公寓的總共有三個人。」

「我家只有兩個。」

蓋格的邊緣注意力突然注意到小提琴的聲音刺耳地進入魏本的弦樂四重奏，蓋過其他樂器的聲音，不過，又經過整整一個小節後，蓋格才認出是莫札特第二號交響曲的著名片段。他跑回屋內，看到廚房流理台上男孩的手機，莫札特的鈴聲再度響起時，艾斯拉正拿起手機。

「不要接！」蓋格大叫。

男孩退縮，蓋格走到面前時他轉過身來，「不要傷害我！拜託！」他的身體蜷曲、畏縮地靠著流理台，「拜託不要傷害我！」

蓋格從男孩手裡抓走手機，用大拇指按下「結束」鍵，可是鈴聲再度響起，所以他把手機猛烈往牆上一砸，摔碎了。

蓋格看著男孩，「我沒有要傷害你，」男孩雙眼閃閃發亮，點點頭，但眼淚流下臉頰，胸口發出一陣啜泣聲跑出廚房，蓋格聽到浴室門甩上的聲音。

「蓋格？」

是哈利的聲音，蓋格看看手上的手機。

「蓋格！到底怎麼回事？」

「哈利，」他對著自己的手機說，「他們怎麼追蹤手機？」

「你知道，用三角定位法。基地台一直都在接收你的訊號，把你從一個基地台轉移到另一個基地台，決定哪一個基地台提供最好的訊號。」

蓋格看到自己站在拉羅街的觀察窖裡，從霍爾的夾克口袋拿出男孩的手機，所以霍爾知道男孩的手機號碼。他深呼吸一口，努力對抗泉湧而上的腎上腺素。他聽到蓮蓬頭打開的聲音，幾秒鐘後才意識到那是什麼聲音，因為他只有自己在浴室時才聽過蓮蓬頭的水聲。

「哈利，你是不是得打電話或接聽電話才能讓他們定位你的手機？」

「不用，只要手機開著，只要鈴響他們就能追蹤。」

「他們能追蹤到多近的距離？」

「滿近的。三、四條街，也許更近。」

「霍爾說了什麼話，讓你覺得他能追蹤手機？」

「他要我打電話給你，我說不要，我告訴他就算打了你也不會接。霍爾說：『你打電話就對了，我們會接手處理。』老兄，你覺得這話聽起來是什麼意思？」

「哈利，那男孩的手機剛剛響起。」

「幹，你要怎麼辦？」

「哈利，我不知道。」

這些字眼似乎就懸掛在蓋格眼前嘲諷著他，新時代剛出現的新座右銘：我不知道。

「我得把他送去給他母親，」蓋格說，「她現在在新罕布夏州。」

蓋格聽到哈利低聲嘟囔了什麼後說，「莉莉，回來這裡。莉莉！可惡……你聽我說，蓋格，我得走了，我再打給你。」

「哈利，等一下……」

他聽到的回答是電話的嘟嘟聲。蓋格站在那裡，不知道自己接下來該說些什麼。四重奏繼續演奏著，他走向浴室。

他敲敲門，「艾斯拉？」

蓮蓬頭關掉。

「幹嘛？」男孩說。

「我不能讓你接電話。」

「為什麼？」這問題是懇求。

「如果你接了，那些人可能會知道你在哪裡。」

「那我現在要怎麼跟我媽說話？」

「我們會想到辦法的。」

門打開一個縫隙。

「你有衣服可以借我穿嗎？在行李箱裡的時候我……尿褲子了。」

他話中的羞愧懸在半空中。

「我去拿衣服給你，」蓋格說，「把你的髒衣服給我，我放進洗衣機洗。」

「謝謝你。」

艾斯拉一手拿著髒衣服伸出來，蓋格拿到廚房去按下洗衣指令，接著到他的衣櫃前。他站在那裡時，體內忽然跑出某個東西的影像與回聲：他在黑暗之中，一扇門打開，一個身影粗暴的聲音說：

「小子，你尿褲子了嗎？」

「沒有，爸，我憋住了。」

「很好。」

蓋格從抽屜裡抓了幾件內褲、一件短褲和一件T恤朝浴室走去。

12

哈利越是想到霍爾，他的焦慮就越發演變成偏執，因此，當他在自助洗衣店門口招了一輛計程車，帶莉莉一起坐上後座時，他要司機開進曼哈頓，讓他們在七十六街和哥倫布大道的路口下車，因為他能想到最接近安全處所的就是餐館。他考慮過旅館，但決定不要，因為身上現金不多——他詛咒自己離開公寓時沒有多帶一點——而且他沒帶提款卡，得省著用皮夾裡的現金。再者，通常櫃台人員都會在登記住房時注意房客，特別是如果你的臉上有一邊腫起瘀青，唯一的行李又是個瘋子。可是沒有人會注意到餐館裡的人，你進去，坐下來，吃東西，也許讀讀報紙，有人一起的話就聊聊天，可是菜單上沒有看人這回事。

計程車聞起來有汗水味和松木香味，收音機傳出鄉村音樂。他們在曼哈頓大橋上走到一半，戴著反轉歪斜棒球帽的司機跟著小鼓清脆的節奏拍打著方向盤，拿橋上擁擠、狹窄的車道開玩笑。

莉莉坐在哈利身邊，自從他買給她那件天藍色襯衫以來，她又瘦了，使她看起來更像個孩子。他意識到自己必須留心注意她，直到能把她送回安養院為止。首先她也許會餓，還有藥物，如果她目前有服用藥物的話，他完全不知道是哪些。他握住她的手。

「記得嗎，妳總是牽著我的手？」他並沒有期待回答的問了問題，「就算是我們長大些，如果我們走路去吃飯或看電影，妳總是牽我的手。記得嗎？」他捏捏她的手，可是她瞪著前方，手指並沒有反應。然後他想到那些古老、珍貴的感情，當時他們是截然不同的兩個人，那些記憶使他感覺輕鬆一些。

哈利腦袋的抽痛轉變成遲鈍、單調的重擊，他靠在塑膠分隔板上，「嘿老兄，你可以暫時關掉收音機一會兒嗎？」

「你不喜歡鄉村音樂嗎？」運將說，聲音帶點油嘴滑舌、南方口音中的滑音令哈利有些意外。

「我只是需要安靜一下，頭很痛。」

「沒問題，老弟。」

運將按下收音機切斷聲音，哈利靠回椅背上，莉莉突然躁動起來，小手抓著他運動外套的衣領，先是以驚人的力道把他前後拉扯，像發脾氣被抓住的小孩一樣。她大聲地喵喵哭泣，受折磨的聲音惹得司機轉過頭來。

哈利抓住她的手腕，「莉莉！怎麼了？什麼事？」

「不要這樣！」她哀嚎，「不要這樣！」

「莉莉——停下來！」

「不要——不要——不——要！」

哈利幾乎無法忍受她警報般瘋狂與失落的聲音，「我的老天爺，」運將說，「老兄，她要什麼啊？」

然後哈利懂了，「打開收音機！」

運將猛戳儀表板，再度流瀉出明晃的吉他聲，莉莉的哀嚎如發條玩具般逐漸停止。

「嗯，太好了，」運將高聲吶喊，「找到同好了！」他格格笑，朝著匝道開去時快速按了四次喇叭。

哈利溫柔地拉拉莉莉的手腕，她抓緊的拳頭離開哈利的領子，有東西掉到哈利的大腿上，是一個鈕釦大小的黑色磁碟，三公分寬，零點六公分厚。他撿起來看，是某種塑膠做成的，一面光亮平滑，另一面具有黏性。哈利讓莉莉坐好，自己靠在椅背上，像拿著幸運銅板般用大拇指和食指轉著這個追蹤器。

「狗娘養的，」他喃喃地對自己說。

他眼前閃過三秒一幕的電影預告畫面。晚上，拉羅街，雷一身流浪漢的偽裝站在哈利面前，抓著他的衣領把哈利拉近。

哈利翻過自己的衣領，看到其中一塊布料上還殘留著黏膠。他欽佩又驚訝地點點頭，因為雷把這玩意兒放在他身上，所以他們才這麼容易就找到他住在哪裡。那是執行過程開始前的準備工作，包括那個小女孩，以防後續出什麼差錯。

哈利把追蹤器黏在眼前的椅背上。

在橋下的匝道盡頭，運將在運河街變黃燈時停下來，他再度轉身給莉莉一個微笑，一撮濃密的透紅小鬍子，門牙間的縫隙更加深了南方人的氣味。

「小妹妹，妳還好嗎？」他說。

莉莉頭轉向她那邊的窗戶，窗外一輛公車停在計程車旁，隆隆作響，噴出氣息。她不發一語。

哈利伸手撥開她眼前的頭髮，讓自己的指尖撫摸她的臉頰，她完全沒注意到這個手勢。

「我告訴你，老兄，」運將說，「看你照顧她的樣子，就知道你是個好人。現在這個世界，人們已經不再像以前那樣照顧親人了。」他拿下帽子，手指梳理濃密的紅髮，「他們在講全球暖化？嗯，我聽起來是外面越溫暖，我們內心越冷漠。老天，看看我，我也有妹妹——她離婚了，住在路易斯安那州的首府巴頓魯治——我已經四年沒見過她了。」他轉頭面對擋風玻璃，「我告訴你，老兄，你讓我汗顏，我休息時得打個電話給她。」

哈利轉身瞇著眼，透過後車窗看著身後一長串雨中怠速的車輛。更遠之處，車輛和計程車融入頑強的河霧之中，哈利感覺世界彷彿突然變得非常小。

他轉身回到司機身上，「嘿，我有一個問題。」

「說。」

「再加你二十塊，你能不能開快一點，蛇行，闖幾個紅燈？」

運將格格笑，「老兄，有人在跟蹤你嗎？」

「我不知道，有可能。」

「嗯，隨便。你想開快一點，照你的意思。」燈號轉綠，計程車往前移動，突然猛然轉進隔壁的車道，後方響起喇叭聲。

哈利閉上眼睛，「德庫寧個頭。」

艾斯拉打開浴室門，蓋格的短褲在小腿上飄蕩，快到他的膝蓋。他赤裸的胸膛和手臂上有

五、六處紫色瘀傷，來自前一天的粗暴對待，臉上的條狀傷痕這時更紅了。

「我全身都很痛，我可以吃點艾德維止痛藥嗎？」

「我沒有。」蓋格說。

「那泰諾林呢？」

「沒有，我不使用藥物。」

「藥物？你知道艾德維止痛藥不是古柯鹼吧？」

他穿上蓋格的T恤，用力時因疼痛而退縮。下襬長到大腿的一半，這身裝扮使他看起來更幼小，就像小孩子穿父親的衣服裝好玩一樣。他坐在馬桶蓋上穿上自己的球鞋。

「現在怎麼辦？」他問，一面歪著頭穿鞋子，「如果你不是他們的同夥，那你要拿我怎麼辦？」

「你在這附近有什麼親戚嗎？」

「沒有。」

「沒有祖父母？」

「死了。」

「叔叔、阿姨？」

「沒有。」

蓋格看著他綁鞋帶，修長的手指很有系統的綁著，打著精準的結，同樣大小的環。

「爸爸知道，對不對？他離開時知道那些人在找他，對吧？」

「艾斯拉，我不知道。」

艾斯拉起身走出浴室時，蓋格往旁邊讓一步，跟著男孩回到沙發上。

「這件事真的很扯，老兄，我是說，我不想在這裡，我想回家和我媽在一起，睡在自己的床上。」他看著散落在地板上的手機碎片，「媽會嚇壞了。」

「我們會打電話給她，我們會找一支公用電話打到她的手機。」

「你為什麼不能現在用你的手機打給她？」

「我不能讓她知道我的號碼，我不能讓任何人知道。」蓋格可以想像她站在某處再度撥打艾斯拉的號碼，越來越焦慮。

艾斯拉坐在沙發上，頭放在雙手之中，魏本的音樂開始升起成強而有力、令人傷感的曲線旋律，艾斯拉放在太陽穴旁的手指鮮活起來，和小提琴一起擺動，哄騙音符飄到空中。

「這段很棒，就在這裡漸強，」他說，「聽起來好像在哭，對不對？」他跟著一起哼，抵達旋律的頂點時，他的聲音啞掉，專注力轉移，彷彿第一次注意到而彎身靠近地板，伸手用指尖劃過考究裝飾的設計。

「老兄，這個地板好酷。你在哪裡找到這種東西的？」

「是我做的。」

艾斯拉歪頭看著蓋格，好像看著癡呆小孩一樣，「你自己用手做這些地板？」

蓋格點點頭，感覺到脖子後方頑強而不妥協的肌肉。

艾斯拉起身在閃亮的表面上踱步，研究設計裡的網絡、星星、圓盤和新月，彷彿遇到什麼不可能的創作般搖頭，「這真是太驚人了，」他說，「有人這麼告訴過你，對吧？」

「你是第一個看過的人。」

男孩抬起來，「呃……沒人進來過這裡？」

「沒有。」

「從來沒有？你住在這裡多久了？」

「快七年了。」

「你都沒有跟人來往嗎？」

「沒有，這樣對我最輕鬆，孤身一人。」

艾斯拉第一次綻放笑容，緩緩出現，沉思默想而憂鬱，在這樣年輕的面孔上看到這樣的情緒使蓋格很不安。

「對，」男孩說，「我也不是什麼受歡迎的人。」

蓋格對於聲音、視覺和行動的體驗不斷地感受到踟躕蹣跚，彷彿他在讀一本書，一個關於艾斯拉和他自己的故事，每幾秒鐘就完全停下來——在一個暫時的尖端平衡一下，等他翻過下一頁後故事再繼續。他意識到這種感覺也進入自己的生理狀態，隨著這個阻礙而來的是呼吸和心跳時些微的遲疑。

艾斯拉每走幾步就從他的地板之旅中停下來，轉身看這大師之作，「會改變，」他說，「你走到不同的地方時，看起來也不一樣。」他靠在一面牆上，雙手交握，「你知道這像什麼嗎？像萬花筒。」

「對，沒錯。」

「我爸會很喜歡。他很懂藝術。」

「他買賣藝術品嗎？」

「是啊，全世界到處跑。所以離婚時，我媽才得到我的監護權，因為他常常不在家，我猜那也是他們離婚的原因。」

他聳肩的動作幾乎消失在蓋格的T恤裡，看起來就像某樁災難裡倖存的悲傷生還者——過大的衣物、臉上和手臂上瘀青的血肉、嚴肅的震驚表情。男孩臉上緩慢升起一股注入染料般的紅潮。

「他為什麼沒有打電話給我？」艾斯拉問，聲音中的憤怒轉變成受傷，彷彿無形的手正掐著他的喉嚨，「他在哪裡？他為什麼沒打電話？」

男孩的叫喊聲在蓋格的耳裡聽起來像昆蟲的哀泣一般。他把脖子向左轉，卻沒有出現卡嗒聲。他很需要，他需要重新組合排列的聲音和感覺，每一塊骨頭都得進入正確的位置。他把脖子轉向右邊，脊椎拒絕照做。

「我恨他！」艾斯拉用手掌拍打牆壁，這個動作似乎使他再度充電，驅使他搖搖晃晃地朝蓋格走過來，「他丟下我，他就是這麼做的，對不對？」他在蓋格跟前三公分處停下來，憤怒已漸漸消退，但沉浸在一股凝重的悲傷之中，「他怎麼可以這麼做？」這個問題並非來自迷惑或不可置信，而是陳述其不可思議之處。他回到沙發上坐下，瞪著地板上的花紋，「我不敢相信自己感覺有多糟，」他說，「我所經歷過最糟糕的感覺跟這個差得遠了。」

艾斯拉經歷過不同程度的背叛：冷漠疏遠的朋友、用侮辱刺傷他的音樂老師、在更衣室裡羞辱他的霸凌者，而離婚是雙重背叛，到最後，父母對他的愛都不足以將他放在自己的不滿之前。而今，他身處新的情緒疆域裡。

貓走到蓋格面前爬上他的後腿，開始用蓋格的褲子當貓抓柱。蓋格抓起貓的頸背放在自己的肩膀上，男孩情不自禁的露出微笑。

「它喜歡那裡，哼？」

「艾斯拉，你想找警察嗎？」

「你會帶我去找警察？」

「我不能跟你一起去，可是如果你要的話，我可以帶你去。附近就有一個分局。」

「他們會拿我怎麼辦？」

「他們會帶你去某個地方，照顧你，直到你母親抵達。」

男孩的腦海裡浮現一幅影像：擠滿嬰兒床的房間和皮帶上連著手銬的男人，他也看到深色鐵條的窗戶。

「像是什麼樣的地方？」

「給孩子住的地方，安全的地方。」

「我在這裡很安全，不是嗎？」

「我是這麼認為。」

「你是什麼意思？他們知道你住在哪裡嗎？」

「不知道，」蓋格說，「他們不知道。可是我想說的是——」他覺得很難啟口，「我不知道那些人是誰，我不知道他們有辦法找到什麼。」

對男孩而言，這句話帶有脅迫的意味。他只看到那些男人一眼，但已經夠了。那天早上他醒來時，父親已經離開，只留下一張紙條：「有早會要開，兩道鎖都要鎖，拉上鐵鍊。我再打給你。爸。」吃了一個雞蛋鬆餅後，他回到房間裡練小提琴，忘了鐵鍊的事，沉浸在音樂裡而沒有聽到撬鎖聲。被膠帶蒙起來之前，他只瞄到黑人朝他衝過來而已。

這所有的一切感覺上一點都不真實，彷彿他突然成為故事裡的角色，有人從這個人生裡被抓走，被拋到一個魔法王國裡，好人的敵人用他們的超能力把邪惡釋放到世界上。他記得那個人把他放在行李箱裡時，他以為自己快死了——不是馬上，可是很快。對他而言，那是一個完全陌生的想法，而且改變了他。

「我想待在這裡，跟你一起，等到媽媽來為止。」

「好。」

「我們可以用什麼止痛嗎？」

「可以，用什麼？」

「我不知道。都可以。」

「好，不過你待在這裡。我去。」

蓋格把貓從肩膀上抱下來放在沙發上，貓蜷曲在艾斯拉的大腿上，閉上眼睛。蓋格檢查口袋裡有現金後，走向門口。

「我要設定門鎖，所以不要碰面板。你可能會……觸發東西。」

「像是什麼？」

「什麼都別碰就對了。」

「好。」

「答應嗎？」

「我都說好了不是嗎？我哪裡都不會去。我可以看電視嗎？」

「我沒有電視。」

「你沒有電視？真的假的？」

「對，真的。」

「你去買藥的時候順便買點吃的好嗎？」

「好，一些真正的食物。」

哈利和蓋格去餐館吃早餐時，通常都是一大早。這次他和莉莉滑進卡座裡時，他注意到太陽在天空中的位置比較高，光線隨著較為直接的路線穿過大窗戶。他的腹部彷彿泥淖球場上橄欖球員亂擠成一團之處，食物的味道命令各種分泌液開始流動。他和莉莉坐在一起，他的肚子叫得之大聲，隔壁卡座的兩名少女聽到後吃吃地笑。

他的動盪嚴重影響到專注力，使他難以專注在虎豹小霸王的問題：那些傢伙是誰？他也完全不知道他們真正的目的究竟為何，使得知道如何以智取勝更加困難。唯一值得安慰的是：目前霍爾正看著螢幕上的一個信號穿越紐約的街道，計程車上的追蹤器至少還可以讓他們忙亂一陣子。

莉莉透過正面窗戶看著外面，鎖定一個個經過的路人，隨著他們離開她的視線範圍，她的頭也一起旋轉著。他們倆以前週末來過這裡，手裡帶著《紐約時報》，莉莉會大聲讀出哈利寫的訃聞，彷彿是莎士比亞的獨白，加入自己添加的熱情與戲劇性。

哈利把手放在她的肩膀上，感覺得到薄薄皮膚下骨頭突出的圓圓鼓起處。他靠近她的耳畔。

「嘿，莉莉，妳記得這個地方嗎？記得讀——」

「天啊，你怎麼了？」

是麗塔，她一面呆呆看著他腫起、青黑色的太陽穴，一面把熱騰騰的咖啡倒在哈利面前的杯子裡。被分散注意力的哈利根本忘了戰役的傷痕。

「我沒事。」

「當然沒事——我還是自然金髮咧。」麗塔彎腰靠近一點，「說真的哈利，到底發生什麼事？別跟我說『妳該看看另一個傢伙』。」

哈利露齒微笑，此舉使他疼痛而畏縮，「還真是被妳說中了，小妞，對天發誓。」

「你得用冰塊冰敷。」

「好啊。妳有艾德維止痛藥嗎？」

她點點頭，回到櫃台後方。哈利一手放在臉上，感覺不像自己的臉。如今他想一想，身上大部分的部位和腦袋感覺起來都不像那個一起生活這麼久的人——從抽動的頭痛和痠痛的鼠膝部到遲鈍的專注力，還有日趨溫柔的心。他覺得自己彷彿身處生命交接之處，飄浮在某種遊移的短暫迷霧之中。他在咖啡裡丟了三份奶精，吸進蒸氣，感激地喝一口。

麗塔給他一個裝滿冰塊的密封袋和艾德維止痛藥，「給你。」

「謝謝。」他把袋子貼在臉上，感覺很棒。

「這位是誰？」她問，對著莉莉點點頭。

「莉莉，我妹妹。」

「很高興認識妳，小妹，」麗塔說。

莉莉沒有回答時，麗塔挑起一道眉毛，不過記憶終於浮現，眼裡出現驚訝的神情。

「你妹妹？很久以前帶來的那一個？」她湊近看一眼，「對，對，我記得，莉莉，」她的臉頰因悲傷而緊繃，「喔天啊，哈利，發生什麼事了？」

「她壞掉了，」哈利嘆口氣，「而且過了保固期。」他把五顆藥丸丟進嘴裡，用更多咖啡沖下去，「她不太說話，她在療養院裡住了很久。」

麗塔發出吸氣聲，搖搖頭，「可憐的孩子。」

「我……呃，今天帶她。」

「今晚要帶她去看煙火嗎？」

「天啊，七月四日，我全忘了。不會，我們不會去看煙火。」

「你們要吃東西嗎？」麗塔問。

「要吃到昏過去或吐出來。」

「真迷人，小妹呢？」

「我不知道。我試試看餵她。」

麗塔的鼻子皺起來，她彎身靠近莉莉聞一聞，「哈利，我覺得她需要上洗手間，她最近有上過嗎？」

「呃呃，」他也聞一聞，「天啊，我都沒注意到。」

「她——自己會去嗎？」

難為情的哈利聳聳肩，「我不知道。」

「天啊，哈利，你知道的還真少。他們沒有給你一張單子還是什麼的嗎？」

「誰？」

「療養院。」

「喔，沒有，我……我有點匆忙。麗塔，妳可以幫我個忙嗎？去看一下女洗手間有沒有人，讓我可以帶她進去？」

「哈利，你不能進去，那地方比荷蘭隧道還忙碌。」

他們倆都看著莉莉，一隻麻雀停在窗外的窗台上，莉莉看著它在看她。每次它左右歪起小小的腦袋，莉莉就照做，彷彿以沉默的鳥類語言在交談。

「天啊，」麗塔嘆口氣，「我帶她去。」

「麗塔，妳真是幫了大忙了。」

哈利抓著麗塔的手用力捏一下，抓著她的手感覺很好，突然間，他意識到自己可能會哭，卻完全不知道為什麼。

「哈利，」麗塔說，「你得放開我，我才能帶她去。」

「抱歉，」哈利放開麗塔，抓住莉莉的手腕，「來吧小妞，」他走出卡座，幫莉莉站起來。

「小鳥……」她說。

麗塔用手臂繞住莉莉的腰部，「小乖，我們走吧。」

領著莉莉走向狹窄的走廊時，麗塔對著櫃台大叫，「曼尼！給我一個切蛋，脆培根，別烤焦。卡拉，幫我顧一下。」

麗塔和她的被監護人消失在陰影之中，哈利再度坐下。咖啡開始平息他的頭痛，他試著在腦袋裡開列需要解決的問題，以理出頭緒。

一：霍爾能夠破解網站的防火牆，他認為要是沒有正當管道不可能做得到，所以也許他應該聯絡推薦人，問一些這傢伙的消息。可是霍爾用的推薦人是那個買賣廢五金的柯里科斯，要找他很麻煩。

二：霍爾能用手機訊號追蹤人嗎？如果他在威訊或捷訊電信什麼的有內線的話，可以花錢拿到那種資料。

三：他帶著莉莉到底是在做什麼？他沒有現金可以租車或請計程車把她一路送回新羅謝爾市的療養院，也沒有護士的號碼能打電話要她來接莉莉。至少目前，他們兄妹倆得一起行動。

「任務完成。」

是麗塔，她輕推莉莉回到卡座上，在哈利面前放了一盤食物。

「她本來有穿尿布，現在沒穿了。」麗塔報告，「你可能要考慮幫她買一些，還有哈利——

她說了一些話。」

哈利舀起一叉子的蛋，入口之前說，「對，她喜歡唱歌。」

麗塔搖搖頭，「不是。她說了什麼，她說『叮噹』。」

過去與其輕如鴻毛的夢境如力場般逼近哈利。他把叉子放回盤子上，瞪著妹妹許願池般的深邃眼珠。

「她這麼說？『叮噹』？」

「對，你知道，她在馬桶上小便的時候。」

哈利感覺到麗塔的手放在自己的肩膀上，接著意識到淚水流下臉頰，他伸出手輕揉妹妹的手臂。

「天啊，莉莉，妳還在那裡面某處，是不是？」

麗塔捏捏他的肩膀說，「我得跟你說，哈利，你是個好人，她這個樣子，不是每個男人都會像這樣照顧妹妹。」

哈利靠在椅背上，用手掌擦掉眼淚，「並不全是，麗塔，不過謝謝妳。」他拿起叉子，「很好玩的是，今天妳是第二個這樣說的人。」

「那就是二比一，哈利，所以我說的一定對。」

「對，我怎麼可能講贏妳和一個路易斯安那的運將？」他劃起一些蛋送進嘴裡，不過還沒咀嚼完就停下來，那個運將：突然間，他聽到計程車司機拉長腔調的聲音說，我也有一個妹妹。

他隨即在腦海中回憶與計程車司機的那一幕，哈利的感官在不安與偏執之間來回。他幾乎馬上就很確定：他完全沒有告訴運將莉莉是他妹妹。

如今他和莉莉的長相一點都不像兄妹，不過，司機有可能是聽到他們對話的內容，因而合理地推論莉莉的身分嗎？或是更有可能的，運將根本就在哈利和莉莉上車前就知道他們是誰了？蓋格說男孩認為總共有三個人，哈利得用力吞嚥，才能把食物送下喉嚨。

「麗塔，這裡有後門嗎？」

「是沒錯。有嗎？」

「我以為你快餓死了。」

「有，走廊盡頭，通到巷子裡。」

哈利起身，把莉莉拉起來，從口袋裡拿出幾張鈔票放在桌上。

「如果有一個紅髮長鬍子的傢伙進來，妳就當作沒見過我們。他可能也有南方口音。」

「哈利，你嚇到我了。」

「我們也是。」

哈利突然雙手貼著麗塔大吃一驚的臉，用力而迅速的親下去。

「再見，」他說，拉著莉莉朝走廊走去。

在外面的巷子裡，晨間的熱度使人行道上的垃圾碎屑發出光澤。哈利抓住莉莉瘦弱的手臂，把她緊貼在自己身後，從角落探出腦袋，彷彿老鼠在探查貓所主宰的範圍一般。汽車快速通過，玩著打敗燈號的遊戲，某個重金屬怪人的公寓窗戶裡傳出強力弦樂的怒吼聲，兩名踩著銀色高跟鞋的女子搖搖擺擺地用鑲著假鑽的狗鍊溜著小貴賓狗。所有的事物都大聲、忙碌、移動，可是哈利看到對面街角的五、六輛車之間停著一輛計程車，樹蔭把車上司機的側影變得模糊不清。他的頭在移動，也許是在說話或對著收音機擺動，或是在咀嚼什麼，可是哈利看不出是不是那個南方佬。

他退回視線外轉向莉莉，她閉著眼睛靠在牆上。

「老妹，妳覺得呢？」哈利說，「妳的南部鄉巴佬好朋友是壞人嗎？」

「我看到你了，寶貝，」她說，眼睛仍然閉著，微笑。

哈利嘆息之深，連自己都聽得到回音。「『叮噹』，真不敢相信妳這麼說。」

一個抽大麻的小子從人行道上走過來，緩緩抽著菸屁股，摳著尚未成形的鬍子。

「嘿，小子，」哈利說。

那名少年轉身，他的T恤上寫著「搞砸再重新開始」。

「幹嘛？」他說。

「你想賺二十塊嗎？」

少年彈起中指，「滾你媽的蛋，變態。」他對著哈利彈菸屁股，繼續走。

「嘿，等一下，不是那種事！三十塊！」

抽大麻的小子停下來回頭，「要幹嘛？」

「你看到停在那裡的那輛計程車嗎？我需要你過街去，看一眼司機，繼續走到街角，再回來告訴我他長什麼樣子。」

「你誰啊？詹姆士・龐德嗎？」

「沒錯，我就是他媽的詹姆士・龐德。同意嗎？」

「媽的好啊。」

那傢伙開始穿越馬路，哈利大聲低語，「別太明顯。」抽大麻的點點頭，朝著計程車走去。哈利看著那小子拿出一根香菸，就靠在計程車的車窗上。司機昏暗的側影轉向吸大麻的小子，過了一會兒，哈利看到一絲紅色亮光。

「天啊，」哈利說，他靠在牆邊等那小子回來。他沒有出現時，哈利再度探出頭去，卻差點撞到他。他退縮，感覺到一邊臉啪的一陣熱痛。

「嘿〇〇七，」抽大麻的說，「你怎樣？」

「他長什麼樣子？」

「先拿錢。」

哈利拿出鈔票，拉出三張十元鈔放在少年伸出的手掌中。

「紅髮，濃密的鬍鬚還不賴，棒球帽。」

哈利萌生一股奇特的滿足感——他的假設是對的，想到那個鈕釦大小的追蹤器黏在計程車的後座上，就讓他很高興。可是他的手上也一陣刺痛，想把雙手繞在運將的脖子上。

「他是你在找的那個傢伙嗎？」抽大麻的問。

「小子，謝謝你的幫忙。」

「沒問題，老兄，繼續搖滾。」他秀出和平的手勢，繼續前進。

找到問題的答案只是引發了排山倒海而來的其他問題。他仍然不知道面對的是誰，甚至不知道有多少追兵。不過這些都可以等，目前只有一件事最重要。他手臂攬著莉莉，引導她走向巷子的另一頭。

「來吧，小妹，我們得找到蓋格。」

米契的車子停在這條街區四分之一的地方，這樣他既看得到餐館前方，又不會被裡面的人看到。等待柏迪克和他妹妹出現時，他偶爾低頭瞄一眼旁邊座位上掌上型電腦大小的儀器螢幕中央閃爍的藍點。

他的手機響起，他接聽，「喂？」

「米契，還跟著他嗎？」是霍爾。

「有，還在餐館裡面。」他糖蜜般的腔調沒了，「你在哪？」

「上西區，我們在巡邏，他們追蹤到那孩子的手機訊號。」

「雷的狀況怎樣？」

「縫合了，整體看來，我得說他好多了，傷口看起來像兔唇矯正，會讓他很受女士歡迎。」

米契暗自記住。尖酸準確的嘲諷表示霍爾很擔心，不只是壓力大，而是為整個大局緊張。他很遺憾聽到，但還好知道了。

霍爾掛掉電話後，米契繼續監視著餐館的入口。同時，他在心裡擬定一整套策略方針，因應任務出差錯的狀況；一個禮拜前他還以為這只是一宗簡單的任務，可是已經不再是如此了。雖然米契認為他們的勝算仍然很大，但目前他必須準備面對最糟的狀況，他稱之為「幹或被幹」模式，關鍵在於搶先敵人幾步，不論對方是誰。理想上，霍爾會繼續主持計畫——那個人很聰明、善用資源而無情。米契和雷一直合作良好，雷總是先採用正面衝擊的方式，而不是迂迴處理。但如果這件任務宣告失敗，最後要犧牲的話，那就這麼辦吧。他會是負責數屍體的那個人。

13

此處彷彿是另一個世界，比較近似地獄而非天堂。喧囂、鬥志旺盛的顏色對抗數種不知名的氣味，加上移動混雜的聲響。明亮的橘色、紅色和棕色，聲音和音樂和機械的嗡嗡聲，油和肉桂和魚和肉的味道全都碰撞糾纏在一起。

站在入口處的蓋格訝異於這樣的突襲，他從來沒進過漢堡王或任何速食店。他去過卡密尼的餐廳和餐車，可是此處在每個層面上都是不同的體驗。他向前走幾步到櫃台及三排客人前，看著牆上的一排排菜單，密密麻麻寫滿字和數字還有照片，彷彿在破解銀河地圖。

「嘿老兄，你是在排隊還是怎樣？」蓋格身後探出一顆頭進入眼簾，是一個綁著頭巾的白人小孩，身上戴著五、六條廉價鍊子，上面掛滿小玩意兒。

蓋格茫然地看著他，感覺像是懸在空中，突然卡住，害得自己忘了如何呼吸。他的聽力似乎也受到影響，無法辨識聲音的來源。

「老兄，常來這座星球嗎？」那個小孩經過蓋格身邊朝著櫃台走去時，如此說道。

蓋格在其中一列隊伍等著輪到他，等待時對自己複述艾斯拉的點餐。

終於輪到他了，「你要點什麼？」櫃台後面的女子說，印有ＢＫ標誌的棒球帽左側帽緣有一個拇指大小的污垢，那是她用油膩的手指拉了一千次的地方。

「我只要一份漢堡、薯條和可樂。」

「你要一份餐嗎？」

「對，我要一份餐。」蓋格研究女子的皺眉，不然他或其他人來這裡做什麼？

「哪一個？」

「一個漢堡、薯條、可樂。」

「先生，哪一種套餐？」她用大拇指指著身後上方背光照明的菜單，「一號？二號？三號？哪一個？」

「隨便，」蓋格說。

「那就選一個。」她說。

「一號餐。」

「好。芥末—番茄醬—酸黃瓜—洋蔥？」

「什麼？」

「漢堡裡要加芥末—番茄醬—酸黃瓜—洋蔥？」

這話漫不經心的說出，如同眨眼或呼吸般自動的一連串複述，可是對蓋格而言，卻使事情表面荒謬的起了漣漪。芥末—番茄醬—酸黃瓜—洋蔥，他無法趕出腦海之外，變成了聲音的循環，永不止息的莫比烏斯帶，小孩無意義的詩歌。蓋格開始意識到自己的下巴緊得像捕熊的陷阱一樣。

「怎麼樣，先生？」

「都要。」蓋格說，「全部都要。」

艾斯拉坐在蓋格書桌前的椅子上，貓躺在它最喜歡的位置，也就是鍵盤右方，露出灰色綢緞般的腹部。只要艾斯拉超過一分鐘沒有幫它抓癢，它就會用前爪拍拍艾斯拉的手提醒他。

艾斯拉瞪著眼前一長排依照年代標籤的黑色三孔檔案夾，從「一九九九年一到六月」開始，直到現在。他感覺那些檔案夾彷彿呼喚著他，全都在低聲說「打開我」。他把鍵盤放在一旁，朝自己拉出一個檔案夾側放，將近二十幾個標籤從一整疊紙裡伸出來，他的手指隨意找到一個，打開檔案夾開始讀。

日期／時間：二〇〇四年五月二十二日早上三點
地點：拉羅街
客戶：紐約市警局警探
推薦人：卡密尼／急件
事件：警探二十四歲的女兒失蹤
瓊斯：女兒的前男友，二十五歲
資料：女兒失蹤三天，警探對前男友有「真的很糟的感覺」，沒有逮捕他，而是找卡密尼幫忙。

安置：瓊斯綁在理髮椅上，只穿四角短褲。肌肉發達，頭髮剃光，房間燈光全開。輕便型推車放噴霧劑、開式剃刀、眼罩。

艾斯拉翻了幾頁掃瞄著，這一次，「剃刀」這個字眼吸引他的目光，他回到最上面慢慢再讀一次。

G：維克多，你知道麗莎在哪裡嗎？

瓊斯：老兄，我告訴你了，我不知道她在哪裡！就因為她和我分手，所以你就覺得是我搞的鬼？

G：維克多，我知道你告訴我什麼，可是我認為你在說謊——關於這種事，我通常都是對的。

——G從推車上拿起開式剃刀，把刀片從外殼裡轉出來。

G：維克多，注意我現在要說的話，讓你瞭解接下來要發生什麼事非常重要。我已經把剃刀磨利，銳利到精準的切割幾乎不會造成疼痛。

瓊斯：喔老兄，這實在太變態了。

——G從推車上拿一瓶噴霧冷凍劑。

G：維克多，這東西立刻見效，而且很快就會退掉。

——G拿起瓊斯的一隻手指噴在指尖，瓊斯畏縮、僵硬起來。

瓊斯：操你媽的混蛋——這狗屎好冰！

——G放下噴霧劑，接著用剃刀割瓊斯中指的指尖，血從傷口流出來。

瓊斯：幹，老兄，你割傷我了！

G：可是不會痛對吧，維克多？

——G準備再割一次。

瓊斯：沒錯，他媽的一點都不痛！

G：維克多，你來這裡只是為了告訴我實話，如此而已。我要把你的眼睛蒙起來，再問你一次關於麗莎的事——她在哪裡，她是否還活著——然後我要開始割你身上的器官——

——瓊斯變得更不安。

瓊斯：不要，不要，不要，老兄，那完全不——

G：可是我會先噴噴霧，加上刀片的銳利程度，這表示你會感覺到刀片的壓力，可是卻不會痛。

瓊斯：老天，你是他媽的瘋了嗎，老兄？

G：維克多，血液傳送氧氣到全身各處，如果失血是逐漸的，你可以先失血百分之二十五——大約是一點二五公升——然後你的器官才會開始因缺氧而衰竭——

瓊斯：老天爺，老兄！別割我！

G：所以失血越多，死去的時間就越短。可是你不會知道自己流了多少血，或還能活多久。

——G拿出眼罩綁在瓊斯眼上，噴瓊斯的臉、胸部、手臂、胯下，瓊斯畏縮、抽噎。

G：維克多，我現在要開始割了。

瓊斯：拜託，老兄，等一下，這實在太變態了，別這麼做！

——G把剃刀收回外殼裡，用外殼尖銳的邊緣劃在瓊斯的左手臂上，瓊斯在束縛中掙扎。

瓊斯：喔幹！

G：維克多，麗莎在哪裡？

瓊斯：我告訴你了，老兄！我不——

G：維克多，你在浪費時間和血液。

——G拉下瓊斯的四角褲，瓊斯拼命退縮。

瓊斯：不要，不要！幹，老兄，不要！不要我的——

——G抓住瓊斯的喉嚨。

G：維克多，下一個問題是，你想要沒老二還是沒心臟？

艾斯拉猛然一聲蓋上檔案夾，彷彿在怪物能伸手抓到他之前就上鎖。貓嚇得跳下桌子。

艾斯拉癱在蓋格的椅子上，這一天會永遠收藏在他的記憶裡，隨著時間的逝去變成泛黃的收據，上面詳列他過去二十四小時所失去的東西。最上面潦草寫著的會是他現在大聲說出的問題：

「你為什麼要救我？」

阿姆斯特丹大道上混雜著各種喧鬧聲，使蓋格覺得很脆弱，幾乎毫無防備。他不但仍然在努力吸收和漢堡王的相遇，還有去藥局這件事，他從來沒進過這種店，在「止痛與安眠」那一區面對一排排明亮色彩的包裝，這種經驗近乎麻痺。似乎每一種疼痛都有其治療方法，針對每一種人和每一種情況。他花了十分鐘，才決定買一小瓶兒童用的艾德維止痛藥。

他轉進自己住的那條街，前方的人行道上，鄰居都稱為曼茲先生的人仍然坐在自己的摺疊椅上，腳邊放著傷痕累累的枴杖。他的左腳最後一次踩到東西是越南叢林裡的地雷，他回家時少了半條腿。路人經常質疑他的神智清醒程度，可是他記憶大量文字的能力使他成為地方傳奇。

為了補貼殘障支票，曼茲先生坐在他的崗位上和路人打賭，自己能否一字不漏的背誦他所陳列六、七本書裡的其中一頁。下注的人會宣告自己的賭金大小、選一本書、隨意選擇其中一頁、大聲讀出一個句子的前四個字。接著曼茲先生會開始背誦，並且賦予他認為中選書頁所需要的戲劇性、幽默或熱情。他幾乎從未犯錯，就算有，大多數的客戶也絕少指出來。

一如往常，曼茲先生穿著軍隊所發的迷彩裝，蓋格接近時，他正按熄一根新港牌香菸。

「你好嗎?大王?」曼茲先生說，「大王」是他幾年前授與蓋格的外號，代表「大嘴王」。

「我今天沒空，」蓋格經過時說。

「喔，」曼茲先生露出微笑。「『我今天沒空』。天啊老兄，那有五個字。我不認為你曾經連續說三個字。你那張嘴繼續說的話，我可插不上嘴了。」

蓋格停下來，看到桌上什麼東西，那個影像如背上的魚叉似猛力一拉。他回到曼茲先生的崗位。

「大王，今天要下多少？」

「兩塊。」

「兩塊？你以為我是靠閃亮牌海綿蛋糕過日子的嗎？你知道被截肢的美國大兵每個月領政府多少錢嗎？我有告訴過你『Nam Vet（越南老兵）』代表什麼嗎？」

「有。」

「操他媽的從未休過假（Not a motherfucking vacation ever taken）。」

「好吧，五塊。」

「對嘛，這才是個討人喜歡的數字，」曼茲先生說，指尖抓著花崗岩花紋般的鬍子。

蓋格放下手上的漢堡王和藥局袋子，拿起一本已翻爛的傑克・倫敦《海狼》。

「大王，選得好。」曼茲先生在椅子上伸展，「給根菸吧。」

蓋格拿出一包幸運牌香菸，推出一根。曼茲先生塞在嘴裡，蓋格摸出自己的塑膠打火機，不過曼茲先生揮揮手拒絕。

「拜託，老兄，自重一點好不好，既然要自己的老命就有格調一點，哼？」他拿起桌上自己磨損的鉻製都彭打火機，「這寶貝從越南開始就跟著我了，我在境內一天用四十次，每次都點得著，就算在操他媽的下不完的雨中也一樣。」他輕輕彈開，對著卡嗒聲露出微笑，「聲音他媽的棒透了。」

曼茲先生的話比蓋格認識的所有人都來得多，可是蓋格喜歡聽他背誦，也喜歡看曼茲先生的動作，看他如何重新詮釋一個創造給雙腳健全者的世界。數十年的威士忌和香菸已磨損他聲音中的尖銳，變成沙啞的霧角。有時候，當血液裡有波本酒時，曼茲先生會拉拉馬尾，談到他的身體與其病痛之間的友誼，蓋格會專注諦聽。這個人很懂得疼痛是怎麼回事。

曼茲先生點起香菸，讓菸在唇邊燃燒，「開始吧。」

蓋格翻開書本，並不瞭解為什麼，但知道自己在找什麼，雖然微小的字母如緊張不安的螞蟻般在紙上移動，但他幾乎馬上就找到那一段。

「『他發出怒吼聲向我衝過來，抓住我的手臂』，」蓋格讀著，仍然不習慣耳朵裡自己起伏混亂的聲音。曼茲先生抬頭看他，接著他開口，字句和煙如發射般齊聲出現。

「『他發出怒吼聲向我衝過來，抓住我的手臂，我得站穩腳步才能厚著臉皮做下去，雖然我的內心在顫抖……』」

「『……雖然我的內心在顫抖，』」那九歲男孩大聲朗誦著。

男孩的父親坐在石製壁爐前，粗壯的身上穿著褪色的丹寧布連身工作服。他右手拉著濃密、修剪過的鬍子，深深吸一口香菸，吐氣時煙霧在火苗的照射下變成淡淡的琥珀色。

小木屋是木匠大師的傑作，牆壁和大教堂般的屋頂由巨大的分割原木所組成，窗戶蓋得很高，因此，屋內看出去的景色只有濃密的樹頂和無盡的天空。地板是驚人的藝術作品，詳細重現了鮑許的〈塵世樂園〉，數千片鑲嵌是藝術技巧與癡迷的證據。

「『他一手抓住我的二頭肌，抓的力道更強時，我退縮高聲尖叫。我的腳支撐不住，無法同時站直身體又承受這樣的痛苦。』」

「停下來，孩子。他已經屈服於疼痛，可是問題是為什麼？」

「因為……因為他很軟弱？」

「軟弱，是的——但不是身體的軟弱，真正的力量和肌肉無關。他的心理很軟弱，因為他不懂疼痛，我們對自己不知道的事物有所恐懼，是恐懼使我們軟弱。」他吸著香菸，「好好看著。」他吹著頂端把鬆散的煙灰吹走，露出灼熱的橘色亮端。他放低香菸，完全沒有退縮或發出聲音，把香菸按在手背上。

「你看，小子，不是身體，是心理。」

蓋格意識到曼茲先生已經背誦完畢，此刻靠在椅背上，雙眼盯著蓋格，彈開菸屁股的他露出迷人瘋子的微笑。蓋格從口袋裡掏出五元鈔票給曼茲先生，他接過鈔票時親了一下。

「問題，大王。」

「什麼？」

「在我傑出的表演時，你沒有跟著看書上的段落，所以，你怎麼知道我沒背錯？」

「我以前讀過很多次。」

「老兄，你怎麼不說？」

「因為我忘記了。」

他開步走開，接下來是一段下坡路，搖擺的地面使勁拉著他，街上浮現的熱氣把風景變成漣漪般融化的簾幕，汽車廠入口處的兩名男子正在使用嘈雜的氣壓工具，鬆開一輛鮮紅色麥格農汽車千斤頂上輪胎殼的螺絲，他們光溜溜紅木般背部的汗水在陽光下如亮光漆閃閃發光。

一陣閃光進入蓋格的眼簾，他轉身看到一輛車窗貼著深色隔熱紙的銀色凌志汽車慢慢開在街上。蓋格在一輛停靠路邊的車旁蹲下來，看著凌志汽車經過，接著在曼茲先生的崗位前靠邊。司機將車窗搖下來，車內飄出煙霧。一隻手拿著一張十五公分平方的卡片探出車外，光滑的表面在陽光下閃爍。椅子上的曼茲先生彎身向前，仔細看著那張卡片，他的嘴唇翕動著，但蓋格聽不到他說什麼。

深色玻璃又關上，凌志汽車隨即開走。蓋格記得霍爾的保險卡上註明他開的是凌志汽車，可是他不記得是什麼顏色，他的記憶不肯吐露這個訊息。他看著車子轉進阿姆斯特丹大道後脫出視線範圍，這才快速移動到曼茲先生的身後，彎身靠近他的耳畔。

「曼茲先生。」

這位退伍老兵突然驚訝的退縮，彷彿聽到有人在呼救，「來了！」他轉過身。

「幹，老兄！別這樣鬼鬼祟祟的嚇我！」

「我得問你一點事，」蓋格說。

曼茲先生的背部因深呼吸而起伏，「大王，我覺得我比較喜歡你閉嘴的時候。」

「那輛凌志，那名司機要什麼？」

「他給我看一張照片，裡面那個人跟你長得很像，他問我有沒有在附近看過那個傢伙，說他的名字是蓋格。大王，那是你的名字嗎？蓋格？」

他們在哪裡弄到他的照片？蓋格感覺到自己裂開的縫線又受到測試。世界越是排山倒海而來，這裂縫就拉得越開。

「你怎麼跟他說？」

曼茲先生的大拇指指甲摸索著鬍子，「我不提供情報或參與任何可能危急戰友的行動。」

「什麼？」

「老兄，行為守則第四條。你不供出自己人。」曼茲先生露出微笑，「我告訴那傢伙我從沒見過你。」

起身時，蓋格看到曼茲先生變成雙重影像，邊緣似薄霧一般。他知道那是什麼意思，也知道接下來會發生什麼事。

「謝謝你，」他說完朝家裡走去。

「嘿，大王，」曼茲先生大聲叫嚷，「那傢伙有著狙擊手的雙眼！我認得出那種眼睛，老兄，弱不禁風的你得小心為上！」

一按下前門門鎖上的密碼進門，蓋格就看到男孩坐在書桌前，三個黑色檔案夾打開放在桌上。

艾斯拉慢慢地轉向蓋格，雙眼炙熱，「你就是做這個？這個？」

蓋格幾乎已經無法忍受大腦的壓力，但他還有足夠的心智伸手到面板上按下室內的密碼。

「你到底有什麼毛病啊？」男孩狂吼，一面從椅子上站起來。他狂亂異常、驚惶失措，像彈跳小丑的彈簧鬆掉一樣身體搖擺，揮舞著手臂。男孩的動作在蓋格的視野裡留下斷斷續續的拖曳蹤跡。

「現在別說話，」蓋格說，聲音從某個遙遠的地方回傳到自己身上。病徵已經非常接近，微弱的光點開始出現，教科書上稱之為「預兆」——偏頭痛稀有、扭曲的預兆。

「既然你是做這一行的，那你為什麼不這樣對付我？」

這時男孩在尖叫，音量衝到最高的音調刺激著，說出的話如刀割一般。

「別……說……話，」蓋格說。

蓋格朝他走過去，但這個動作引起一陣眩暈使他停了下來。他聽到自己逐漸加速的呼吸在耳裡怒吼，彷彿來自一個站在背後的陌生人。他放下袋子轉向CD櫃，他進衣櫃前就需要音樂。他試著專注在無數發亮的珠寶盒上，但只要一轉動眼珠，那些盒背上的名稱就變得無法辨識。這個預兆的強度超越過去的經驗——扭曲的程度，發出光芒的星星再度閃爍，對稱變成混亂與流動。他朝著一個架子伸手時，症狀全面爆發，啟動頭蓋骨內的燃燒機制，從近頭頂處朝著他的眼睛後方傳送白色熱蔓藤。

可是恐懼失控的艾斯拉還沒說完，「你為什麼要救我？」他大叫。

「停！」蓋格大叫，接著偏頭痛傾全力打擊他，他彷彿受到重擊般哀嚎跪下。

艾斯拉後退到書桌前，「你……你怎麼了!?」

搖擺的蓋格抓住自己的太陽穴，製造出的噪音有可能是話語。

「對不起！」男孩說，「對不起！拜託不要對我發飆！」

蓋格爬向衣櫃裡的庇護所，手指感覺著平滑的鑲木，雙眼緊閉隔絕光線接近。他伸出右手，直到碰觸到衣櫃門，接著轉動冰冷的銅製把手，把自己硬拖進去，關上門讓黑暗降臨。

漸漸地，他意識到艾斯拉在叫他。

「蓋格！你說說話！」

「音樂，」蓋格沙啞的說，「放音樂。」

他躺在黑暗之中，右臂權充枕頭，左臂緊抱膝蓋頂住胸部。他的大腦在燃燒，有什麼東西潰堤了，這個痛苦使人喘不過氣來，如今還有了面孔。蓋格看得到：一個得到血肉的鬼魂。

接著他聽到音樂，一絲優雅、憂鬱、撫慰的音樂。閉上眼睛的他看得到聲音彩色的水坑、嘗得到音符，感覺它們彷彿冰冷的雨水般灑落在自己身上，冷卻內心的火焰。

聽到蓋格要求音樂時，艾斯拉本來先衝往CD架，看到自己的小提琴琴盒時又轉到沙發前。此時他站在衣櫃門外，以顫抖的手指拉弓越過琴弦。貼在下巴的小提琴不只撫慰人心，更有如重要的壓艙物，某種熟悉而可信賴的力量能使他不被身旁的大漩渦拋向空中。隨著他閉上眼睛開始演奏，腦海中也閃過一絲理解——他也需要以音樂安撫疼痛，帶他前往自己的平靜之地。

14

哈利總是避開網路咖啡，不希望有人坐在身邊好奇地伸長脖子。他也不信任這種地方，就算他們有網路安全系統也沒用。不過這已是絕望時刻，因此他在這裡，坐在「夏綠蒂的網」咖啡座，使用六台筆電中的一台。莉莉坐在他的左邊，細長的手指挑出司康餅上的胡桃碎片，如同參與淘金潮的人讚美著一塊閃亮、剛找到的金塊般，把每一片胡桃碎片舉在眼前。

室外白花花的陽光如薄餅般把城市變成煎鍋，這種熱度會令駕駛人的喇叭變成侮辱，皺眉變成威脅。不過咖啡座裡空調良好，使哈利願意寬容牆上擴音器所傳出的低脂爵士樂。從櫃台後方那個亞洲傢伙買來的咖啡也不壞。

哈利轉動嘴巴裡的一口咖啡，思索著該用什麼字眼請求蓋格。他以「機車男」代號登入美國線上即時通，查詢「GGG」的狀態。蓋格在線上，他該寫什麼？寫「老兄，我快要失控了。我全身都痛，還帶著一個瘋子，那些混蛋在跟蹤我。快告訴我你的地址」如何？是怎麼演變到這種地步的？他連自己唯一視為戰友的人住在哪裡都不曉得。

他考慮過打電話找卡密尼幫忙，或至少找個地方避風頭，可是那個人讓他毛骨悚然。他上次見到卡密尼是在一年前的一個執行過程，那個瓊斯為卡密尼一些連棟別墅提供衛浴設備，可是卡密尼收到線報，他告訴哈利的說法是，「那個王八蛋喜歡把『舊貨』當成『新的』。」那個瓊斯幾分鐘內就屈服了，卡密尼在一旁看著，一面啜飲花了他一百八十五塊的夏翠絲香草利口酒。哈利重新把瓊斯綁好準備運回卡密尼的安全屋後——如果哈利聽過所謂的矛盾修飾法指的就是這個——卡密尼走過來捏捏他的肩膀說：

「哈利，哈利，我們的小子真是美呆了，對不對？就像在拳擊場上看西洋棋比賽一樣。」

「說得好，先生。」

「結合棋王卡斯帕洛夫和拳王阿里的化身，我們的小子真是個天才。」哈利還記得他說完這段話時的格格笑聲，平滑得如同卡密尼西裝外套口袋露出、摺疊完美的絲質手帕。卡密尼讓哈利時時記得，有些人就是能隨心所欲，得到他們想要的，通常這得歸功於他們背後有長眼睛，手裡似乎總是有用不完的王牌和絕招，用了既不會良心不安也不會內疚。

這時，對哈利而言，唯一似乎可知的就是蓋格。雖然昨天的怪異舉動使哈利的世界失去重心，蓋格仍是他唯一的希望，唯一能使他停止自由落體的一隻手。他只剩下蓋格了。

哈利的手指放在鍵盤上。

艾斯拉仍然如此害怕，坐立不安，他在蓋格的空間裡遊蕩，瞪著錯綜複雜的地板以控制自己的驚慌。蓋格在衣櫃裡的時間已經久到足以放完一首奧乃格的奏鳴曲，再加上半首佛瑞的E小調奏鳴曲，不過，艾斯拉完全不知道音樂是否有幫助。這個發作突然出現，看起來如此猛烈，對他而言，似乎完全有可能以死亡結尾。

艾斯拉打開衣櫃門，蓋格的胎兒姿勢使艾斯拉很難看出他是否在呼吸，因此，艾斯拉輕輕用球鞋前端推推蓋格的脛骨，他如預期危急攻擊的小甲蟲般捲成球狀。

「你在睡嗎？」艾斯拉低聲說。

他移步走到衣櫃裡，在蓋格身旁坐下來，向後靠瞪著鏡子裡的自己，這就像他的父親：看得到但碰不到的倒影。一年中在他的生命裡出現兩個禮拜，只是電話裡的聲音或線上訊息的伙伴。一陣強烈的感覺傳送到艾斯拉的背部，憤怒與恐懼各半。他很好奇父親人在哪裡，他希望他死了，又祈禱他的安全。他恨他的自私，害艾斯拉處在這個衣櫃裡，而怪獸還在街上徘徊著嗅聞他的味道。

艾斯拉起身時，小心不去撞到蓋格，他走到書桌前，坐在電腦前的椅子上。螢幕下方的美國線上即時通圖示召喚著他，他點進去，以非會員身分登入，建立訊息給「大老闆」，他父親在他們線上對談時所使用的帳戶名。

艾斯拉瞄一眼蓋格深色、抱膝的身影，然後打字：

非會員：我是「隨性男孩」，你在哪？

他按下「傳送」鍵，靠在椅背上瞪著眼前封起的窗戶。沒有光線透進來，只有街上最強烈聲音的魅影透過隔音設備傳進來。

艾斯拉聽到訊息通知聲時坐直了起來，深吸了一口氣，然後彎身向螢幕靠過去，右上角出現以無襯線小字體顯示的訊息。

機車男：嘿，是我。

機車男？艾斯拉沉坐在柔軟的皮椅上，「機車男」是誰？這個打招呼的方式似乎顯示對方是認識的人，甚至很親密。艾斯拉雙手伸到鍵盤上，但躊躇著。他的專注力欠佳，有那麼一會兒甚至差點因恐懼而反胃——為了自己而恐懼，為他的父親，為衣櫃裡的男人。如果蓋格沒有醒過來該怎麼辦？艾斯拉完全不知道自己在哪裡，不過他知道自己被反鎖。

艾斯拉深呼吸，讓自己的手指落在鍵盤上。

哈利瞪著訊息。

GGGG：你是誰？

這可是另一種新的荒謬，只有吃飽太閒、很小心眼的上帝才會墮落到開這種宇宙級的玩笑。哈利是如此地驚訝，完全沒有意識到自己正在大聲說話。

「他媽的怎麼回事？」

網咖裡許多人抬起頭來，轉動雙眼尋找這粗鄙之人，連莉莉都從自己的司康餅計畫中轉頭看他，像貓舔著腳掌一般舔著手指頭。哈利不理會那些笨蛋，開始打字。

機車男：我是誰？你又是誰？

GGGG：我不是蓋格。我是艾斯拉。

機車男：被抓的那個孩子？

GGGG：對。你是誰？

機車男：哈利。蓋格的朋友。他在哪裡？去叫他來，馬上去。

GGG：他在睡覺。

機車男：把他叫起來。

GGG：我不敢，他不知道怎麼了，發生不好的事。

機車男：什麼意思？

GGG：他真的很怪，有點像癲癇發作。

機車男：癲癇發作？

GGG：尖叫那些的，跪在地上，很痛苦，有點失明，然後他爬到衣櫃裡躺在地上睡覺。

哈利停下來。蓋格是中風嗎？心臟病？癲癇發作？就算在猜測發生什麼事的同時，哈利也意識到一件事：想到蓋格可能崩潰了，自己卻沒有很震驚。執行室裡的那一幕和決定帶著孩子離開只是序曲，這幾年來，他認為身為人的蓋格雖然具有強大的力量，但背後背負著同樣強度的重擔。它們終於讓他倒下了嗎？才剛剛觸及這個問題，哈利就知道自己等待這一刻已經很久了。

哈利又開始打字。

機車男：那我過來。你在哪裡？

GGG：什麼意思？我在蓋格他家。

機車男：我知道。在哪裡？

GGG：我不知道。他帶我進來的時候我眼睛被蒙住，所有的窗戶都封起來，我看不到外面。你為什麼不知道？我以為你是他的朋友。

哈利在本來就已經所剩無幾的庫存裡尋找僅存的耐性，可是裡面幾乎空無一物。他快要失去耐性，比起其他人所帶來的阻礙，他更厭倦自己所造成的打擾。面對小孩總是使他神經緊張，他們的冰雪機靈使他覺得自己很笨、很拙劣。他得小心翼翼面對這個男孩。

機車男：小子，你聽好，我知道你很害怕，我不怪你。可是我是他的朋友，只是從來沒去過他家。記得他把你放在車上的時候還有另一個傢伙嗎？那就是我。

GGG：好。可是你要怎麼找到我？我不知道自己在哪裡，而且我被反鎖。

機車男：我想想辦法。

GGG：快一點。

沮喪的哈利手掌拍在桌面上，一聲巨響傳遍室內，莉莉抽動了一下，大家又抬起頭。

「老天爺！」他咆哮著。

櫃台那名亞洲男子過來在他旁邊梭巡，布滿義式濃縮咖啡污漬的手指拉著下垂嘴角旁的鬍子。

「先生，你太吵了，」他說，「吵太多了。」

哈利不發一語，雙眼鎖定螢幕。

「嘿，先生，聽到我說的嗎？」

哈利抬起頭，咬緊牙根，牙縫吐出兩個字：「什麼？」

「你太吵了。」

「有嗎？抱歉。」

「所以不要再叫了，」櫃台男說，「別人不想聽，好嗎？」

哈利手掌放在桌面上，顫抖地吸口氣。

「我聽到了，」他說，「不要大叫，知道了。」

「好。」櫃台男說，接著他彎身朝向莉莉，她從嘴唇到大腿都布滿一層碎片，「還有拜託，小姐，可不可以乾淨一點？」他手指指引她不存在的專注力到牆上的標示：「食物請遠離電腦」。他對她點點頭，「好嗎，小姐？謝謝妳。」

哈利從椅子上起身貼近櫃台男，他突然變得很火大，覺得自己輕如鴻毛，幾乎因惡毒而暈眩。

「聽好，老兄，」他說，「我會盡快結束，一點聲音都沒有，然後我們就會離開。可是你不要跟她說話。」

櫃台男陳述的回答帶著一絲微弱、詢問的微笑，「你在威脅我嗎？」他問，「因為先生，你看起來不像是該威脅人的樣子。」

哈利舉起手放在自己的臉上，他都忘了自己憔悴的模樣。他的衝動馬上消失，取而代之的是一陣迷惑和難為情。

筆電以另一陣愉悅的叮噹聲召喚他。

GGG：你還在嗎？啊？

聽到電腦發出鈴聲的莉莉開始唱，「叮叮噹，叮叮噹，鈴聲……」她唱歌時只有寬闊、蒼白的嘴唇翕動著，僵直的眼神、不動的身體，和歌詞詭異地毫不搭軋。

櫃台男看看莉莉，又轉回來看著哈利，「她哪裡有問題？」

「我說別管她，好嗎？」

可是莉莉身上某處的神經元突然出包了，開始唱得越來越大聲，隨著音量變大，她也搖搖晃晃地站起來。

「她吃了什麼亢奮藥嗎？」櫃台男問。

「對，因為人生而亢奮。」哈利說，「好了，我只需要結束線上訊息然後就離開這裡，好嗎？」

還在唱歌的莉莉結束歌曲，高高舉起兩隻手臂，「那是聖誕鈴聲最棒！」最後一陣爆發帶走她的什麼東西，她不斷拍打雙手以求平衡。放在桌面上的雙手潑倒哈利的咖啡，灑在筆電上。

「好了，夠了！」櫃台男說，「你們倆都得離開。」

男子匆匆離開找抹布時，哈利抓住莉莉，把她推回椅子上。

「坐好！別動！」

艾斯拉心急如焚的等待著哈利的回應，起身離開電腦。他想跺腳大叫，可是這麼做也許會吵醒衣櫃裡的怪獸。艾斯拉不相信蓋格是怪獸，可是他體內肯定住著一個。當他看著怪獸害蓋格跪下來時，艾斯拉感受到怪獸的憤怒，他可不想再把他喚醒。

為了努力克制自己的慌亂，艾斯拉漫步離開桌前，看到蓋格在CD架附近放下的兩個袋子。他拿起有漢堡王圖樣的袋子，一手伸進去拿出一個漢堡，兩口就吃掉半個，因癮頭得以紓解而垂下頭。接著他挺身發出「我知道了！」的叫聲。

「收據！」

他撕開漢堡王的袋子，把薯條撒得到處都是。

「收據……快點，收據！」

可是沒有收據。他抓起藥局的袋子底部往下倒，一小張白紙跟在一瓶艾德維止痛藥後面跌出來，緩緩朝地板飄落。艾斯拉在半空中攔截收據，掃視印在上面的資料。

「太好了！」

他衝向桌前。

櫃台男用抹布吸掉桌面上的混亂。

「我說了請出去，不是嗎？」

「老兄，放我一馬，」哈利說，「五分鐘，我只需要五分鐘。她不會再這麼做了。」

「出去。」

「三分鐘。」

「現在。」櫃台男說，為了在命令後加上驚嘆號，他伸出一隻指頭碰觸筆電的電源按鈕。哈利一手攔住男子的手臂阻止他，知道自己距離災難只有一個拳頭的遠近。

櫃台男嘴巴張得老大瞪著他，「放開我的手，否則我就叫警察。」

「老兄，讓我再傳一個線上訊息就好，」哈利說，「再一個。」

「給我滾出去——帶著叮噹小姐一起。」

那傢伙現在根本就是在大吼了，可是他的話被一陣愉悅的叮噹聲打斷，另一個訊息出現在筆電上。

GGGG：我在阿姆斯特丹大道一四七四號的生活特價藥局附近！

哈利伸手到鍵盤上，可是這時櫃台男的手指找到目標，放在電源上。螢幕瞬間變成黑色。

「出去！兩個都出去！」

哈利拉著莉莉的手讓她下椅子，他們朝著門口走去，瘸子拉著廢物。可是哈利興高采烈，他拿到了地址，有地方可去了。

艾斯拉站在蓋格桌前讀著線上訊息最新的宣告。

「機車男」已登出，無法接收離線訊息。

他拿出吃了一半的漢堡，再度坐下。貓過來蜷曲在他的大腿上，艾斯拉一手餵自己，另一手撫摸貓，拒絕哭泣。

15

米契的咖啡冷掉了。他日夜都喝咖啡，但討厭冷掉的咖啡。熱度消失後，牛奶和三顆糖發生某種變化，在舌頭上留下一層東西，使他得用門牙邊緣來回刮除。

他把咖啡倒出窗外，檢查追蹤器。柏迪克和他妹妹還在餐館裡，創下最長的早餐紀錄。也許柏迪克在他的咖啡裡加酒，提早開始歡樂時光。從他的外表看起來，他和雷進入場中之後挨了幾拳。

幾年前雷剛加入時，米契只花了五分鐘就看穿他：大老二、小腦袋、完全沒有照後鏡。如果打開他的腦袋，會在額葉上看到印有「異常」的字樣。可是米契對雷沒有意見，這傢伙的直覺像放屁一樣，不過他知道什麼時候該做什麼事。

雖然米契信任自己對雷的解讀，但經過這麼多年，他還是覺得霍爾很難解。米契視人生為一場足球賽，黑板上的X和O，他解讀人們的行為，就像防守和進攻合作試圖解讀、回應其他隊伍的策略。對霍爾而言，不論X和O說什麼，他們不總是說實話。霍爾的行為和下決定的因素往往徹底顛覆他。

霍爾並不是自身行為拼湊的總和。他完全不是一個拘泥的人，可是釦子從頭扣到腳的穿著方式卻很像。他很會說笑話，卻很少笑別人的笑話。他通常照規矩來，卻流露出明顯的蔑視。他總是會照料你，可是顯然很討厭必須顧及他人。他對工作很拿手，但似乎很厭煩。霍爾和雷完全相反，對米契而言，這表示不能信任此人。

米契伸手到地板上的軍用背包裡拿出一條硝酸科技牌的高蛋白營養棒開始啃咬，他不論去哪裡，都要帶著他的硝酸棒，做他這一行，難保什麼時候才吃得到正餐，誰知道吃進去的東西裡面有什麼？世界上的垃圾太多了──食物裡、水裡、報上、電影、人們的身體和腦袋裡。米契盡量吃好的食物、維持苗條的身材。他每天會用大拇指和食指抓住腰間的肌肉五、六次，看看自己的肌肉是不是變軟了。

如今，他真的希望自己沒有把咖啡倒掉，碳酸棒配上咖啡比較好吞，否則黏黏的硬塊會卡在喉嚨壁上。米契看得到哥倫布大道轉角有一輛餐車，他很確定走過去的話，餐廳裡的人能透過窗戶往外看到他。可是他得喝點什麼。他看看追蹤器座標上的點，下了計程車朝街角走去，瞄一眼對街餐館灑上陽光的窗戶，快步走到餐車前。黝黑老闆蓄著濃密的鬍子，額頭冒出亮晶晶的汗珠，從某種煮食設備上翻滾出蒸汽。米契選了一個位子讓餐車擋住自己，不讓人從餐館的優越視角看見他。

「一瓶水，」他說。

「今天沒有水，鮮生，他們整理的地方整我。」

米契點點頭，他的口音聽起來像是中西部、印度、落磯山脈或黎巴嫩，甚至有可能是以色列，不過也沒什麼差別。

「很辛苦的工作，是嗎？」米契說。

「還好。在家鄉他們整你更慘。每一方面。」

「是嗎？家鄉在哪？」

「大馬士革。」

米契再點點頭，他喜歡猜對，「給我一瓶紅牛。」

「是的，鮮生，一瓶紅牛。」

他伸手進一個放滿冰塊的桶子裡拿出一瓶紅牛。米契付了錢，打開瓶蓋喝一口。從這裡可將餐館內部看得很清楚，他看得到大約四分之三的卡座、餐桌和客人——可是他看不到柏迪克和他的瘋子妹妹，這時，使他脈搏加速的，不是紅牛超大劑量的咖啡因，他的太陽穴又出現壓力的緊繃感。

他瞄一眼停在對面街角、餐館正前方的小貨車，一輛送貨車正穿過哥倫布大道。米契用這輛經過的車當掩護，匆匆穿過馬路。透過小貨車的車窗，他可以直接看進餐館裡，而自己又不會被看到。

「慘了，」他說，拿出手機按下兩個按鍵，第一聲響到一半時就有人接聽了。

「喂？」是霍爾。

「他們跑了，」米契說。

霍爾那頭的沉默很強烈，然後問，「多久？」

米契的雙頰因畏縮而皺在一起，「不知道。」

「三個問題，」霍爾說，「這樣我們才有共識。」

米契知道其實這三個問題都是陳述，在在為了釐清負面情況的範圍。可是依照霍爾典型的處理方式，每個問題都會指出米契不但搞砸了，還是個不值得繼續吸入氧氣的白癡。

「第一，」霍爾說，「目標本來在餐館裡吃早餐？」

「對。」

「對。」

「第二，你停在外面，監視追蹤器？」

「對。」

「第三，那他們怎麼跑掉的？」

「我不知道，」米契咆哮，「追蹤器上顯示他們他媽的就在這裡！」

霍爾的聲音變成低沉的咕嚕咕嚕聲，「米契，你在哪？」

「在七十六街和哥倫布的交叉口，我就站在餐館前面。」

「我以為你在車上監視追蹤器。」

「我出來買一瓶他媽的紅牛！我才下車兩分鐘，眼睛始終沒有離開餐館。」就算米契的手機沒有視訊功能，他也能看得到霍爾坐在方向盤後方，敲著手指。他也許在抽菸，菸屁股鎖在愁容之中。雷在他身邊聽著，以表情交換意見。

「回去車上，」霍爾說，「檢查追蹤器。」

「馬上辦，」米契說完起跑，詛咒霍爾的黑心。比起感覺完全慌了手腳，他唯一更痛恨的，就是自己聽起來像這個樣子。他滑進前座檢查追蹤器的陳列。

「還是正中目標，」他對霍爾說，「那狗娘養的幾乎就坐在我的大腿上。我不懂。」

「進去餐館問一、兩個問題，再回電給我。」

「你們在哪？」

「西區，一百三十街。」

「還有偵測到小孩的手機嗎？」

「沒有。」

「柏迪克的？」

「沒有。」

「小孩的母親呢？」

「沒有。」

電話斷線了。

「操你媽的，」米契喃喃的說，「操我們每一個。」

那個計程車司機一走到門口，麗塔就看到那蓬紅髮蓄鬍。米契進門時她漫步過去。

「親愛的，自己挑位子坐。」

「謝了，我只是在找人。」

麗塔注意到那南方口音的黏膩腔調，看著他掃瞄餐館的每一個角落。

運將轉回她面前，「我先前讓一個男的和一個女的在這裡下車，我想他付錢時掉了一些錢在後座，兩張二十元鈔票。」

「天啊，」麗塔說，「誠實的運將。」她露出笑容，米契還以「啊少來了」的聳肩回報。她希望自己沒有演得太過火。

「他大約四十歲左右，瘦子，有點憔悴，那女孩穿著紫色衣服，有點怪怪的，」他敲敲額頭。

麗塔的心頭噗通噗通跳著，雙手放在背後，因為她不確定它們是否在發抖。這傢伙身上散發出某種真正邪惡的味道。

「唔……」她說，停下來，「沒有，我想我沒有看到他們，今天一定是你的幸運日。」

她強迫自己迎上他的凝視，完全不知道自己表現如何，這個傢伙的表情沒有透露半點線索，「嗯，我猜妳說得對。我可以用一下廁所嗎？」

「當然，親愛的。」

她用大拇指指著肩膀背後，離開時仍然保持笑容，腎上腺素激增使她覺得有點頭暈，她硬是多等了幾秒鐘才回頭，那傢伙走進走廊，閃進視線之外。

米契站在一扇印著好萊塢式大星星的門前，上面漆著安潔莉娜的名字。他敲了兩次後轉動門把，打開足夠的空間探頭進去，沒人。他移到下一扇漆著星星與布萊德的門前，耳朵貼在上面傾聽了一下，然後走進去。有人沒關水龍頭。他彎腰偷看門的下方，空的。他關上水龍頭，看著鏡子。他很確定那名女服務生在說謊，可是沒差，柏迪克還是不見了。那傢伙很敏銳，他幹掉霍爾和雷，如今又讓米契站在洗手間裡瞪著自己。

米契回到走廊上，看到自己在尋找的後門，走進巷子裡。一個古銅色皮膚的洗碗工靠在牆上抽菸，深色眼睛完全不為所動。

「你有沒有看見一個男的跟一個穿紫色衣服的女生從這裡出來？」米契用西班牙文問。

洗碗工搖搖頭，米契穿越馬路走回計程車。柏迪克不但認出他的身分，而且還玩弄他，讓米契完全蒙在鼓裡。

手機響起時，霍爾在阿姆斯特丹大道上靠邊，後腦勺和胸骨都很痛，囫圇吞下的滿福堡如沉在海床上的遇難船隻般移動到胃的底部。他非常生氣，並非針對米契，也不是針對雷，而是針對他自己。他以為自己對這次任務的準備工作完美無瑕，從星期天起就依照最糟狀況的假設想出六種方式處理，可是他對每個人都解讀錯誤。

馬瑟森：居然冷酷無情到丟下兒子落跑。

柏迪克：不像外表看起來只是個可悲的空包彈，他們第一次見面時，霍爾完全感覺不到那傢伙有什麼特別之處，如今他已經讓他們丟臉兩次了。

還有蓋格，居然有真正的弱點。

他接起電話，「喂？」

「他們早就跑了，」米契說，「所以現在你要我怎麼做？」

霍爾看了雷一眼，他正從口袋裡掏出橘色塑膠藥瓶。

「過來這邊，我們在一百三十三街和阿姆斯特丹交叉口。」

「馬上來。」

霍爾靠在椅背上，不論他們三個下半輩子是否得共用一個馬桶，或是被不當人士先逮到並使他們消失，這全都得怪他。他最大的錯誤在於誤判蓋格。霍爾原先決定找達爾頓做這份工作，那傢伙是個瘋子，可是工作一如其人。然而令他意外的是，想到一個小男孩被綁在椅子上吐血、少掉一片嘴唇的影像，使他改變心意。如今，他想到自己和蓋格至少在某個方面有著些許的共同點，而最後這個弱點有可能是他們倆背上的那把利刃。

霍爾轉頭看著雷把兩顆藥丸甩到手掌上，抬手送進他恐怖電影般的嘴裡，接著馬上出現呻吟聲，並因疼痛而畏縮。雷的大腦在命令他的下巴打開，但他的肌肉以阻礙抗議，因為這個動作太痛了。雷瞪著藥丸，看著霍爾，話語如同無法吞下的熱湯一般漏出嘴唇。

「幫……我……忙，」他說，空出來的手指著自己可怕的嘴。

「他媽的老天爺，」霍爾說，搖搖頭。

雷框著瘀紫的腫脹雙眼瞇成兩條線，看起來像隻巨大而憤怒的浣熊。

霍爾從伙伴手上抓起藥丸，抓住雷的下巴拉開。張開的嘴巴發出熊般的咆哮，霍爾把藥丸塞進雷的嘴裡，再用力闔上他的下巴。

雷閉上眼睛吞下去，「謝謝，」他喃喃地說。

16

當疼痛來臨時，蓋格的內在如引擎超載時自動斷電。時間停止，世界、宇宙都不存在，只剩下一件事，接著這份虛無只剩下來自過去的探訪，不算是回憶過往，而是現今的相遇，他的心靈跨越了過去和現在。

他的父親手拿蠟燭帶他到一扇門前。他那天已經把那個空間蓋好了，他拉開門，那房間——如果能稱之為房間的話——只有一點四平方公尺。

「從現在開始你睡這裡，」他告訴男孩。

「可是父親……這裡這麼小。」

「進去躺下。」

「父親，我不想一個人。」

「你不是一個人，有音樂陪你。」他的父親舉起蠟燭照亮房內，地上放著一台錄音機和六、七卷錄音帶。

男孩走進去，「睡覺。」他的父親說完關上門，此刻存在的只剩黑暗及男孩顫抖的呼吸。

他盲目地摸索著，拿起錄音機和錄音帶。他側躺下來，緊緊捲成球狀，腳底抵住牆邊，脊椎和肩胛骨抵住另一面牆，後腦勺頂住第三面。

他等著接下來發生的事。

蓋格張開眼睛，看到艾斯拉低頭瞪著他。

「嗨，」男孩說完走出蓋格的視線之外。

蓋格坐起來，感覺到地板和牆壁配合著他的努力，彷彿表面是堅硬的，卻不知為何有柔軟度。他站起來等著平衡感逐漸恢復，接著走出衣櫃。這不是睡眠，不自覺地失去意識及暫時失去控制能力是陌生的體驗，思量起來頗為令人不安。他已經打破偏頭痛的規則，一直以來，夢境都是誘發的因素，可是這次偏頭痛單獨出現。這時，蓋格瞭解到自己隨時都有可能從內在遭受攻擊，完全地無助。

他朝著通往客廳的短短走廊走去，雙手如黑暗中行走的人一般舉在十點和兩點的方向。他緩慢而小心地繞到書桌前，艾斯拉安穩地坐在沙發上，雙臂緊箍住胸前的雙腿。

「你為什麼要做這個？」他問。

「我讓人說實話，我擷取情報。」

蓋格從菸盒裡搖出一支香菸，轉向男孩，看到沙發上他身邊的提琴。

「我在衣櫃裡的時候，是你在演奏嗎？」

艾斯拉點點頭，「我以為你也許會死掉，」他張口嘆氣，發出一聲輕輕地「喔——」。「謝謝你買的食物，還有艾德維止痛藥。」蓋格醒了使他大大地如釋重負，可是這個男人實在有夠奇怪，他怎麼可能既是保護他的人，又是職業逼供專家？

蓋格沉默地站在他面前。

「你怎麼了？」艾斯拉問。

「我不知道。」

「你又要癲癇發作了，對不對？」

「那不是癲癇發作。」

「那是什麼？」

「偏頭痛，一種非常劇烈的頭痛。」

「哇靠，看起來真的不像只是個頭痛。也許你該去看醫生？」

「我在看心理醫生。」

「真的嗎？那他，那，他知道你做什麼工作嗎？」

艾斯拉試著想像蓋格坐在房間裡，告訴心理醫生自己的工作內容，可是腦袋一片空白。

蓋格沒有回答時，艾斯拉繼續說，「爸爸搬出去之後，我去看過精神科醫生，媽媽帶我去的。」他瘦稜稜的肩膀猛地一扭聳肩，「實在是很愚蠢，那個醫生一直問我感覺如何——你知道，關於離婚，我根本很少講話，所以大都是媽媽在講——關於想搬到加州，帶我離開我的小提琴老師那些的。她問醫生：『這樣很自私嗎？』然後醫生說：『妳覺得這樣很自私嗎？』然後她說：『你認為呢？』所以我們坐在那裡時，他們就一直問對方問題。」

「我要去抽根菸，」蓋格說，到後門按下出口密碼，走到後院。陽光下閃爍的草地彷彿絲狀的綠色玻璃，他得先瞇起眼睛才能讓雙眼接受刺目的光線。他的雙腳感覺像有彈性似的，不過男孩的聲音沒有回聲，他身體動作的邊緣也沒有視覺的鬼魅徘徊不去。

他坐在樹下點起菸，思索男孩的母親，嘗試預見未來，讓他能想出方法前往那裡。有太多事超乎他的控制能力。霍爾就在附近，如同哈利所恐懼的，他顯然有科技之助。火車、飛機和巴士感覺太冒險，似乎真的可能有人在監視他們——考慮到他目前的狀況，開車似乎也並非明智之舉。蓋格習慣當自己身心的主人，但如今卻更像是兩者的奴隸。相信內在不會再度突襲是愚蠢的，因此，如果他企圖把男孩帶回母親身邊，無異是魯莽的行為。母親必須前來迎接男孩。同時，他和艾斯拉必須離開此地。他需要協助。

艾斯拉來到門口，看著蓋格完全靜止不動的坐在樹下，使艾斯拉想起母親放在花園裡的一座小佛像，因而引發一陣渴望。他彷彿看到她坐在鋼琴前，牙齒咬著下唇，勇敢地掙扎著跟上他的節奏，一起演奏鋼琴小提琴二重奏；當她彈錯而他努力憋住不笑出來時，她也強忍著不大聲罵出來。總是在這樣的時候，他覺得跟她最親近。無聲的交流，編織音樂的壁氈，共享聲音。

「我可以出來嗎？」艾斯拉問。

「可以。」

艾斯拉走下兩個台階，就站在門廊的雨棚前端，抬頭看看天空。

「感覺很棒，」他說，「所以，我讀到的那個傢伙最後怎麼樣了？我想他的名字是維克多，你有……把他割開嗎？」

「沒有，可是他以為我有，所以他對我說了實話。那個女孩被綁在地下室裡。」

「所以你救了她一命？」

「我找出真相。之後發生的事與我無關，不屬於工作內容。」

「你總是有辦法讓他們說實話嗎？」

「對，幾乎可以讓每個人做出任何事。」

蓋格不經意的話強調了其不愉快的真相。艾斯拉思索著要如何學習做一個逼供者。有書可以讀嗎？有錄影帶可以看嗎？有學校可以修課嗎？

貓出來跳到欄杆上，艾斯拉用小指在它的頭部劃小圈圈。

「你該給它真正的名字，」他說完露出笑容，「嘿，可以叫它東尼，紀念東尼・蒙大拿。」

「誰？」

「東尼・蒙大拿——你知道，《疤面煞星》裡的艾爾・帕西諾。」他抬起頭看著蓋格空白的表情，「聽懂嗎？電影《疤面煞星》？」

「我不看電影。」

「嗯，你該給它個名字。叫『貓』有點蠢。」

「我們要離開了，」蓋格說完起身進入屋內，艾斯拉跟著他，蓋格把杯子裝滿水龍頭的水。

「我們要試試看打電話給我媽嗎？」

「要。可是我們得用公共電話打。」他咕嚕咕嚕喝下水，「然後我們不會再回來這裡。」

這句話如一股冰冷、不預期的暗流般抓住艾斯拉。

「為什麼？」

「因為那些找你的人就在附近，我出去的時候看到他們開車在附近繞。」

那冰冷的恐懼感更加強烈的拉扯，接著艾斯拉想起他和哈利的線上訊息內容。

「喔完蛋了，我忘了！你的朋友……」

「我的朋友？」

「哈利，他是你的朋友對吧？」

「哈利怎麼了？」

「你在衣櫃的時候，我傳線上訊息給他，他想過來。」

「他不知道我住在哪裡。」

「我知道。可是我給了他藥局收據上的地址。我不知道他有沒有收到，因為他登出了。」

蓋格彎身從洗衣烘乾機裡拿出洗乾淨的衣服給艾斯拉。

「換好衣服。」

「哈利怎麼辦？」

蓋格把衣服塞進艾斯拉的手裡，「換衣服。」

艾斯拉往浴室去時，蓋格走到自己的書桌前。哈利的線上訊息還在螢幕上，他捲回去開始讀。

蓋格讀完關掉視窗後，螢幕上顯示出艾斯拉企圖傳送給父親的線上訊息。

非會員：我是隨性男孩，你在哪裡？

此刻艾斯拉的問題有了回應，就在十四分鐘前的下午一點零六分出現。

大老闆：你沒在用自己的筆電？你在哪裡？

蓋格手指敲著鍵盤邊緣，然後開始打字。

非會員：馬瑟森，立刻回答。

他感覺得到世界的碎片流動且具有能量，彷彿由自然所驅使而朝著對方滑動。哈利和霍爾在同一個路徑上尋找他；他父親的造訪；馬瑟森終於現身。蓋格覺得自己彷彿某種黑洞，把一切都拉向自己，過去和現在，外在和內在。

線上訊息有了動靜。

大老闆：你是誰？

非會員：你兒子在我們手上。

大老闆：請不要傷害艾斯拉。

非會員：為了艾斯拉，我們希望你手上還有我們要的東西而且還在範圍內。

大老闆：在我手上而且我還在市內。

蓋格試著穩定自己的雙手，卻一直滑走。他感覺自己彷彿既是車子又是司機，一面控制方向盤，一面讀路標找出必須前往的未知地點的方向。

非會員：打出你的手機號碼。我們會盡快打給你告訴你在哪裡見面。我們只會打一次，如果你不接，我們就會殺掉男孩。

大老闆：九一七五五五〇六一七。我都會照做，請不要傷害我兒子。

蓋格抓起筆在手掌上抄下電話號碼後登出，他聽到艾斯拉從浴室出來走到他身後。

「所以我們要怎麼辦？」

「我要換衣服，然後我們就要離開。」

「哈利怎麼辦？」

「我們不能等哈利。」

「那貓怎麼辦？」

「貓愛去哪就去哪。說再見。」

在街上，蓋格走向曼茲先生，遞給他一包幸運牌香菸。

「那孩子是誰？」曼茲先生看了艾斯拉一眼，他站在三公尺外兌換支票商店入口的陰影下，手上提著小提琴琴盒。

「我在照顧他，」蓋格說，已經換上一身黑色套頭衫和卡其褲，「我需要你幫我做點事，我會付錢給你。」

曼茲先生搖出一根香菸點上，靠在椅背上，「你的伙伴一直過來，每隔半個小時左右，他們有固定路線。這是關於那孩子嗎？」

「對，」蓋格從口袋裡拿出一張摺起的紙，「可能有其他人會來找我，他叫哈利，瘦子、棕髮、額頭有疤。可能帶著一個女的。他看起來可能像迷了路，不知道自己要去哪裡。」

「大王，你真的突然間變得很受歡迎，誰會想得到啊？」蓋格把那張紙遞給曼茲先生，他打開看了內容，上面用工整的大寫字體寫下一個地址。

「如果你看到他的話，」蓋格說，「請你叫他去那裡跟我碰面好嗎？」

「呃—哼。」

曼茲先生用打火機點燃紙張的邊緣，看著紙張被火焰吞噬。

「你記起來了？」蓋格問。

曼茲先生抬頭看了蓋格一眼，用一隻指節粗壯的手指指著自己的臉，「我是誰——我他媽的吃哪行飯的？」

蓋格看了一眼路底，「我有一個問題。」

「你不是該走了嗎？」

「一個問題。」

「問吧。」

「你是不是一直都活在疼痛之中？」

曼茲先生挑起一道眉毛，這個問題觸碰到他受創的心靈及腦袋。

「老兄，疼痛有很多種。」

「我指的是你的腿。」

「可惡，老兄——我的腿？」他抓起襯衫拉起來，軀幹右側有一叢疤痕，「這一側的每根骨頭都碎掉了。在床上翻身時，我聽起來就像一碗他媽的早餐穀片。」他的腳踩在人行道上，「痛苦不重要，老兄，那只是信差——為了讓你記得為什麼會痛。知道我在說什麼嗎？」他頭斜斜地瞪著蓋格，「對，我想你也許懂。現在快點在你的伙伴回來之前滾出這裡。」

蓋格轉身向艾斯拉揮揮手，男孩向前走，他們倆朝大街走尋找計程車。

「永遠忠誠，孩子。」曼茲先生說。

艾斯拉回頭看著獨腳人。

「那是誰？」他問蓋格。

「曼茲先生。」

「曼茲？」

「『曼莫萊茲（memorize，記憶）』的曼茲，他可以背誦整本書。」

「真的嗎？」

「真的。走快一點。」

曼茲先生看著他們走向路口，快到轉角時，他聽到一陣輕柔的聲音唱著「莎莉在玫瑰旁到處走……」，不比低語更大聲，就像唱給嬰兒聽的搖籃曲，「莎莉在漂亮的玫瑰旁到處走……」

這個音樂使他微笑，他馬上認出這首歌：珍奈特，一九六三。他轉身發現唱歌的人就站在人行道上，離他只有幾十公分，一個我見猶憐的女人。她抬頭瞪著天空，手裡牽著一個男人，男人看起來迷路了。

霍爾在一百三十三街停下來等紅燈，轉頭看看打瞌睡的雷。他雙眼緊閉，下巴一直在滴口水，猛然抬起頭後又慢慢垂下。藥物和疼痛使他只能提供霍爾所需要的一半動力。醫生幫他縫合時，霍爾想過雷的無能所暗示的意義。

「雷，醒一醒！」

雷的眼皮張開一半。

「雷，我需要你張開眼睛，天殺的！」

雷坐直瞪著窗外。

「我醒了，我醒了。」

聽到有人叫自己的名字時，哈利僵住了。

「嘿，你是哈利嗎？」

和莉莉在網咖外坐上計程車時，哈利叫運將開到計程表跳到十塊錢就停。他只剩下十三塊，覺得身上最好留個幾塊錢，所以司機在一百一十六街路口停車，哈利拉著莉莉的手走了最後十八條街。他的膝蓋腫脹，每走一步都聽得到沙沙作響聲。

「哈利？蓋格的哈利？」

哈利轉身，「對？」

曼茲先生伸出一根手指指著阿姆斯特丹大道，「他在那邊，就在路口，老兄，你最好快一點。」

哈利抬頭看著路口，看到蓋格走下人行道，朝著一輛剛靠邊停在面前的計程車走去，蓋格正打開後車門，艾斯拉擠過去上車。

「蓋格！」哈利大叫，蓋格坐上後座關上門。「蓋格！」

蓋格對著後照鏡裡的運將給地址，「走康文到摩寧塞德，這樣比較快。」

「等一下，」艾斯拉說，「你聽。」

男孩按下車窗按鈕，玻璃滑下，他歪著頭。

「我還以為聽到……」

「聽到什麼？」

又出現了，微弱而清晰。

「蓋格！」

「那個！」

蓋格頭探出車窗看著街上，人行道上兩個人影正朝他們跋涉而來。他下了計程車。

哈利拉著莉莉的手走在小斜坡上，距離三分之一條街，一拐一拐的他一面呼叫，一面揮手。

蓋格看著他們走上馬路斜切走向計程車，接著看到斜坡底哈利背後有一道銀色閃光，一輛車剛轉進這條街。

「你在這裡等著，」蓋格告訴艾斯拉，自己下坡朝著哈利走去，每一步都越來越快，「快點，哈利，」他說，「快一點！」

看到蓋格的哈利停了下來，彎腰將雙手放在大腿上大口喘氣。蓋格跑過來雙手抱起莉莉。

「哈利，霍爾來了，快跑！」蓋格抱著莉莉往計程車跑。

仍然彎著腰的哈利轉身看看背後，凌志汽車慢慢爬上斜坡。

「幹……我。」

他把肺裡所有的空氣都推出來，強迫自己站直。

目睹這場秀的曼茲先生看到哈利開始盡快往前蹣跚，接著他轉向西邊，看著銀色凌志緩緩向前。

「老天爺，來了，」他拉拉自己的馬尾，來回轉頭估計距離，「快點，老兄，」他對著哈利大叫，「快一點。」

到街角的半路時，哈利膝蓋一軟，跪在柏油路上。

曼茲先生因驚訝而畏縮，回頭看看凌志，「他絕對來不及。」他喃喃地說。

曼茲先生抓住枴杖站起來。

如果不是雷又回到半睡半醒的狀態，霍爾不會開得這麼慢，因為他得一面開車一面檢查兩側馬路。終於，他伸手反掌揍了雷的胸部一拳，雷頓時睜開充滿血絲的雙眼。

「保持清醒！我是認真的，雷。你盡不到自己的責任，我就送你去領你他媽的獎賞，知道了嗎？」

雷發出哼哼聲回應。

正當蓋格把莉莉放在計程車上，轉身去找距離計程車只差六公尺的哈利時，霍爾看到了他們。霍爾用力踩油門，一手摸索著皮帶上的槍。強而有力的汽車帶著豐厚的吼叫聲加速上坡。

霍爾心裡迅速審視幾個狀況。撞倒他們？停在他們和計程車之間？大剌剌掏出槍？萬一警察出現怎麼辦？

他看一眼雷，「你負責蓋格，我去抓小孩。他一定在計程車上。」

雷點點頭，車速和復仇的味道使他精神振奮，「我還要哈利，」他說。

視線轉回街上時，霍爾看到就在前方不到三十公尺處，一個穿著迷彩裝的身影從兩輛停靠的汽車中間走出來，靠在枴杖上的男子轉身朝向來車，似乎很驚訝看到它。

霍爾用力踩煞車，沒有繫安全帶的雷猛然地臉先用力撞到儀表板上。他的哀嚎幾乎和凌志汽車快速朝著曼茲先生對撞時橡膠輪胎抓住柏油路的尖銳聲一樣大聲。

「操你媽的混蛋！」霍爾大叫，幾乎是站在煞車踏板上。

在最後一秒鐘，正當凌志汽車停下來時，曼茲先生向後倒，枴杖發出鏗鏘聲。

曼茲先生還沒喘過氣，霍爾就已經逼近他眼前。

「你是瞎了眼嗎？啊？」

霍爾彎腰抓住曼茲先生的手臂。

「起來！起來！」

曼茲先生甩開他的手，「退後，傑克！我想我可能摔斷了什麼東西。」他大聲哀鳴，偷偷看了上坡一眼。

「開車，」前座的蓋格對運將說，「快點。」

司機踩下油門，他們捲入車流之中。哈利閉上眼睛，深呼吸幾次撫平疼痛。接著他彎身向前，越過莉莉看著艾斯拉。

「你是艾斯拉。」

「對。」

「我是哈利。我們算是見過。這是莉莉，我妹妹。她不太說話。」

艾斯拉點點頭，似乎沒有什麼事會使他覺得奇怪了，「嗨，莉莉，」他說。

莉莉轉向他，兩個孩童的凝視相遇，「我會唱很多歌，」她說，「你呢？」

「嗯，我……」艾斯拉停下來，「對，我也會唱很多歌。」

「那是因為我們出生的時候就已經知道一百萬條歌曲——我們全部都會背。」

哈利轉向她，嘴巴張開好像要說什麼，卻又閉上。

「可是我們長大以後，」莉莉繼續說，「我們就忘記了。每一天都忘記一些，每一天我們都更悲傷一點點。可是孩子還沒有忘記太多。」

她閉上眼睛，頭靠在艾斯拉的肩膀上。

17

打開門時，柯立驚訝地發現不只是蓋格，一名大約十一、二歲的小男孩，臉上有對稱的粉紅色條紋，一名瘦削、全身污泥的男子左邊太陽穴上有一個褪色的挫傷，一名脆弱的女子不專注、飛快移動的凝視，顯示她有嚴重的精神問題。

「我們需要進來，」蓋格說。

他門口聚集的這群人不但詭異，而且身上瀰漫著強烈的絕望和厭倦，柯立不知道該如何回應。

「蓋格，」他說，「這些人是……」

「馬丁，我們需要進來。」

蓋格的聲音很不安：音色和字尾變化的起伏，和柯立習慣聽到的平順、幾乎毫無音調的說話方式稍有不同。他更仔細地看著蓋格，從他眼裡透露出大事不妙。

「進來吧，」柯立敞開大門、對著兩座超大皮椅及客廳裡兩座米色沙發揮揮手，「請，隨便坐沒關係。」

艾斯拉選了一張椅子，哈利把莉莉安置在沙發上，一面呻吟一面在她身邊倒下。蓋格還站著。

柯立跟著客人進入屋內，「我是馬丁•柯立，是個精神科醫生。」

哈利猛然抬頭，「等一下，你是蓋格的精神科醫生？」他看著蓋格，「你在看心理醫生？」

「這位是哈利，」蓋格說，「還有艾斯拉，莉莉是哈利的妹妹。」

「嗯，」柯立說，「這顯然是非比尋常的情況，我想我們都同意這一點。」

「醫生，」哈利說，「也許我該告訴你，莉莉已經在療養院住了十五年，所以她什麼也不會同意。」

「我懂了，」柯立注意到她坐在沙發上時癱倒的姿勢，「顯然你們都經歷了一段不愉快的時光。哈利，你看來傷得不輕，你還好嗎？」

「很不好，醫生，你有艾德維止痛藥嗎？」

「有的，我去拿一些給你。我可以幫其他人拿些什麼嗎？食物？一些喝的？」

「我可以喝汽水嗎？」艾斯拉問。

「我有健怡可樂，可以嗎？」

「可以，謝謝你。」

「你知道嗎？」哈利說，「我要喝一杯。」感覺到蓋格在瞪自己，哈利瞥了他一眼，「怎樣？我戒酒是為了工作，老兄，現在工作已經完蛋了。醫生，你有波本酒嗎？」

「應該有。」

「馬丁，不要給他酒。」蓋格說。

「老兄，拜託……我又不是要喝個不停。我只想喝一杯。」

「不行。」

柯立被這段對話所迷惑，蓋格會跟人交流。還有呢？也會保護人。他此刻目睹的是某種值得讚賞的事。

柯立轉向蓋格，他正靠在牆上瞪著距離房間非常遙遠的某處。「蓋格……」

蓋格跟著他進廚房，進門後柯立轉身面對他。

「我需要知道這是怎麼回事，蓋格，特別是你。」

「很複雜。」

「好。可是目前至少給我濃縮版。」

「馬丁，沒有濃縮版。」

柯立聽著蓋格告訴他事情的經過，由簡短的字句組成，經過大量編輯，極小化的暫停。男孩被追捕——不用管追的人是誰；蓋格救了他——不用管怎麼做到；壞人還在找他們——不用管為什麼；蓋格的計畫是把艾斯拉送回他母親身邊。

「我身上發生了一些事，」蓋格說，「我偏頭痛發作，現在我有……幻象、回溯影像。」

「關於什麼？」

「我父親，」蓋格舉起一隻手，「馬丁，其他的得等等。我得先去一個地方。」

「哪裡？」

「我不會去太久。」

「蓋格，你把我扯進這件事，我需要更多的資訊。」

「目前對你最好的方式就是沒有更多資訊。」

又出現了，他說話時聲音的起伏變化，用加強語氣強調自己的意思。柯立很驚訝。

「馬丁，你不知道的就沒辦法告訴別人。如果最後警方介入……」

「我們討論一下警方，蓋格，為什麼不報警？男孩在這裡很安全。」

「和警方討論這件事對哈利和我都不好。」

洩氣的柯立鼓起雙頰，「無法接受。」

「馬丁，我現在得先離開一會兒。我會試著和艾斯拉的母親聯絡，然後我要去見一個人，之後我會回來。那時我們會想辦法去見男孩的母親，接著就會結束這一切。」

「你都想好了？」

「沒有。可是我很篤定自己的方向正確。就像那些夢境，馬丁，感覺就像那些夢境。」

柯立躊躇著是否該說出他的下一個想法，但還是決定應該說出來，「在夢裡，你一直沒有抵達你要去的地方，而且最後你崩解了。」

柯立看著蓋格臉上的表情發生變化，肌肉微微抽動，他以前從來沒看過，看起來幾乎像是在欣賞黑色幽默。

但蓋格一言不發地走回客廳裡，柯立跟在他身後。莉莉和哈利在睡覺，歪著頭靠在對方的肩膀上。

「我要出去。」蓋格說。

艾斯拉從椅子上跳起來，「什麼意思？」

「我要去打電話給你母親。」

「那我也要去。」

「不行，你不能出去。」

「可是我不想一個人留在這裡。」

「你不是一個人。」

柯立看著艾斯拉邁了三步走到蓋格身邊，「我要跟你在一起，」艾斯拉說，眼眶泛起一陣霧氣，抓緊蓋格的手。

「你在這裡沒事的，」蓋格說。「馬丁是個好人，我很快就會回來。」他轉頭看著柯立。

「艾斯拉，沒關係，」柯立說，「如果蓋格說他會回來，他就會回來。你知道的，對不對？」

艾斯拉雙眼沒有離開蓋格，「你發誓？」

「我發誓，」蓋格說。

艾斯拉又看著蓋格一會兒，然後才放開他的手。

蓋格對柯立點點頭，走向門口，頭也不回地離開。

午後三點的桑椹街是冗長車陣邊緣一條狹長的商業街道，即使如此，人來人往也從未稍停過。送貨小子用廂型車或步行送貨，購物人潮帶著一包包臘肉和義大利麵經過，老人坐在門廊上嚼著熄掉的雪茄，一陣濃密的香味隨著熱氣和吹拂的微風傳來。卡密尼不止一次告訴蓋格，「如果天堂有味道的話，那就是桑椹街的味道。」

在「桑椹熟食店」外，蓋格往公共電話裡塞進一些銅板，他從來沒用過公共電話。他聽著鈴聲響了一次、兩次，接著一名女子接聽。

「喂？」

「馬瑟森太太？」

「已經有一陣子不是了。請叫我威蘭女士。請問是哪一位？」她的聲音帶有一種「先下手為強」的味道。

「威蘭女士，我的名字是蓋格。這通電話是關於妳兒子，請不要驚慌。」他聽得到突然吸氣的聲音。

「喔天啊，他沒接電話的時候我就知道出事了，發生了什麼事？」

「艾斯拉很好，他很安全。」

「『安全』？什麼意思？」

「昨天，妳兒子被想找妳前夫的人綁架，妳前夫躲在——」

「什麼？」

「威蘭女士，拜託，我需要盡快說完。」

「我兒子在哪裡——你他媽的又是誰？」

蓋格瞪著感覺笨重又奇怪的話筒，「我把他從綁架者的手上帶走。他現在安全了。」

「他在哪裡？」

「在一個安全的地方，他——」

「聽我說，你這個混蛋，如果你——」

「閉嘴！」

桑樾街上的路人紛紛轉頭，蓋格轉動脖子，吸一口氣，「威蘭女士，妳停下來想一想，如果這是威脅，我要向妳提出要求，我早就說了。我要艾斯拉回到妳身邊，這是我打電話唯一的原因。」

他聽到一陣啜泣聲，接著是一陣鼻塞，「繼續說，」她說。

「妳得搭飛機來紐約。請不要試圖聯絡警方，這麼做只會使情況更困難。妳只能相信我說的是實話，綁架者很可能有妳的手機號碼，所以妳抵達紐約後，不要使用妳的手機，否則他們能找到妳所在的地點。使用公共電話打我的手機，他們沒有我的號碼。等妳打電話時，我會告訴妳該去哪裡。」

「可是怎麼——」

「寫下這個號碼，重複給我聽：九一七，五五五，四七七八。」

「等一下。」

蓋格閉上眼睛。他身邊圍繞著太多雜訊，他感覺得到每個聲音、風景、味道、空氣分子的重量壓在他身上。

「好，」艾斯拉的母親說，「我寫下來了。」

「重複一次給我聽。」

「九一七，五五五，四七七八。」

「我知道很難，但請不要告訴任何人這通電話的事，也不要把這個訊息與任何人分享。找個藉口離開，然後快來。」

「好。」

「我要掛斷了。」

「等一下！你可以……」她停下來，似乎在鼓起勇氣，「可以請你告訴艾斯拉我愛他嗎？」

「好的。」

掛斷電話後，蓋格走到莫特街，「美人餐廳」就在半條街外。卡密尼有一支手機，蓋格有號碼，可是卡密尼不接電話。不論公事或私事，或是見不得光緊急的事，你沒辦法打電話給卡密尼•德拉諾，你得直接去「美人餐廳」。

領班抬頭對蓋格露出沉著的笑容。

「蓋格先生，你好嗎？有一陣子沒見到你了。」

「卡密尼在嗎？」

「當然，讓我進去通報一下。」

蓋格聞到大蒜和牛至的味道，聽到餐廳音響設備播放著滾石合唱團的「馱獸」。「美人餐廳」並不是那種裝飾著水彩壁畫，不斷播放法蘭克・辛納屈和傑瑞・威爾的老式義大利餐廳，也不是幌子或洗錢處所。這裡的地板覆蓋著十五公分見方，來自波隆那的手工上漆瓷磚，投射燈以特定角度投射著燈光，牆上掛的是義大利黑白照片，大有可能是現代美術館的展覽品。穿著亞曼尼背心和長褲的服務生毫不突兀的在餐廳裡來回走動，卡密尼做每件事都自有遠見，明顯的以自己的成就為傲，這是行動力的成果，而非傲慢。如同他喜歡對蓋格及許多朋友說的，「絕對不要相信自己知道所有的事，但要確定能找出答案。」

領班回來，比手勢指向後牆兩名保鏢看守的門。

「蓋格先生，請到辦公室。」

蓋格跟著領班到餐廳後方，保鏢靜靜點頭，其中一個打開門。蓋格走進一間客廳風格的辦公室，素雅的灰牆、厚重的地毯、楓木鳥眼和鍍鉻家具。設計拉羅街的觀察室時，蓋格借用了這個風格。

卡密尼放下手上的《華爾街日報》，從沙發上站起來，摘下老花眼鏡。

「他來了，」他露出笑容，「來自情報擷取界的男人。」

卡密尼一向很自然地以擁抱打招呼，不分男女，但從以前的經驗學到，蓋格會希望將肢體接觸減低到最少，因此他對著一張大型絲綢椅揮手。

「坐，」卡密尼說。

領班站在門口等著，卡密尼不用看也知道他在那裡。

「肯尼，我要雙份濃縮，給蓋格先生黑咖啡，不加糖。」

領班點點頭，輕輕關上門。他們倆都坐下，蓋格很沉默，他知道不用急。

「我的朋友，奇怪的時機，」卡密尼說，用優雅的手拍拍日報，「經濟衰退，生意卻好得不得了。我上個月在史丹頓島買了三間房子，是跳樓大拍賣。過幾年我可以以三倍價錢賣出。很奇怪，可是很好賺。」

當你去見卡密尼時，只有兩個理由：你有事情要告訴他，相信他會考慮這件事值得知道；或是你需要幫忙。不論是哪一種，都得依循著卡密尼的步調，等他問你為了什麼原因前來的那一刻。

門上傳來敲門聲。

「進來，」卡密尼說。

領班走進來，把雙份義式濃縮咖啡和黑咖啡放在兩人之間的桌上。

「謝謝你，肯尼。」

領班離開後，卡密尼拿起杯子，因吃驚而退縮，接著微笑，搖搖頭。

「可惡的手指，」他喝一口濃縮咖啡，滿意地咂咂嘴唇後放下杯子。他彎曲手指，打開又握拳三次，「它們最近真的很煩，記得我們第一次見面時，你來告訴我聯邦探員的事，說到我有幾隻手指受過傷。」

「對。」

卡密尼再喝一口，「我告訴過你是怎麼發生的嗎？」

「沒有。」

「有趣的故事。」他靠在抱枕上，「一九七〇年夏天，我在海軍服役，我們在波士頓等著出海。去過波士頓嗎？」

「沒有。」

「你該去，很棒的城市。所以，我們有一晚可以上岸，我吃到最棒的茄汁龍蝦義大利麵。不過你不吃海鮮，對不對？」

「對，不吃。」

卡密尼指著桌上，「趁熱把咖啡喝了，為什麼我總是得提醒你？」

答案是，蓋格並不喜歡「美人餐廳」的咖啡，除非卡密尼提醒他，否則他不會喝，而卡密尼每次都會提醒他。他拿起杯子喝咖啡。

「所以最後我走在劍橋街上，聽到有人用麥克風在講話，我穿過這個磚牆上的拱門，你知道我在哪裡嗎？」

「不知道。」

「我在哈佛大學的一個庭院裡，那裡有一個遊行隊伍，反戰的傢伙，越戰。一大片的紮染T恤及長髮，那是你出生之前的時代。一個傢伙站在一棟建築物前拿著一支麥克風談論戰爭，我站在群眾後方，我前面這個小鬼——一個穿牛仔裝的耶穌——轉過身打量我。我穿著我的白色制服，鴨舌帽調成和約翰・韋恩同樣的角度，他說，『你他媽的在這裡做什麼？』我說，『我在聽，這是自由國家，不是嗎？』然後那小鬼在我的鞋子上吐口水。他在我的鞋子上吐口水，你知道我每天花多少時間擦鞋嗎？」

蓋格再喝一口咖啡。

「所以我揍他一拳，可是我拳頭都還沒揍到他，他就跳上來踢我的胸部，把我踢倒在地。空手道，功夫，隨便——就像電影裡一樣。他頂多也不過六十來公斤，卻把我打倒在地。我爬起來掄起左拳，全力往後打算揍得他狗吃屎，結果拳頭砸到路燈上，砰！我在哀嚎，那小鬼拔腿走開，我根本沒有揍到他。可是你知道嗎？這時候我的兩隻手指脫臼，就像你說的，指節砸碎了，我的同袍去越南時，我的手正打著石膏，我一直沒去越南。那個哈佛的小混蛋讓我不用參加戰爭。」

卡密尼喝光他的咖啡，蓋格喝了一口自己的。

「所以情報擷取有什麼新鮮事？」

蓋格放下自己的杯子，就等這個時機。他的太陽穴隱隱作痛。

「我需要你幫個忙。」

「生意相關的嗎？」

「我需要一支槍。」

藍眼閃爍，「做什麼用？」

蓋格不想告訴他來龍去脈，他的焦距邊緣又開始模糊，「只是預防萬一。」

「你以前有開過槍嗎？」

「沒有。」

卡密尼注意到自己訂製的襯衫上有一小片棉絨，於是伸手彈掉。

「艾迪！」

其中一名保鏢進來面無表情的站著，雙手交握放在皮帶釦上。

「蓋格需要一件傢伙，不要太大，他以前沒用過。後座力小一點的。」

保鏢點點頭，轉身走出門外時在蓋格的視線裡留下拖曳的影像。

蓋格伸手拿他的咖啡，結果打翻了，潑出來的咖啡流到桌子邊緣滴到地毯上，他看著每一滴咖啡慢動作地滴下去。

「別管它，」卡密尼說，嘆口氣，又折一次自己的手指。

雖然頭昏眼花，蓋格卻聽出恩人聲音裡的一絲懊悔。他不禁猜想自己的咖啡裡添加了什麼。

卡密尼站起來，一手梳理銀白色的頭髮，「我搞不懂你，蓋格，我很聰明，可是我搞不懂你。」

卡密尼在他眼前跪下來，伸手關心地拍拍他的臉頰，「我要趁你還能回答我的時候問你一些問題。你明白嗎？」

對蓋格而言，因藥物影響而失去意識是一種陌生的感覺。他感覺到脖子以上有一股刺痛的熱氣擴散，可是他不在乎，「好。」蓋格說。

卡密尼又伸出手，可是這次堅定地甩了蓋格一巴掌。

「你為什麼這麼做？你他媽的腦袋瓜到底在想什麼？」

「好。」蓋格說。

「你以為我很高興這麼做嗎？並不是，蓋格，你是我的手下。」

蓋格的腦袋開始往下垂，「好。」他又說一次。

「我真希望有選擇的餘地，可是我跟這些人有生意往來。記得你告訴我那些聯邦探員竊聽我的房子？那是我他媽的給他們的邀請函，是你給我的，你幫我跟他們搭上線。我們談過，做了交易，我偶爾幫他們的忙，給他們一個名字，送個人情，他們就放我一馬。天啊蓋格，把霍爾送去給你的不是柯里科斯，是我。」

「好。」

「你知道你得罪的是誰嗎？這些傢伙是接案子的，我指的不是裝修案子，他們是政府的殺手，懂嗎？就是這些傢伙負責做那些沒有人應該發現的事，他們也不按照遊戲規則行事，因為他們不需要。他們都是以前的同袍、傭兵，他媽的牛仔！他們大部分都是瘋子，如果你做這一行做得夠久，就是會把你搞成這種下場，讓你瘋掉。說到最後，他們會不惜一切達到目的，因為他們知道如果沒有達到目的的話，結果會很令人失望。這些傢伙可不是帶著退休金和醫療保險退下來的，懂嗎？」

卡密尼拉拉外套袖子，彷彿突然決定它們太短了。

「他們今天早上打電話來，很有禮貌地表示如果你剛好過來……所以現在幫我們倆一個忙，告訴他們他們想知道的事，我知道他只是個孩子，放聰明一點。」

「好。」

卡密尼用手抓住蓋格的臉，「還有我要跟你說，蓋格——關於人生，你那些『外在vs.內在』的東西？都是狗屁！人生掌管你的一切狗屁：打從娘胎開始，到進墳墓為止。你不懂，蓋格，你以為你有選擇的餘地。別傻了。如果你能從這件事全身而退的話，記得這一點。」

「好……」

就在蓋格昏過去之前，他有一個想法，就算在昏昏沉沉的狀態裡，他也沒有忘記這個諷刺之處：他這輩子從沒感覺這麼棒過。

第三部

18

「蓋格，醒一醒。」

聲音來自他的後方，他感覺得到手腕、腳踝和胸部的束縛，他被牢牢綁緊在某個東西上。他睜開雙眼，迅速檢查一次自己的感官——視覺、聽覺、觸覺——似乎都正常運作。沒有模糊，沒有雜音，沒有遲鈍。

他在自己的地盤——拉羅街的執行室裡——被綁在理髮椅上，只穿著白色三角褲。空調關掉了，很熱，他在流汗。

「我醒了，」他說。

蓋格面前站著一名非常瘦的男子，身高超過一百八十公分，穿著鬆垮的米色卡其褲和灰色運動衣，戴著圓形眼鏡，燈泡似的頭上只有幾撮稀疏、灰白的頭髮，在蓋格的眼裡看來像隻螳螂。他拿著一雙拋棄式白色乳膠手套。

「我叫達爾頓，」男子說，「很高興認識你，然而，有誰會想到是在這樣的情況下？」他的聲音帶有那種知道所有青少年把戲的高中老師特有的冷靜、謹慎音調，他戴上其中一只手套，劈啪聲在房間裡迴盪，「我喜歡有稍微塗粉的，」他說，「你戴哪一種？」

「我不戴，我不喜歡那種感覺。」

「你不擔心感染嗎？愛滋病，C型肝炎——」

「我幾乎很少用到流血這一招。」

達爾頓戴上另一只手套，啪。蓋格看著單面鏡，裡面還有誰？當然還有霍爾。卡密尼？也許不，不過他聽到他的話在耳朵迴盪：我跟這些人有生意往來。你知道你得罪的是誰嗎？他們是政府的殺手。

達爾頓跟隨蓋格的視線，「蓋格，你這個地方很棒。你很講究細節，有獨到的細膩之處。觀察室也是，真是太帥了。」達爾頓走到蓋格身後他的視線範圍之外，接著推著推車回到他面前，「我帶了自己的傢伙，也選了幾樣你的。」

手推車最上層放著一支掌上型噴槍、一支把手纏繞著膠帶的刀片、一支木把手的錐子、一支鋁製球棒（前端包著十公分厚的藍色橡膠泡棉），還有蓋格的古董開式剃刀。手推車最下層放了六、七條白色手巾、一捲紗布、一捲膠帶及一件摺疊整齊的卡其風衣。

「這樣易位而處感覺一定很怪，」達爾頓說。

蓋格抬頭看著達爾頓鬆垮、過大的衣服，無法猜測這男人是否體格良好。他的面孔灰黃，沒有皺紋，看來大約五十歲。

「我昏過去多久？」

「大約四十五分鐘，」達爾頓拿下眼鏡擦拭鏡片，「現在，事有先後順序。我不太清楚狀況，只被告知他們想知道那男孩在哪裡，所以……男孩在哪裡？」

蓋格想起自己在左手寫下馬瑟森的手機號碼，那隻手突出於椅子的扶手之外，手掌向下。

「伊拉克的那個瓊斯，」蓋格說，「你真的割掉他的嘴唇嗎？」

達爾頓的微笑讓蓋格想起狗在開口咆哮前齜牙咧嘴的模樣。

「抱歉，」達爾頓說，「我從來不得了便宜還賣乖。不過讓我告訴你一件事，」他戴上眼鏡，「你知道他們叫你什麼嗎？」

「誰是『他們』？」蓋格問。

「某些我們共同的……朋友。」

「不知道，」蓋格說，「我不知道他們怎麼叫我。」

「他們叫你判官。你覺得呢？你喜歡嗎？」

蓋格監控自己的脈搏：很慢。他思索這個綽號：判官，逼供之王。中央情報局很愛他們想出來的代號。

蓋格顯然興趣缺缺，達爾頓看起來有點失望，「嗯，我喜歡，很優雅。」

蓋格保持沉默，等著達爾頓說完。

「蓋格，他們這件事真的很急，」達爾頓把運動衣的袖子拉到手肘上，「所以我就不浪費時間玩心理戰了——反正那也不是我的強項，而且用在你身上也不會有效。不，我要直接進入疼痛，我卑微的專長，我的絕活。」

達爾頓轉向手推車，蓋格慢慢轉動手掌讓自己可以看到。他的皮膚上有一層潮濕的光澤，他瞪著那個號碼：9175550617。他默默複述，牢牢記在腦海裡。

霍爾推開觀察室的門衝進來，達爾頓轉身面對騷動。

「他的手！」霍爾大叫，「他的手心有寫東西！」

蓋格攢緊左拳用指尖揉著手掌心，摩擦皮膚，直到達爾頓雙手抓住他的手，扳開手指。他扳開拳頭露出手心時，霍爾才走到他們面前，模糊但仍能辨識的9175後面是一團藍色墨水。

「是電話號碼，」達爾頓說。

「我看得出來，」霍爾咆哮，怒視著蓋格，「別那麼難對付，你比這個舉動聰明多了。」

蓋格點點頭，「霍爾先生，你的頭還好嗎？」

霍爾不理他，走向觀察室時，他轉頭對達爾頓說：「下手！現在就開始！」門砰一聲關上，達爾頓伸手到手推車拿起錐子和噴槍，錐子鐵製的尖端有十公分長，厚度零點一公分，使用過無數次的汗水使木製把手染成深色。噴槍大小剛好適合他的手掌。

「如我剛剛所說的，專長……」

他用大拇指按下噴槍的點火按鈕，噴頭噴出一道五公分長的藍色細長火焰。

「我一直覺得最平等主義的資產，」達爾頓說，「是任何人都可以有專長。你不需要時髦、有錢，或聰明；你不需要學位、不需要特權，沒有基因的樂透。你可以當挖水溝的工人同時也有專長。賣鞋的業務員、洗碗工、清垃圾的工人……」

他把錐子的尖端伸進火焰中，停留在那裡。

「我一直覺得，你可以從一個人有沒有真正的專長來評斷他。如果有的話，你可以肯定就算對他們一無所知，也能知道他們是盡心盡力的人。他們運用自己的才能，對某些事懷抱熱情，因而驅使他們比其他人付出更多，光靠這一點就可以看清一個人了，你不覺得嗎？」

錐子的尖端發出紅光，達爾頓關掉噴槍放在手推車上。蓋格瞪著白熱的錐子尖端，看起來彷彿壁爐爐火的核心壓縮成一長條發亮的細絲，點醒了過去。

達爾頓檢視著錐子尖端的頂部，接著以穩定的手放在蓋格的左臉旁，另一隻手抓住蓋格的頭髮固定他的頭。

蓋格動也不動，「你不必這麼做，」他說。

「男孩在哪裡？」

蓋格閉上眼睛，單一鋼琴音符串聯成一整個和弦、盛開成一朵朵燦爛的雲，邊緣鑲著一道道明亮、假聲激發的閃電。他們說，所有的一切都能被取代；他們說，每個距離都不近。

達爾頓非常緩慢地把炙熱的錐子尖端推進蓋格的臉頰，直到蓋格感覺到針頭穿過臉頰內部刺到舌頭邊緣。達爾頓扭轉探測一番。

所以我記得讓我來到這裡的每個人的面孔。

「蓋格，那個男孩在哪裡？」

如同達爾頓所預期的，刑求傳送雙重感受：炙熱的鋼鐵烙印般的燒灼感，穿透肌肉的刺痛感。蓋格的大腦在瞬間形成批判。諷刺的是，加熱針頭反而具有反效果，在皮膚上形成某種麻木的作用，因而降低侵入的強烈程度。

達爾頓稍微調整錐子的角度朝下插進更深處，進入舌頭下方柔軟的連結組織。

「那個男孩在哪裡？」

那一天隨時都會到來，那一天隨時都會到來……那高頻、甜美的聲音融入一陣陣炙熱的痛楚之中，如毒蛇纏繞後將之勒斃……我將得到釋放。

達爾頓把錐子插得更深，尖端碰到什麼硬物：是骨頭。疼痛融化了，蓋格彷彿身處太陽之中。

「蓋格……那男孩在哪裡？」

蓋格張開嘴巴吐血，達爾頓搖搖頭拉出錐子。炙熱在臉頰製造出圓形的粉紅色紅暈，中心冒出深紅色的血泡。達爾頓拿起一條手巾，以簡潔、審慎的手法擦拭工具。

「我很好奇，」他說，「專業上來說，從一到十的程度，剛剛那樣有多痛？」

蓋格張開雙眼轉向達爾頓時，濕濡的表面閃爍著亮光，「什麼東西有多痛？」他說。

達爾頓從自己的清潔儀式中抬起頭。他已經聽過這些故事很多年了：關於那個將此行業帶入新風格的神童，曾經有一度，這名巫師讓中央情報局大唱讚美上帝，這位大師可以不見血地逼出真相。可是，椅子上的這個男人並不是達爾頓所預期的，他太……然而達爾頓無法完成這個思緒，無法指出這位傳奇人物異於常人之處。

達爾頓放下錐子，拿起球棒。

「好了，這可勾起回憶了，」他說，節制而簡短地揮了兩次棒，「你喜歡棒球嗎？」

「從來沒打過。」

達爾頓揮棒時正好打到蓋格的左胸，他發出的聲音幾乎和蓋格發出的一樣大聲。蓋格嘴唇扭曲、剩下的整張臉彷彿如漩渦吸進碎片般往內拉。身體的痛楚在胸腔內膨脹，腦袋裡一群天使的聲音送出一陣高射火箭，往下射到這痛楚上。我看到我的光閃耀而來——刺穿它、穿透它、縮小它——從西方射向東方[1]。

「蓋格，告訴我那個男孩在哪裡。」

沒有答案出現時，達爾頓又揮棒一次，打到胸骨上方鎖骨相連之處。打擊的力道使後方的氣管緊縮，造成了結合梗塞和窒息的感覺。蓋格耳朵裡充滿高音調的哀鳴，淹沒了內心的音樂，他反射性的企圖掙脫束縛，胸部上下起伏。

達爾頓抓住他的下巴，用力把後腦勺撞在頭墊上，這個猛然的動作實際上卻幫助蓋格大口吸入空氣。

「聽我說，」達爾頓彎下來靠得很近，他的氣息有薄荷味，「我喜歡我的工作，可是我不喜歡這個樣子，太奇怪了。由於你的身分特殊，所以我要告訴你一件事，就當成同業優惠好了。這份工作實際上就是不可放——聽到了嗎？不可能放人，你根本就是在祕密基地裡。他們會讓我先把你變成彩虹沙拉，才有可能叫我停手，所以別這麼做，不論你認為自己在做什麼，停手，因為那並不是你。如果你不就此停手的話，大概會死在這張椅子上。」

達爾頓直起身子揉揉脖子後方「好了，有哪一個部分你沒聽懂嗎？」

蓋格終於能吞嚥了。

1 註：巴布・狄倫〈我將被釋放〉的歌詞。

「什麼是彩虹沙拉？」他問。

達爾頓用力揮舞球棒，這次砸在兩側的四頭肌上。

這次揮棒發出的拍打聲之大，蓋格軀體的扭曲程度使得透過單向鏡觀看的霍爾愁眉苦臉。

「什麼是彩虹沙拉？」他複述，「很好笑，」他轉身面對雷，坐在沙發上的他正拿著一杯冰水壓在臉上，「在他這樣的狀況下，那倒是一句很棒的台詞。」

「叫達爾頓開始割他，」雷說，「他會招的。記得讓他也說出哈利在哪裡，」

霍爾幫自己倒了一些克萊尼許威士忌。

「嘿，我也要。」雷說。

「不准喝酒。」

「你知道，我已經覺得好多了。」

達爾頓在蓋格的醫藥箱裡找到一些利多卡因，在雷的臉部下方幫他打了一針減輕疼痛，增加了雷的活力。

「雷，哈利沒有招出蓋格，你憑什麼認為蓋格會招出哈利？」他把杯子舉到唇邊停下來，又放下威士忌，「聽我說，雷，這個任務的重點是馬瑟森，就這樣。在那之後，我永遠都不想再看到蓋格或哈利，永遠都不要，清楚了嗎？」

「這份工作結束之後，我的時間是我自己的，」雷說。

霍爾看得到雷頭蓋骨裡的腦袋如籠子裡的小狗一樣不安。這正是他們所需要的：找到馬瑟森，從這些混亂中全身而退，再讓雷去追殺柏迪克，好留下一公里長的血腥蹤跡。他開始希望，當初哈利開槍時能打中這個狗娘養的腦袋。

霍爾轉身回到觀景窗，達爾頓專注在手推車上，瀏覽他的選擇。蓋格胸口紅色的鞭打痕跡擴散，臉頰流血，坐在椅子上的他頭垂得低低的。兩名男子彷彿深刻的思想家在考慮嚴肅的辯論論點。蓋格用嘴巴呼吸，每次長長吐氣時臉頰便微微鼓起，接著他抬起頭直直瞪著鏡子，彷彿可以一眼看穿。

「你有什麼故事？」霍爾說，彷彿蓋格聽得到他的話，「你做這一行是為了贖罪嗎？是這麼回事嗎？抱歉，老兄，不會發生的。你得下地獄，跟我們一樣。」

霍爾的手機響起，他接聽。

「你到位了嗎？」他問。

「對，」米契說，「我在這裡，就在對街樓下。」

「別走開。」

達爾頓轉向蓋格，雙手放在背後，緩慢而滿意地點著頭，彷彿自己破解了某個特別難的謎語，恐怖陳列室裡受歡迎的奇普老師[2]。

「你拿它怎麼辦？」達爾頓問。

2 註：英國小說家詹姆斯．希爾頓所著小說《萬世師表》主人翁，因其孜孜不倦的教誨受到學生的愛戴。

頭部再次下垂的蓋格緩緩移動下巴，尋找姿勢，讓自己在最舒服的情況下開口。

「什麼怎麼辦？」他含糊的說。

「痛楚。我讀過所有的研究，你是用『放在盒子裡』的那一招嗎？還是你用禪的方式以意念克服一切？是哪一個？我真的很好奇。我們把你脫光時，我看到你的小腿後方，顯然你有很多機會練習，所以你怎麼處理疼痛？」

「是我的……」蓋格受傷的嘴唇很難成形說出最後一個字，說出口時變成含糊不清的嘟囔。

達爾頓彎下腰，「是你的什麼？」

蓋格緩緩抬起頭，直到視線接觸達爾頓的目光，他們的面孔只有幾公分之遙，距離近到蓋格能在達爾頓的鏡片上看到自己的影像。

「我的專——業，」蓋格說。

達爾頓伸出原本在背後的雙手，拿起蓋格的古董開式剃刀；達爾頓看到蓋格眼神改變，胸部肌肉緊縮。這些動作很細微、但很明確。達爾頓臉上再次出現野蠻的微笑。

「蓋格，這把剃刀真是極品，你在哪裡弄到的？這是老朋友嗎？」他欣賞著珍珠母手把上的華麗工藝，「還有你的小腿後方？你知道，你面對痛楚的方式告訴我，也許你們彼此很熟悉。」他把刀片拉出外殼，閃亮的鋼鐵上刻著一行字，「『送給班，帶著愛，來自寶拉』。媽媽和爸爸？我說得對嗎？」

一輛冒著煙的火車從蓋格記憶的隧道裡嚓嘎嚓嘎地跑出來，快速朝那一刻奔馳而去。他感覺到上面乘載著什麼貨物，火車的行進聲和怒吼聲使他的耳鼓震動。

「你割了好幾年，對嗎？是媽媽還是爸爸？我在想應該是親愛的老爸。」

蓋格看到達爾頓眼中閃過一絲新的情緒，不過不是同情。

「你和這刀的經歷很不愉快，對不對，蓋格？抱歉，不過現在，你我要回到那裡。」

達爾頓戴著手套的大拇指溫柔地在刀片精緻打磨的刀鋒上來回，乳膠裂開。

「我覺得有點太鋒利了。」

蓋格看著他用刀片敲打手推車的金屬欄杆，在刀鋒上製造出鋸齒狀。火車繼續前進，獨眼巨人的眼睛殘忍地燃燒著。

「那個男孩在哪裡？」達爾頓說。

「兒子，你準備好了嗎？」蓋格腦袋裡的聲音說。

「我準備好了，先生，」蓋格回答。

達爾頓轉身露出挖苦的微笑。

「沒必要這麼正式，」他檢查刀片後放在蓋格左大腿的四頭肌上，膝關節上方十公分處，「我們由下往上，我認為你父親是這麼做的。當我割到鼠蹊部時——如果有到那麼上面的話，我要切掉你的睪丸。」

達爾頓平均地壓下刀片，整排刀片都切進肉裡。

男孩面朝下趴在大房間的板凳上，全身赤裸。音樂輕柔地播放著「我看到我的光閃耀而來……」

他的父親手拿珍珠母手把剃刀站在一旁。

「兒子，我們知道什麼？」他說。

「生命使我們為了認為自己想要的東西痛苦，那個痛苦使我們軟弱。」

「所以我們必須怎麼做？」

「擁抱痛苦，一天一點，變得更強壯。」

眼鏡後方的達爾頓瞇起眼睛檢視他的手藝，改良過的剃刀留下一道皺褶、十公分長的傷口，鋸齒狀的邊緣使鮮血以不同的方向淌流在蓋格的大腿上。

「蓋格，告訴我那個男孩在哪裡。」

蓋格的父親把刀片放在他的大腿上方。

「孩子，不要動。」

他已經好幾年沒有在這樣的儀式中退縮或發出聲音，但他的父親仍然每次都提醒他。

「兒子，和我一起說，」他指示他，接著他們一起輕柔地吟誦。

「你的血，我的血，我們的血……」

「你的血，我的血，我們的血，」蓋格含糊地說。

這些話口齒不清地說出來時，正要切第三刀的達爾頓停下來擦掉手套上蓋格的血。

「你說什麼？」

他甩了蓋格一巴掌，在他臉上抹上了自己的血。

「蓋格，你說了什麼話，你說了什麼？」

蓋格的父親把打磨的刀鋒劃過肌肉，打開一道細長、潮濕的紅色裂口。男孩不動如山，他正看著腦袋裡的音樂。

「兒子，會痛嗎？」

「父親，不會痛。」

「是真的嗎？」

「真的。」

「很好。在騙子的世界裡，痛楚永遠都會帶出真相。我不在之後，這一點對你會很有用。」

達爾頓彎腰把雙手放在蓋格的膝蓋上。

「告訴我那個男孩在哪裡。」

蓋格的眼皮抖動著捲起，達爾頓盯著他，彷彿看著一座廢棄屋的窗戶。

「父親，不會痛，」蓋格說。

達爾頓對著觀察室說，「霍爾！我不確定目前是什麼狀況！」觀察室的門打開。

「你他媽的說那話是什麼意思？」霍爾說。

「燈開著可是沒人在家，你自己看。」

霍爾朝著蓋格走過去，越來越感受到一股沉重的厭倦，不是什麼存在主義的重擔或良心的危機，而是真實的重量，彷彿一顆球連著鐵鍊般拖在腳踝後方。他已經做了將近二十年，沒有什麼越來越容易，一切只會越來越複雜，越不透明。已經沒有人真的知道什麼事了。

霍爾在理髮椅前停下來。

「我不會唬弄你，」達爾頓說，「我真的不知道他人在哪裡。」

「他人在哪裡？」

「信不信由你，我從來沒見過這種案例，我不確定他有感受到這一切，」達爾頓調整自己的眼鏡，「好像他有感受到傷害，可是卻……」

「可是卻怎樣？」

「可是卻不會痛。」

「再割一次，讓我看看怎麼回事。」

達爾頓又割了一次，蓋格的瞳孔和鼻孔放大，雙手握拳，前臂肌肉顯而易見的僵硬起來，可是他沒有發出聲音，也沒有其他反應。

霍爾雙手抓住他腦袋兩側，「你想死嗎？是這樣嗎？」他彎下腰對著蓋格的臉說，「你有看過人流血致死嗎？」

蓋格對著朝他而來、那攪拌鋼鐵般隆隆怒吼聲搖搖頭，已經快到他的頭頂了。

「因為我有，老兄，就算是一隻得了狂犬病的狗，你也不會希望它是那種死法。你聽到我說的話嗎？」

可是蓋格聽到的是另一個不同的聲音在叫他。隨著他的眼皮閉上，記憶的列車朝他衝過來，撕裂了眼前的霍爾及圍繞的房間，顯現出在那之外另一個更生動的世界。

「兒子，過來，兒子！」

男孩走出木屋朝著山脈側面走去。天色很暗但月光明亮，他可以毫無問題地穿越森林。

「兒子！你在哪裡？」

他父親聲音的音調比平常要高，似乎在濃密的森林中迴盪，可是他大概知道來自哪個方向。

「父親！我來了！」

有什麼事情讓他起跑，整個禮拜都在下雨，每跑一步，他的鞋子都陷入潮濕的地面裡。

「卡車，兒子！你看得到卡車嗎？」

男孩再跑得更遠一些，接著看到十五公尺外皮卡貨車朦朧的身影，朝著下坡傾斜的卡車看起來像一隻低頭準備攻擊的公牛。他看得到車斗上放滿剛切割好的一公尺長木頭。

「有！我看到了！」

「到卡車這邊來！繞過來！」

他的父親平躺著，左後方的輪胎壓在他的大腿上，月光下清晰可見上半身的身體，可是卡車車輪擋住了小腿。對男孩而言，他的父親看起來像某種神話怪物，必定是惹怒了眾人的半人獸。

「兒子，我動不了，被卡車卡住了，我想在輪胎下塞一些木頭時，煞車滑掉了。」他從腰部發出咆哮聲，推著輪胎想起身，但雙腳無法掙脫。他躺下去，胸部劇烈起伏，「過來拉我出來。」

男孩移動到父親後方，蹲下用雙手繞住他的胸部。

「現在拉，兒子，數到三就用力拉！一、二、三！」

隨著一聲怒吼，他父親再次推輪胎，男孩用力拉，可是鞋子在泥巴裡滑動，他跌倒了。

「再一次，兒子，再試一次。」男孩爬起來，雙手緊緊抱住父親，「一、二、三！」

他們又拉又推，結果還是一樣。父親癱倒在男孩的大腿上，累極的他們同聲喘氣，雨絲打在臉上。

「父親，我們該怎麼辦？」

「去找一些石頭和樹枝，卡在另外三個輪胎下面，然後試著把卡車往前開，記得我怎麼教你的嗎？」

雨絲又變成雨水了，執行任務時，男孩嘗到空氣中秋天的腐爛味，也在腳下的樹葉和細枝上感覺到。他把收集來的枝葉塞進輪胎底下，上了卡車，得從椅子上滑下來才踩得到油門和煞車。他從側邊照後鏡裡看到父親。

「父親，我準備好了！」

「轉動鑰匙，不過還不要踩油門。」

男孩發動引擎，引擎如乾咳般恢復生氣，「把排檔放在D檔，然後慢慢地踩油門。感覺輪胎轉動時，你再用力踩一點點。準備好——開始！」

男孩慢慢踩下油門，卡車開始抖動。他感覺得到輪胎開始轉動，可是卡車並沒有向前移動。他父親身上發出低低的咆哮聲，男孩從側面照後鏡裡看著他的拳頭埋進泥巴裡。

「不要停！」他父親大叫。

男孩更用力踩，輪胎噴出的泥巴啪啦啪啦打在鏡子上。他父親的軀幹在緊壓的輪胎下扭動著，可是卡車不動如山。

「再踩一點！用力一點！」

隨著震動增強，男孩得更用力抓住方向盤。父親的咆哮變成怒吼，男孩再看一次照後鏡，一點一點的泥巴裡混雜著鮮紅色。

他從卡車上跳下來跑向父親，跪在他身邊。躺在那裡的父親身上覆蓋著一層污泥與鮮血，張開的雙唇不規則地呼吸。

「不能再試了，父親，你在流血！輪胎把你撕裂了！」

「我們等雨停後再試一次。」

「父親，讓我跑下山去，我可以找人帶他們回來。」

「不行，你不能離開這座山，還不是時候。」他的父親停下來喘氣，「兒子，卡車裡有一支來福槍，去拿來給我。」

「為什麼？」

「狼群，還有熊。有人受傷它們會知道，它們聞得到血的味道。去把來福槍拿來給我，然後回家。」

「我想留下來陪你。」

父親的視線迎上他的目光，雨滴在父親骯髒的臉上清出一條細長、曲折的路徑。

「父親……」男孩沉默了一會兒。「有人知道我在這裡嗎？」

「世界對你一無所知，這是我給你的禮物，」他咳嗽，接著吐血，「你是個無名小卒。」

男孩胸前一陣莫名的緊縮，他頭很痛，感覺心臟怦怦跳動。

「父親……」他想說話。

可是他的父親不讓他繼續說，他伸手抓住男孩的夾克。

「你是我兒子，我給了你所需要的，」他用力拍拍男孩的臉，可是男孩沒有哭。他父親把他的臉拉到眼前，「你看？沒有眼淚。記得：堅強比被愛要好。」

他的父親閉上眼睛，轉開頭。男孩起身走到卡車旁爬了進去。

雷進入執行室裡，走過來加入霍爾和達爾頓。

「天啊，這是怎麼回事？」雷問，「他睡著了嗎？」

「我不會稱之為睡眠，」達爾頓說，轉向霍爾，「我該把他從這個狀態叫醒嗎？」

「不用，」霍爾說，點燃雙唇間的一根香菸，用力吸入時因驚訝而退縮，「再給他幾分鐘，看看會發生什麼事，也許我們可以加以利用。」

卡車裡的男孩猛然驚醒，突然發出的一陣尖叫混雜著喉嚨發出的聲音猛推他的眼睛去看鏡子，他看到昏暗的身影在後輪附近猛烈搖動。他抓了來福槍跳下車，怒吼聲停止，兩雙銅眼對著他一閃，接著狼群繼續原先的動作，頭部用力搖晃，用牙齒撕裂肌肉。他的父親又開始哀嚎，雙拳揮舞，卻毫無作用。男孩舉起來福槍發射，槍聲使狼群竄逃，後座力則使男孩倒在地上。他氣喘噓噓地躺在那裡，瞪著搖搖晃晃停靠在松樹樹頂、斑痕點點的巨大月亮。接著他坐起來，走到父親身旁。

男孩看著父親的胸部非常緩慢地起伏，彷彿上面承載著隱形的重物。每一次上升時，月光照射到部分的胸部，反射出昏暗的深紅色，每次下降時則發出遲鈍的咯咯聲，流逝生命。他父親舉起右手前臂召喚他，男孩彎身再靠近一些，看到狼群已經撕裂了父親的外套，咬去部分肩膀和手臂，左顴骨在月光下閃著白光。他張開嘴，血一滴滴地流出來。

「疼痛，」他氣喘噓噓地說。

「父親，我能做什麼？」

「我的刀子在哪裡？拿給我。」

刀子躺在泥巴裡，男孩將它放在父親的手上，他父親舉起手臂，但力氣盡失，他拿著刀刃的手無力地落在胸前。

「幫我，」他的雙眼在眼眶內遊移，直到找到兒子，「幫我。」

「怎麼幫？我不懂。」

他父親的食指舉起三公分點點胸部，「這裡。」

男孩快速搖頭，「不！」他嗚咽的聲音說，「不，我不做！」

「兒子，照我的話做。」

男孩開始哭泣，「父親……拜託！」

蓋格的觀眾聽到他喃喃自語便彎身向前。

「他說什麼？」霍爾問達爾頓。

「他說：『父親，拜託。』」

「你們看，」雷指著，「他在哭。」

蓋格緊閉的雙眼眼角流下淚水，滑下臉頰，混到血時變成粉紅色。突然間，他開始猛烈顫抖，受到束縛的身體在發抖。

「現在叫醒他嗎？」達爾頓問。

「不要，」霍爾說，「還不要。」

父親看著男孩的淚水，臉部扭曲成一個作嘔的面具。

「我是這麼教你的嗎？一個愛哭、沒用的小男孩？這樣的話你走吧，滾出我的視線之外！把剩下的留給狼群。我不希望最後看見的是你的臉。」

男孩感覺胸部一股炙熱、黏膩的血液上湧，一道無法阻擋的力量從黑洞中升起，竄流到體內的每一個部分，使他劇烈搖晃。

「我恨你！」他大叫。

他父親找到力氣搖頭，「不，你才沒有。恨也需要力氣。我做的一切，都白費了。」

男孩看到帶血的嘴唇又翕動了，可是此時已被他耳裡的怒吼淹沒。有那麼一刻，世界變成黑色。是月亮，男孩想，一定是月亮落下了。

終於，他再度看著父親，「哪裡？」他問。

父親的指尖停留在胸骨左側的一個點上，「這裡，」他說，可怖的微笑拉扯著受損的嘴唇。

男孩把刀子尖端放在手指旁，顫抖的雙手抓住刀柄。慢慢地，他把刀刃推進父親的心臟裡。

蓋格的神智被拉離黑暗的森林，對抗幻覺的引力，在其後方尋找庇護，但出現在眼前的是飄浮的窗簾。接著，窗簾打開露出一個長架，上面放著他所有的執行筆記：黑色檔案夾，幾百個瓊斯，幾千頁寫滿策略及方法、反應及結論的紙張。蓋格看得到他執行對象的面孔，聽得到他們發出的每一聲辱罵及請求，人類在恐懼或痛楚時所發出的每一種聲音。迎面而來的是人類藝術最黑暗的總和：怪獸華而不實的畫像，此刻，他第一次認出那是他自己。

一陣突如其來的反胃感朝向蓋格襲來，他開始乾嘔。他從前一天就沒有吃過東西，這乾嘔折磨著他。

霍爾等著第一波乾嘔結束，「繼續工作，達爾頓，快點，就是現在！」

「不要再割我了，」蓋格在喘息之間說，「拜託。」

達爾頓、霍爾和雷都大吃一驚地互看了一眼。

「不要再痛了，拜託，不要了。」

「那告訴我那個男孩在哪裡，」霍爾命令他。

又一陣反胃感襲來，乾嘔又吞沒了他。

「老天，蓋格！那孩子在哪裡？」

「還在我家，」蓋格斷斷續續地說。

霍爾感覺到一陣炙熱的腎上腺素，但很快抑制這股衝擊，「你留下他一個人？」

「哈利需要看醫生，我需要槍……」

霍爾搖頭，「蓋格，別耍我。那麼遠的一趟路，你不會留下他一個人。」

蓋格抬起頭，嘴唇垂下一條細長的帶血口水，「他不是一個人，」他說。

這句話懸在他們之間時，霍爾萌生一種不尋常的感覺：彷彿有那麼一刻，混亂、機會和策略似乎全都結合在一起，「馬瑟森和他在一起？」他問，「怎麼可能？」

蓋格又吐出一攤血，「他們用線上訊息，在我家。」

「他手上還有我們要的東西嗎？」

「我不知道。我不知道你們要的是什麼。」

「地址呢？」

「西一百三十四街六百八十二號，譚屋。」

「對，密封窗戶，我有看到。」

「你需要密碼。」

「密碼是什麼？」霍爾說，拍拍口袋找筆。

「七三二二三，很好記，」他直視著霍爾，如洞穴般深邃的凝視，「是你手機上的『和平』。」

有那麼一會兒，霍爾無法將視線從蓋格身上移開。他的眼神中少了什麼，昨天還在那裡的東西。霍爾看過這種事：底部承受不住，人心如穿過地板門的屍體一樣掉到視線外。霍爾感覺腹部一陣短暫顫動。

「把他清乾淨，」他告訴達爾頓，「幫他止血，他得留在椅子上等我們回來。雷，走吧。」

他們走進電梯裡，霍爾關上電梯門，下樓離去。

達爾頓試著把剃刀折進外殼裡，可是捲刃的刀片已經無法與外殼吻合了。

「抱歉把你的剃刀用壞了。」

他把剃刀丟進手推車裡，用一條手巾擦拭蓋格的傷口，用力壓著止血。他流了很多血。

「剛剛在跟老頭對話嗎？」

蓋格回瞪著他，好不容易神智才稍微清醒。

「很有意思，可是最後你醒過來的時候，有點令人失望。我以為你會再繼續往下演，其實我很確定你會這麼做，因此我認為你可能是在說謊。」

蓋格的聲音有如低語，「那你為什麼不拆穿？」

「我的工作是讓你開口，決定你是否說真話是霍爾的工作。」他伸手回推車上拿起一捲紗布，「如果你在說謊，那麼要不是你在拖時間，不然就是他們走進什麼陷阱裡。」

達爾頓用紗布包紮蓋格傷痕累累的大腿，每繞一圈就舉起他的大腿，把紗布從下面繞上來。

「為了預防他們真的回來，我不把這個傷口貼起來——目前先綁起來。你要喝點水嗎？」

他抬起頭。蓋格的頭垂在一旁，雙眼緊閉，嘴角鮮紅色的血慢慢滴到下巴上。

車子開在一百三十四街上，霍爾很高興的注意到曼茲先生和他的人行道辦公室已經撤離了。他想把凌志靠邊停在蓋格家門口，他們得盡可能停得很近，這樣才能把馬瑟森迅速送上車。可是門前沒有空位，因此他不得不並排停車，讓引擎繼續運轉。

霍爾轉向雷，「你感覺怎樣？」

「我沒事，」雷點點頭說，「只是臉有點麻麻的。」

霍爾看一下他的伙伴，「走吧。」

他們下車，雷先走上台階，霍爾四處張望巷子。

「等一下，」霍爾說，「我去看看有沒有後門。」

他跑了十公尺到巷底，爬上垃圾子車，從木籬笆頂端看過去，看到門廊的雨棚及下方的後門。他爬下來，快步回到雷的面前。

「後面有入口。你從前面進去，我從後面進去。我到後門時會打你的手機，我們不掛斷，聽我的信號一起按下前四個密碼。我說『按』的時候，我們同時按下最後一個密碼進去，舉槍只是嚇阻作用。懂了嗎？」

「是。」

「密碼是七三二二三。」

「七三二二三，記住了。」

「我們抓住他，留下孩子，從前門離開，知道嗎？」

雷點點頭，霍爾跑向巷底，回到垃圾子車上翻過籬笆，跳落在後院草地上。他拿出手機，一面走向後門一面撥號。

「準備好了嗎？」他對著電話低聲說。

「好了。」

「好，開始按。」

透過手機，霍爾聽到雷按下密碼時前門面板的唧唧聲。

「好了，」霍爾低聲說，「最後一碼，準備好了嗎？」

「好了，」雷說。

「按，」霍爾說，同時，兩聲巨大的槍聲使他轉了一百八十度。他掏出槍尋找目標，接著又聽到兩聲槍聲——砰！砰！——他這才意識到那是街上汽車修理廠用空氣槍打空氣螺絲釘的聲音。霍爾把槍放回口袋裡，發出深深的嘆息聲，嘟囔的混雜著「幹」。他轉回到面板前按下最後一個密碼，可是後門沒有打開。他按下「取消」後再重新輸入，什麼也沒發生。

霍爾把電話壓在耳朵上，覺得自己聽得到雷在屋內走動的聲音，「雷，跟我說話，你在裡面嗎？」

「對。」

「我打不開我的門，一定是系統設定一扇門接受密碼後就關閉了。」

「嗯，不用試了。除了一隻天殺的獨眼貓之外，這裡半個人影也沒有。」

「什麼？」霍爾的太陽穴又開始抽痛，「你到處都看過了嗎？」

「裡面只有兩扇室內門，衣櫃和浴室，就這樣。他媽的根本沒人在家！」

霍爾轉身靠在門上，突然覺得蓋格的後院很不錯，沒有人會想到這房子有後院，也非常符合蓋格的風格。藉由說謊，蓋格已經拖延了時間，他每拖延一分鐘，霍爾就損失一分鐘。霍爾得打電話給達爾頓，要他再重新開始——別無他法——不過，他開始認為蓋格永遠不會招供，馬瑟森會贏得這場比賽，他們則必須付出很高的代價。

他結束與雷的通話，按下達爾頓的號碼。

「喂？」達爾頓的聲音說。

「要他聽，把我接上擴音，這樣你們倆都聽得到。」

達爾頓很會聽聲音，他解讀聲音的能力就像醫生看X光片一樣，他很意外，在霍爾的話中，聽到節制的斷念多於憤怒或決心，那個聲音已深深厭倦自己的工作，音調貧乏如殯葬業者。

蓋格的腦袋吊在半空中，玫瑰色的泡沫在嘴唇中心。被達爾頓拍肩時，蓋格改變姿勢，泡沫隨之破掉。

「找你的，」達爾頓說，按下擴音鈕，把手機放在蓋格耳邊。

「喂？」蓋格發出的聲音是沙啞的低語。

「現在達爾頓要恢復工作了，」霍爾說。

蓋格不發一語，達爾頓揚起一道眉毛，從長褲口袋裡拿出一雙新的手套。

「蓋格，」霍爾繼續說，「我需要知道你聽懂我剛剛說的話。」

「我懂你說的。你在哪裡？」

達爾頓的手機傳出一聲挖苦嘲諷的格格笑聲到執行室裡，「我在哪裡？」

站在蓋格的後門廊上，霍爾回答自己的問題，「我們在你家，可是除了你的貓之外，沒有人在。」他漫步走下後院，此時真希望自己有喝下那杯威士忌，「好，所以你幫哈利和那孩子拖延了一點時間。我懂了。」

「不，霍爾先生，我不認為你懂。」

蓋格的語調中新出現的流暢使霍爾很意外，接著，聽到雷的拳頭在後門內部敲打的聲音時，他驚訝的退縮。

「嘿！」雷大叫，「我出不去！」

「霍爾先生，你被反鎖了嗎？」

雷又敲打門，「聽得到我嗎，里奇？門打不開！他媽的密碼沒有用！」

霍爾嘆口氣，棺材上又釘了一支釘子，「我們需要另一個密碼才能出去。」他說。

「霍爾先生，沒錯。」

霍爾看著兩隻松鼠快速跑下半棵樹，繞著圈圈互相追逐，顯然彼此都沒有想要抓到對方，是追逐這件事帶給它們快樂。

「你為了出來已經按了幾次密碼了？」蓋格問。

霍爾的腦袋差點錯過明顯的意思——「霍爾先生，你被反鎖了」——接著又一百八十度大轉彎。蓋格以為我們三個都被反鎖在裡面了，霍爾想，壞人得一分。

「我可以問為什麼嗎？」霍爾問。

「因為你沒有輸入出口密碼就不能離開。如果按下錯誤的密碼兩次，系統就會啟動。」

「啟動，」霍爾說，「繼續說。」

「石膏板後方有二十枚定向炸藥引爆器，霍爾先生，如果你輸入錯誤的出口密碼三次就會引爆，整間房子會向內爆炸。」

「向內爆炸？像拉斯維加斯的那些舊賭場一樣？」

「對，還有，霍爾先生，你最好也不要試圖移動那些窗戶上的鐵條。」

「好，」霍爾說，回頭看著房子，「蓋格，等一下，」霍爾按下手機靜音，「雷！」他大叫，「你密碼按了幾次了？」

「為了出去？呃……兩次！」

「嗯，別再碰安全面板！聽到了嗎？」

「為什麼？」雷大叫。

「不要按就對了。什麼都別碰！」

霍爾背靠著樹幹坐下來，拿出一根香菸，輕彈打火機，可是沒有點燃香菸，只是瞪著火焰。他得開始改變自己的焦點，換上新的鏡片。萬一他們沒抓到馬瑟森的話，他需要一條退路，因為他無法回頭去和那些人坐下來解釋自己的失敗。沒有人情可討，也沒有人能幫忙，也就是說雷和米契也只能自求多福。不過，反正他們從來也不是三劍客，沒有什麼「人人為我，我為人人」的狗屎。需要的話，當雷把他丟到巴士下面時，米契會開車輾過去。

霍爾點燃香菸，按鍵讓蓋格回到電話上，「好，所以你有三個混蛋反鎖在你家，」他讓自己偷偷微笑，「現在怎麼辦？」

「叫達爾頓放我走，我安全離開之後會回電給你，給你出口密碼。」

「不如你現在給我密碼，我出去之後再叫達爾頓放你走？」

「霍爾先生，我比較喜歡我的方法。」

雷又開始敲打後門大叫了，「嘿，里奇！到底發生了什麼事？」

霍爾翻白眼，「蓋格，給我一分鐘好嗎？」

「當然。」

霍爾按下手機靜音，走過後院上到門廊，「雷，」他透過門大叫，「我們遇到問題了，這間房子是一顆巨型炸彈！」

「什麼？」雷說，「那，也許我們應該，你知道，找人來！」

「是嗎？你說我們該找誰，我來打電話。要我打給消防隊嗎？還是警察？」

「操你媽。」

「雷，我現在在處理了，你等我幾分鐘，」霍爾背靠著門又坐下來，用大拇指和食指緊緊壓住眼睛，看到白色鬼魅在眼皮內爬行。他上次睡覺是什麼時候？三十六小時前？也許更久。

某個東西擦過他的手臂，霍爾張開眼睛看到一隻貓從寵物門出來。貓看了他一眼，走進後院裡，霍爾則看到貓少了一隻眼睛。

這段偶遇給了霍爾一個想法，「雷，」他大叫，「告訴我房子裡長什麼樣子。」

「什麼？」

「告訴我蓋格的房子裡有什麼東西吸引你的目光。」

「嗯，他有一個很棒的CD架，訂做的。」

霍爾又拿起電話，按掉靜音，「好，蓋格，」他說，「依你的方法。達爾頓，你在嗎？」

「在，」達爾頓說。

「放他走。」

「霍爾先生，我聽到你的話了，不過請再重複一次，讓我們大家都聽清楚。」

「讓蓋格離開，放他走。」

「好的。」

「蓋格，我們多久才能拿到密碼？」

「大約半小時，」蓋格回答，「十五分鐘縫合我的大腿離開這裡，我離開後再等十五分鐘。」

「我會等。對了，蓋格，你這裡的CD架真不錯，我可以放點音樂而不會被炸掉嗎？」

「霍爾先生，請便。」

電話斷線，達爾頓按掉電話，把手機放在手推車上，從底層拿起夾克，從口袋裡取出一把魯格LCP點三八手槍。

蓋格看著他說，「我不會對你怎麼樣。」

「完全是以防萬一，」達爾頓的音調毫無變化，「我要先解開你的右手腕，然後剩下的你自己來，等我走開再開始，否則我會開槍。明白嗎？」

「明白。」

達爾頓用空下來的那隻手找到手腕的束縛解開時，視線和槍都沒有離開蓋格的臉。他退後四步，脫掉手套丟到地上。蓋格注意到達爾頓動作的精準：即使到最後一個手勢都小心翼翼，毫不緊張，沉著穩定。他的槍仍瞄準蓋格的額頭。

「請便，」達爾頓說。

蓋格舉起手臂，起初感覺非常輕盈，但隨著他伸手往下，這個感覺立即倒轉，骨肉變得如此沉重，要不是他被綁在椅子上，這股沉重感可能把他拖離椅子倒在地板上。他解開胸部的束縛，挺起肋骨，胸部像手風琴一樣鼓起來，進入的空氣冰冷而濃密。

達爾頓乾笑，「蓋格，這實在很驚人，這會是我回憶錄的高潮之一。」

蓋格伸手解開左腳踝的束縛，「你要寫書？」

「等我退休。我已經選好書名了：達爾頓：逼供者的一生。」

蓋格解開另一隻腳踝。

「不過不用擔心，蓋格，我會幫你改名字的。」達爾頓發出唔的短暫笑聲，「我猜我得寫下作者註記：『某些名字經過更動以保護有罪之人』。」

蓋格的手指接近另一隻手腕的最後一個束縛、解開。他抬頭看著達爾頓，突然覺得身體又更輕了，「我現在要站起來，走進觀察室幫自己縫合，換上乾淨的衣服。」

「請便，」達爾頓點點頭，用槍對著蓋格揮一揮。蓋格從理髮椅上站起來，第一步有點躊躇，手臂稍微放在臀部以求平衡，感覺下半身彷彿重新放上重物，有如體內的一部分鬆脫，滑到下半身停留在小腿和腳上。他大腿上被血浸濕的紗布只有鬆鬆綁著，此刻開始下垂；拖著腳步向前走時，鬆脫的紗布拖在腳步後方的地板上。

達爾頓跟著他穿過門，蓋格打開觀察室遠端的大型衣櫃後停下來；一邊的架子上放著醫療用品，另一邊是衣服。蓋格拿出幾包可吸收式創傷縫合線、一把剪刀、幾捲紗布和膠帶。他原本考慮使用利卡多因噴霧麻醉，後來決定不要。鋸齒狀的傷口不易縫合，痛楚能指引他將縫線更緊密的拉緊。

他從抽屜裡拉出一條長褲和一件黑色套頭衫，跛腳走到沙發前，讓自己落到抱枕之間，可是身體和心理沒有同步，頭部用力敲到牆上後才完成下降。

「哦喔！」達爾頓說，放下武器。

蓋格把針線舉在鼻子前方，不斷前後改變位置，試圖讓它們結合，彷彿他的大腦是尋找焦點的攝影鏡頭。試第三次時，蓋格手上的線找到針眼。

達爾頓從吧台拿起一瓶法國人頭馬干邑白蘭地，在杯子裡倒了一些。他一面啜飲著白蘭地，一面看著蓋格縫合一個個傷口，有如裁縫大師一般的針法。他沒看到蓋格退縮過一次，此人有著公牛般的忍耐力。

「你這一招在哪裡學的？」達爾頓問。

「我父親教我的。」

蓋格努力分散痛楚：把胸部模糊的燒痛、嘴巴鈍鈍的抽痛、大腿尖銳帶刺的劇痛傳送到身體各處，直到這個痛楚遍及全身，使縫針的每一戳、每一拉線都只是整體痛楚的一部分，而不是一次次攻擊他的身體。

「他是醫生嗎？」

「木匠，曾經是木匠。他已經死了。」

蓋格拉起最後一針，用剪刀剪斷，在尾部打結，靠在沙發上，在抱枕上揉揉手掌，擦掉手上的血，「請給我一杯酒，」他說。

「要幫你倒什麼？」

「都可以。」

達爾頓放下手上的白蘭地，檢視吧台的選擇，在一個杯子裡倒進三公分高的伏特加酒。他槍口朝上，把酒拿過去給蓋格。

「來，左手。請慢慢來。」

眼皮下垂的蓋格張嘴緩緩吐出一口長氣，「給我幾秒鐘，我真的很痛。」

「慢慢來。」

「達爾頓，你對自己的工作很拿手。」

「這是來自凱撒的稱讚。」

蓋格的手往上飄浮伸手拿酒。達爾頓的目光隨之移動時，蓋格沒受傷的那條腿猛然一伸踢到達爾頓的鼠蹊部。達爾頓彎下腰，眼鏡掉落，蓋格上臂揮到他下巴的力道之大，害得兩顆牙齒飛奔而出。達爾頓跪下時，蓋格一擊把槍拍出他的手掌，達爾頓停在那裡一會兒搖擺著，接著往前倒下，一邊臉貼著地板，如沙灘上的魚般喘著氣。

「那並不是稱讚，」蓋格說。

蓋格小心翼翼地離開沙發，騎在達爾頓身上，把達爾頓的左臂往背後反折，另一隻手的手腕壓在地板上。蓋格這一擊以如此強烈的力道撼動達爾頓的頭骨，他右眼的許多血管都破裂，覆蓋著蜘蛛網似的出血。

「右手握拳，」蓋格說。

「握拳？」達爾頓喘著氣說。

「對，握拳。」

「為什麼？」

「因為你不會再這麼做了。」

達爾頓搖頭，胸部上下起伏，但還是有辦法露出狼似的笑容，「不，我不認為我會照做。我想看偉大的蓋格行動，一生一次的機會，你知道嗎？」

「抱歉，你晚了大約一天。」

蓋格把達爾頓的左臂往背部高處推，達爾頓痛得哇哇叫，「達爾頓，我人生第一次好奇殺人是什麼感覺。再說一次不，你就會讓我少一件好奇的事。」他不斷把達爾頓的手臂往上推，「握拳，」再往上推，「照做。」

一個咕噥的音節顯示讓步，終於，達爾頓右手捲成球狀靠在地上。蓋格自己也握拳，接著往達爾頓的拳頭一擊，慘叫聲幾乎淹沒了手指骨折的聲音。接著蓋格抓住達爾頓的左手，敏捷地把四隻手指往後扳，直到骨頭斷掉。這一次，達爾頓的哀嚎比較小聲，但較久，卻很快變成刺耳、咆哮的呼呼聲。他雙手手指斜斜張開的躺在地板上，彷彿沙灘上被人踩到的兩隻螃蟹。

蓋格起身坐回沙發上，深呼吸一口，「提早退休，達爾頓，學著用腳趾打字，你就可以開始寫回憶錄了。」

蓋格拿起長褲和套頭衫，考慮如何用最不痛的方式穿上。

19

「就這樣，」哈利說完從窗前轉身面對客廳，嘆口氣，「這就是整件事的來龍去脈。」

蓋格離開後，柯立端出各種點心，等哈利和艾斯拉填飽肚子後，他把艾斯拉送進臥室看電視，要求哈利告訴他究竟發生什麼事，否則他要打電話報警。說出艾斯拉的故事時，起先哈利還跳過細節，迴避他和蓋格究竟以何維生，不過很快便瞭解到一切都得說明清楚。這是他第一次不得不告訴別人自己的工作內容，這令人厭惡的真相暗流拉扯著他。

哈利說話時，莉莉就坐在他身邊，手指以神祕的儀式扭轉著髮尾。坐在他們對面的柯立似乎沉浸在自己的世界裡，雙眼鎖定客廳東方地毯上緊密絲狀的金藍漩渦。實際上，柯立並沒有在看房裡的東西，他的洞察力向內指向蓋格無數的心理拼圖。

「醫生？」

揭露蓋格的工作使柯立非常震撼，還有自己對其之盲目。這些年來，蓋格隱藏的過去就是以這樣的方式在顯露自己嗎？一隻齜牙咧嘴的小野獸開始啃蝕柯立的內在。他早該看出來嗎？或至少感覺到什麼嗎？

「醫生？」

柯立抬頭，「什麼事？」

「很抱歉害你扯上這件事，真的。」

柯立揮揮手表示不在意，不過瞇眼看了哈利一眼，「目前，先不提你們兩個過去十年所做的事，你明白這可是綁架，是嚴重的聯邦罪名？」

「對，可是我們並沒有綁架他，我們是——反綁架他的人。」哈利喝口薑汁汽水，打了個嗝，在莉莉的嘴唇上放了一片德國結麵包，不過她相應不理。

「吃點東西，」他說。

「我記不起來，」她說，眼神左右遊移。

「記得什麼？」

「太多字了，這麼多不同的意思，都得放在正確的地方。哈利在哪裡？」她問。

哈利很快看了柯立一眼，「老天，她說了我的名字，」接著他把她的臉轉過來面向自己，「在這裡，莉莉，嘿，是我，哈利。」

柯立起身過來蹲在她面前，研究她雙眼的動靜，注意到她雙眼會突然左右移動，打斷長時間不動的凝視。

「你說她有時候會以歌詞回應事情？」柯立問。

「對，有時候感覺好像是連結了什麼事，有時候沒有。」

柯立彎身靠近莉莉，他的臉貼在她面前。

「莉莉？」他說，他突然雙手擊掌，哈利因驚訝而退縮，可是莉莉不動如山。「莉莉！」

「我想離開了。」她說。

「我也想離開，莉莉，」柯立說，「我們該去哪裡？」

莉莉半唱半說著：「一路下到海底……」

「你看，」哈利說，「那可能有什麼意義，也可能沒有。她很愛這首歌，如你剛剛所說的，『我們該去哪裡？』真的能讓你瘋掉。」

柯立回到自己的椅子上，「她的內在有什麼動靜，至於是反應、回應還是隨機的，我不知道。不過有一個過程正在進行，她達成某種決定，可是找不到字眼可以解釋，於是她唱歌。」他搖搖頭，「有時候，我認為需要超人的力量才能建造、維持那道牆，繼續把恐怖和世界鎖在外面。她有服用藥物嗎？」

「有，應該有，不過我不知道是哪些。」

「嗯，我們需要密切觀察她。哈利，她以前是什麼樣子？」

「有點迷迷糊糊，可是很聰明，也很有趣，那種瘋狂的有趣。」他沮喪地搖搖頭，「這麼多年來，我都沒有在她身邊。」

「哈利，你知道曾經有人怎麼說罪惡感嗎？」

「怎麼說？」

「如果一個人沒有罪惡感，他大概會覺得是自己的錯。」

哈利肩膀下垂，「醫生，謝謝你的寬慰，可是我不需要心理醫生。我知道自己是誰。」

他們打量彼此，哈利針對當天的陳述再次懸在他們之間，隱形但具有磁性。

「醫生，他去了好久，」哈利說。

柯立看了手錶，快三個小時了，他的腦中開始充塞最糟的狀況。

「我相信他會沒事的，」哈利說，可是他們都很清楚這句話空泛得很。哈利試著擠出笑容，「我是說，他是個大男孩了，對吧？」

柯立很想抽菸，他猜想自己是否在某處藏有非淡菸的萬寶路香菸。

「不，哈利，」他說，「他是個非常年幼的小男孩。」

蓋格帶著一個健身用的小型袋子走了三條街，才找到一家卡座有足夠陰影遮掩自己的咖啡廳。他在臉頰的傷口上貼了一張五公分見方的紗布，可是沒辦法隱藏僵硬的蒼白。有很多事要做，不過目前，他需要黑咖啡和幾分鐘相對的獨處靜坐。他知道柯立會怎麼說：別讓那些記憶溜走，別再把它們鎖回去。它們是你的一部分，別讓它們死去，帶著走。

服務生放下他的冰咖啡，「還需要什麼嗎？」

「不用了。」

服務生是一個不到二十歲的小男生，並沒有努力掩飾瞪著蓋格的臉，「你還好嗎？」

「沒事。」

蓋格聽到自己話中因發炎所造成的渾濁聲，看到男孩眼神裡懷疑的表情。

「沒事，」他更堅定地說，「我沒事。」

服務生顯然沒有被說服，可是還是離開了。蓋格拿起杯子喝了一大口，他本來想喝熱咖啡，但知道熱咖啡會鼓勵嘴巴的傷口流更多血。他讓冰冷的液體在臉頰內流動二、三十秒才吞下去，接著靠在卡座的抱枕上。

他知道內在的疤痕已然重現，舊傷被打開。這麼多年來，他時時警惕自己不讓外在進入，可是，其實他所做的只是把內心最黑暗深處的惡魔鎖起來。如今他把內在翻出來了，無需召喚柯立的靈魂，就可以瞭解亡者已經被掘起而復活。

你是我的兒子，我給了你你所需要的。

霍爾把蓋格後院裡的長凳搬到靠近巷子的籬笆旁，站上去翻過籬笆，跳到垃圾子車上再下到巷子裡，一面走向街上，一面用手機打電話給雷。

「喂？」

「我在巷子裡，正要回車上。」

「那混蛋最好快打電話。」

「他說半個小時。」

「萬一他沒打呢？」

「我想我開始瞭解蓋格先生了，他會打的。」

「如果他不打呢？」

霍爾滑進凌志車上，「我不知道，雷，我還沒想那麼遠。」

「嗯，那就想想看吧，老兄，」雷說完掛掉電話。

霍爾調整座位讓自己伸伸腿，指尖閃過一股刺痛感，這通常是靈感來臨的先兆。他不相信運氣，可是相信有時候混亂會把所有的碎片都丟到風中，落回地面時會完整的拼湊回去，也就是「把一百萬隻猴子放在打字機前，總有一天會得到一部傑作」的情況。霍爾的直覺告訴他，這場混亂仍然有可能以對他有利的結局收場。躺在凌志車上時，他很清楚地看到就在眼前的是：他的最後一次機會。

米契拿起手機打給霍爾。

「喂？」

「我在盯著他，」米契說，「他正走出一家咖啡座。」

米契看著蓋格跛腳走到街角的公共電話亭。早先，他花了快兩個小時停在蓋格拉羅街附近的馬路上，蓋格蹣跚地走出來時，看起來就像個疲憊不堪的退伍軍人被迫擊炮攻擊倒下後第一次上街的樣子。米契慢慢開著計程車徐行了三條街的距離，然後在咖啡座半條街外又停了下來。

此刻，看著蓋格拿起公共電話的話筒，米契開始覺得興奮，脈搏裡有一種「快送上門吧」的騷動，就是當情況好轉，機會開始決定朝原來的路徑前進時的那種感覺。有時候，你只能坐等一切水到渠成，露出微笑。

米契啜飲著咖啡，已經冷了，但他不介意，喝起來剛剛好。

蓋格把話筒放在耳邊，一隻手指放在話筒架的按鍵上，努力回憶馬瑟森的電話號碼：○六一——九一七—五五五—○……他瞇起心智之眼對準線上訊息後寫在手上的模糊影像：○六一——什麼？八？

他撥這個號碼，鈴響一聲。

「喂？」是一名男子的聲音。

「馬瑟森嗎？」

「誰？」

「馬瑟森？」

「這裡沒有這個人，」那個聲音說。

蓋格掛掉電話，額頭靠在電話亭的支柱上，他在控制疼痛及失血，可是這麼做需要近乎全身的力量，那就只剩下很少的力量讓他專注地回憶。他試著看到自己在手掌上寫下的號碼：〇六一……七？

他再撥一次，有人在第一聲鈴聲響起前就接了電話。

「喂？」一名男子說。

「馬瑟森嗎？」

「是的。」

蓋格嘴巴裡有血，他吞下去，「仔細聽好。」

「我兒子在哪裡？」馬瑟森的聲音因恐懼和憤怒而顫抖。

「馬瑟森，別說話，你在這通電話裡唯一的角色是聽。這不是談判，你要去我叫你去的地方，帶我叫你帶的東西。如果你不照做，你兒子會嘗到你魯莽的後果。所以請你仔細聽好……」

下了計程車的蓋格走向中央公園，他走路時覺得頭暈，也意識到自己走向四角形球場的途中有些人瞪著他看。由於四座球場都有比賽在進行，加上國慶假期，旁觀群眾眾多，因此可以很容易就混入人群。

蓋格要馬瑟森坐在最西側球場的一張長凳上，大腿上放著緊緊捲起的《紐約時報》；不過就算沒有這樣約好，他也能在一群陌生人中認出他。他看過太多次這種極端恐懼：失眠造成的浣熊眼、緊繃的肩膀、焦慮、不停抖動的腳跟。馬瑟森的灰色西裝需要熨燙，他英俊、雕琢的臉龐需要刮鬍子。蓋格看得出來，若不是在如此強烈的壓力下，他看起來就像一個三十四歲的艾斯拉。

蓋格從他背後出現。

「馬瑟森？」

他試著用右邊嘴巴講話，以便將痛楚降到最低，這使他說出來的話怪異得含糊不清。馬瑟森正要轉頭，但蓋格堅定地把手放在對方的肩膀上，阻止他這麼做。

「別轉身，看比賽就好。」

「艾斯拉在哪裡？」

「你有東西要給我，對吧？」

「等我兒子坐在這裡你就會拿到，」馬瑟森拍拍長凳，「他在哪裡？」

「你已經失去和兒子在一起的權利了。」

「什麼？」

「從現在開始，由艾斯拉決定你能不能見他。你已經沒有決定權。」

「你他媽的在說——」

他又想要轉身，這次蓋格把手指深深掐入他鎖骨上方的凹洞，馬瑟森小聲發出哀嚎、靜止不動。

「別再嘗試轉身。你再這麼做的話，我就扭斷你的脖子。」

馬瑟森感覺到有什麼東西拉扯他的大腦，是那個聲音。他以前在別的地方聽過這個聲音。

一聽到米契的消息，駕駛座上的霍爾立刻坐直起來。

「馬瑟森？你確定？」

「沒錯，」手機傳出米契回答的聲音，「我跟著蓋格的計程車到公園，現在離他們大約十五公尺。馬瑟森坐在一張長凳上，蓋格就站在他後面。老兄，真是天殺的幹他媽的樂透！」

霍爾的嘴唇維持緊繃、嚴厲的線條，他還沒準備好要慶祝，「可是那孩子沒跟他在一起？」

「沒有，沒有孩子。」

「那這到底是怎麼回事？」霍爾的手指在方向盤上敲了一連串急鼓，「他們現在在做什麼？」

「沒做什麼，在講話。」

霍爾瞪著自己的手機，他很快就得再打電話報告進度，很好奇自己能拖延多久，電話線那一頭的人才會決定不再接他的電話。

「你是誰？」馬瑟森問。

「不是你想的那個人。」

「什麼意思？你不是他們同一夥的？那你為什麼不把艾斯拉交給我？」

「因為現在對艾斯拉而言，你和他們一樣危險。不論你在叫賣什麼，你把兒子扯進來，使他淪為箭靶，成為受害者。」

「叫賣？我沒有——」

「所以接下來會這麼進行。不論是什麼，你要給我他們在找的東西——我們稱之為包裹好了。然後我要把艾斯拉帶去給他母親——」

「茱麗亞？她在這裡？」

「一旦艾斯拉安全了，我會聯絡那個在追你的人，我會告訴他們包裹在我手上，並且向他們保證，只要他們不碰艾斯拉，就不必擔心這包裹見光。」

「你不知道我是誰，」馬瑟森說，「或這件事的內情，對吧？」

「我也不在乎。」

「你聽說過薇麗塔・阿卡納嗎？」

「爆料者？」

「對，那就是我。只是薇麗塔・阿卡納並不是一個機構，只有我和幾名獻身的志工。現在你要求我埋葬一些世界需要知道的事，然而這些資料並不屬於我，也不屬於你。」

「你寧願讓艾斯拉的性命成為附帶損失？」

「不，我愛我的兒子，我絕對不會那麼做。」

「馬瑟森，你不明白，你已經這麼做了。」

馬瑟森開口要說些什麼，又停了下來，一手伸到臉上，低頭蓋住眼睛，「老天，」他說，「我完全不知道他們已經摸得這麼近。我只需要再六、七個小時，只要……」他深深嘆口氣，不發一語。

一名打擊者走向本壘，對著群眾脫掉帽子，拍拍頗有分量的肚子。笑聲和歡呼聲一樣多。

「馬瑟森，兩個重點，」蓋格說，「第一：和其他事同樣重要的，你兒子還沒死只是運氣好。第二：他們不會罷手，只要覺得有一點點機會能完成任務的話就不會。他們是幹這一行的，不會罷手。」

馬瑟森的記憶又被挑起。

「我認得你的聲音。」他說。

「不，你不認得。」

和馬瑟森談話所付出的代價使蓋格因疲倦而顫抖，該取得他來此的目的離開了。

「馬瑟森，交出包裹——現在。」

馬瑟森對著地上點點頭，伸手進口袋裡拿出一個牛皮紙袋舉起，蓋格接過手滑進他的袋子裡。

馬瑟森又嘆了一口氣，「請你告訴艾斯拉我愛他，還有我很抱歉。」

「馬瑟森剛給了他一個信封，」米契報告，「牛皮紙袋，大約十乘二十五公分大小。」

「幹，」霍爾正在抽菸，深深吸了一口，「馬瑟森為什麼會給他？」他問自己的意味多於問米契，「蓋格怎麼可能知道是什麼？」

「也許他並不知道，也許不是我們要的東西。也許是錢，蓋格先搶他的錢才把孩子還他。老天，里奇，誰在乎啊？這是我們的機會。我就在十五公尺外，我可以衝上去抓住——」

「不行！看在老天爺的分上，你在中央公園的群眾裡。自從九一一之後，每個他媽的紐約客都想當英雄，你還沒出手，就有一群人撲上來了。」

「好吧，里奇，可是現在蓋格要離開了，我要跟誰？」

霍爾打開凌志的緊急警示燈，看著燈號一閃一滅，他們還需要馬瑟森嗎？

「馬瑟森還是蓋格？快點，里奇！」

霍爾關掉警示燈，「蓋格，」他說，「現在東西在蓋格手上，跟緊他。」

霍爾掛掉電話把車開到街角，轉彎上了阿姆斯特丹大道後在街角的人行道旁靠邊。他讓引擎繼續運轉，下車靠在車子溫暖的板金上，回頭瞪著街底蓋格的住處，幾名行人在人行道上漫步，太陽正要下山，陰影如黑色壁紙般捲上建築物的牆面。

霍爾緩慢、深沉而愉悅的吸了一口氣，他感覺好多了。每一份工作都有迂迴之處與死巷，他也經歷過許多原本簡單卻變成嚴重的問題。可是看到災難回到原點時，他還是有一股興奮感。

他再度看著蓋格的建築，該是處理雷的時候了。

坐在蓋格的浴室馬桶上時，雷突然想起一件事。過去十二個多小時以來，他的大腦運轉過熱——處理痛楚、麻醉下的縫合、睡眠剝奪——可是這股沉重感已經離開，他內在的天空已然晴朗。

他一直都知道，自己在伙伴的眼裡是三人行裡的「笨蛋」。沒關係，因為他學到重要時刻來臨時，知道別人怎麼看你就算是聰明。因此，當他此刻將褲子拉到腳踝，想到的是，萬一蓋格沒有打電話回來通知密碼，里奇並不會想盡辦法讓他離開這裡。如果整個行動瓦解，里奇和米契會查詢飛機時刻表，前往沒有引渡條約的領地，並不會多想到他。

雷知道那個名為「你完蛋了」的怪獸剛剛在桌上佔了一個位子，手上拿著刀叉，可是他沒打算就這麼認命地獻上自己，當作怪獸的下一餐。

「里奇，他媽的怎麼樣了？哼？」

手機響起時，霍爾正觀察著一百二十四街的行人來往，馬上注意到雷聲音裡的不安又回來了。一定是利多卡因的藥效退了。

「堅持下去，雷，米契在跟著他，我們剛剛談過。」

「是嗎？我為你們兩個高興。我呢？」

「雷，米契在跟蹤他，他隨時就要下手抓他了，然後我們會拿到密碼，好嗎？」

「我要離開這裡，」雷說，「否則所有人都得死，我不會一個人犧牲的，聽到了嗎？」

靠在車子上的霍爾研究香菸上的紅點，「雷，我有哪一次沒罩你嗎？有嗎？」他聽著對方的沉默，接著彈開菸蒂，「沒錯，雷，我每次都有罩你——現在你卻來向我撂狠話？天啊，老兄。」

雷沉默了一會兒，「對，好，我聽到了。」

霍爾聽到線上一聲嗶聲，「這樣好多了，雷。現在我先把你按保留，你等一下，米契又打來了。」

霍爾轉到跟米契通話，「發生什麼事了？」

「他在中央公園西大道上的八十八街，就停在中央公園西大道兩百八十一號的側門。他一定是有鑰匙，因為現在他要進去了。」

「你在的地方可以同時看到側門和大門嗎？」

「可以。」

「別動，我馬上來。」

「雷在哪裡？」

「還被反鎖，」霍爾說，「我們等會再去找他。」

把電話轉回雷之前，霍爾看看街底蓋格的前門。他在等蓋格門前那段人行道淨空，就是現在。

他按回雷的通話。

「雷，我拿到密碼了，米契逼蓋格說出來，剛剛打電話告訴我了！」

「太棒了！米契怎麼讓他說出來的？」

「我相信他在他嘴裡塞了一把槍說『拜託』。」

「一點點的禮貌有多大的用處，真是太不可思議了。」

霍爾看了一眼他的手機，「好，準備好了嗎？聽好：五六八三。聽到了嗎？」

「五六八三，」雷重複。

「對，就是鍵盤上的『愛』，L—O—V—E。」

「和平與愛——我懂了。」

「好了，雷，待會兒見。」

「好。」

霍爾掛斷手機，瞪著面板，「再見，雷，」他說。

發生時並不如霍爾所預期的怒吼式爆炸聲響，比較像是悶悶的一聲「呼！」。霍爾看著建築如紙牌堆疊的房子般向內傾倒，一朵朵灰塵落定之後，露出的倒塌結構是金字塔型的瓦礫，沒有損害到兩旁的鄰居。蓋格的定向引爆器安裝得非常完美。

汽車發出尖銳刺耳的聲音停下，人頭伸出窗外，人們衝出門口。霍爾滑回凌志車上開走。

服務用電梯停止時發出的鏗鏘聲把蓋格晃醒，他在途中打了個瞌睡，此刻更深刻地感覺到自己所受的傷，四十五秒的意識空檔讓痛楚贏回了它們的領地。他彷彿自毫無陽光的深處開車上來的司機一般，由於壓力轉換而迷迷糊糊，但仍然意識到自己必須維持緩慢的上升，回到地面途中才不會失去意識。

蓋格拿起健身用的袋子謹慎地移動，走進樓梯間，穿過門到走廊上。他必須領悟、衡量身旁的所有事物，必須不斷地重新排列自己，才能有效的管理每一份該使用的力氣。

他選擇敲門，因為用指尖找到門鈴要花上更多力氣。門打開時，柯立臉上的表情告訴蓋格自己的狀況。

「天啊！」柯立輕輕抓住蓋格的手臂拉他進門。

哈利馬上步伐不穩地站起來瞪著蓋格，「你他媽的發生了什麼事？」

柯立把蓋格牽到皮椅上，哈利跛著腳過來扶他坐下。

蓋格感覺到椅子的座墊，可是並沒有容許自己放鬆，「哈利，」他說，「霍爾是個打手，雇用他的不是中情局就是類似機構的人。」

「喔我的天，」哈利發出呻吟，「我們惹上大人物了。你知道霍爾他們那些人現在在哪裡嗎？」

「反鎖在我家。」

「他們他媽的對你做了什麼事？」

「現在先別提，哈利，有太多事要做。」

柯立試著解讀蓋格的心理狀態，可是無法超越生理上的慘狀：貼上紗布的臉頰，蒼白、糟透的面孔，蓋格坐在椅子上的方式顯示衣服下面還有更多傷口。

艾斯拉的聲音大叫：「蓋格？你回來了？」

男孩從走廊跑到客廳裡，看到哈利和柯立靠在蓋格背對著的椅子兩旁時，他停了下來。

「怎麼了？」艾斯拉說。

「沒事，」柯立說。

可是艾斯拉沒那麼傻，他趕忙繞過椅子和蓋格面對面時，倒抽了一口氣。在黑色套頭衫下，蓋格的臉色近乎雪白，雙眼泛紅而呆滯。

「蓋格！」艾斯拉一手放在蓋格的腿上，「你還好嗎？」

蓋格的面孔因疼痛而繃緊，艾斯拉馬上把手拿開，放在椅子的扶手上。

「還好，我沒事，」蓋格說，「你母親要來接你。」

「真的嗎？什麼時候？」

「正在上飛機，馬上。她說要告訴你她愛你。」

艾斯拉努力擠出微笑，但失敗了。蓋格慢慢伸出手，用自己的手蓋住艾斯拉的手，「沒事的，艾斯拉。」

雖然只是微不足道的舉動，柯立卻因其力道而大吃一驚。他從來沒有聽過蓋格語帶感情的談過任何人，更枉論表現出來。不論過去幾個小時在蓋格身上發生了什麼事，柯立知道那都已經改變了他。

這時蓋格轉向他，「馬丁，」他說。

柯立在他的椅子前蹲下來，「是？」

「我們不能待在這裡。我們得去別的地方。」

「為什麼？」

「我不知道艾斯拉的母親出現時會有什麼變化。」

「什麼意思？」艾斯拉問。

「我是說你母親可能很難過，她也許想和警方談一談。」

「可是你救了我。」

蒼白的蓋格對艾斯拉微笑，再看著柯立，「馬丁，我們需要去一個沒有門房、走廊上沒有鄰居、電梯裡沒有監視攝影機、到處是證人的地方。你在冷泉的家，她可以在那裡跟我們碰面。」

「嗯，我猜可以，」柯立掩飾著嘆息，這大概是正確的下一步，不過這麼做的後果會使他痛苦。那棟房子存放著他生命中較快樂時光的記憶。

「馬丁，你有車嗎？」

「有，我們一個半小時就可以到。」

「馬丁，不是『我們』。哈利，你覺得自己能開車嗎？」

「可以，我猜可以，」哈利說，「被揍得很慘的是另一條腿。」

柯立站起來，「等一下，蓋格，你這是——」

「馬丁，你不用跟我們一起來，」蓋格抬頭看他。「這樣一來，我們可以繼續讓你置身事外。」

「讓我『置身事外』？我想有點遲了。」柯立研究了蓋格一會兒，比手勢要他起身，「蓋格，我們得談一談。進來辦公室，一下子就好。」

柯立走進廚房裡，穿越廚房後方牆上的一扇門進入辦公室。

蓋格看了艾斯拉和哈利一眼，把自己從椅子上推起來。他一點一點地起身，十幾條肌肉重新排列組合，以配合身上的傷口，再用心智把身體推到次要之處。他用盡力氣穿過廚房，進入熟悉的辦公室，不論以什麼形式，他都要把所有力量專注在自己已經起頭的事情上。

柯立輕輕關上門，轉身面對他，「蓋格——」

蓋格舉起一隻手，「馬丁，留在這裡對你最好，我們一離開，就與你無關了。」

「是嗎？很抱歉得扮演心理醫生的角色，可是我們看看這裡發生了什麼事，你做了什麼。你來找我。」

「馬丁，那是情勢所逼。可是現在你哪裡也不去，我也沒有時間多談。」

柯立突然想到，蓋格也許不會再踏進這個房間了，他們所上演的是某種形式的大結局。自從離婚之後，柯立唯一真正投入心力的對象就只有蓋格。如今蓋格身上發生了某些事，很可能是柯立等待已久的事件，終於可以揭露所有殘酷及傷害來源的催化劑。可是一旦蓋格離開，永遠不再回來，柯立就再也不會知道蓋格終於明白了什麼。

「馬丁，」蓋格說，「我需要你給我鑰匙和指引方向。」

柯立努力壓抑聲音中的焦慮，「蓋格，哈利把一切都告訴我了，關於你的工作，關於情報擷取。可是，就算你處理過的每個人都是有罪或腐敗，就算他們都是連續殺人犯或希特勒或馬多夫[3]——」

「馬丁，我不幹這一行了。」

「天啊，蓋格，你也知道沒那麼簡單，我們需要談談這件事。」

「可是現在不行，馬丁，要等一切結束。」

「那麼我們就得這麼做，」柯立說，「我們全都去冷泉鎮。」

蓋格搖搖頭，「不行，你不能來。」

柯立發出輕笑聲，「你要怎麼做，蓋格？把我綁在椅子上？」

「沒有必要。馬丁，照我的話做。」

柯立瞪著蓋格，看到堅韌灰眼珠裡的是完全不同的另一個人：哈利告訴他蓋格非比尋常、可怕的技能之前，他一無所知的那個蓋格。隨著他看進這個人的眼裡，一個總是說服別人給他自己要的東西的人，柯立的呼吸被體內的什麼東西鉤到了，他得挺直腰桿或搖晃讓它鬆脫。

「蓋格，我覺得我做得還不夠。我……」

柯立的話拖曳成一陣沉默的思維。我們所建造的那些牆……心智如何堆砌自己的磚塊與灰泥以拯救自己，我們攜帶於內心的一切……它們如何比任何背在背上的重擔還要沉重許多。

「馬丁，」蓋格說，「你信任我嗎？」

柯立想到蓋格昨天才問過同樣的問題，當時看起來似乎又是他另一個莫測高深的禮物，可是這次，柯立明白這個問題是要測量、試探，甚至有可能為他們之間的關係界定意義。

「信任，」柯立回答。

蓋格緩緩點頭，眼神柔和了些許，「馬丁，再見。」

20

米契全力啟動監視般的注視，在中央公園西大道上的大樓入口和八十八街街角的側門之間來

3 註：柏納德·馬多夫，曾任美國那斯達克證券交易所董事長，後因詐騙投資人遭到逮捕，金額高達五百億美金。

回切換。在等待蓋格走出下一步時，米契聽著廣播電台的談話性節目，這個節目總是能讓他恢復元氣。

「我們再回到節目中，」主持人說，「你們有沒有看到開羅那些所謂『酷刑室』的照片？在我看來像個骯髒的地下室。不過所謂開化的自由派——又稱低能兒——又在爭論了，抱怨人權以及處理恐怖分子應有的程序。就在這一天，七月四日，讓我問你們一個問題：你們認為他們在伊拉克和阿富汗有親人在為保護他們的自由而奮戰嗎？嗯，原諒我自問自答。沒有！他們沒有！所以他們才無法瞭解民主的真諦——因為為了瞭解這一點，你必須犧牲有意義的東西，甚至是失去珍貴和心愛的東西，我指的可不是服務生告訴你們你最喜歡的壽司賣光了！」

米契敲著方向盤，「沒錯，老兄！這才像獨立紀念日的精神該說的話！」

米契的注意力轉移到八十八街上並排停在一排汽車旁的垃圾車。垃圾車側門打開，一名穿著「紐約市清潔大隊」連身工作服的工人跳下車，走到人行道旁一堆黑色塑膠袋前，動作看來慢條斯理。雖然太陽已經快下山，但還是很熱。

隨著清潔隊員抓起袋子拋進卡車的開口，米契花了一點時間觀察這傢伙。

「可憐的狗娘養的，穿著那一身衣服鐵定感覺有一百度那麼熱。」

在大樓車庫裡，柯立站在幾步之外看著哈利發動舊雪佛蘭郊區型汽車的引擎，引擎乾咳了幾次才發動，發出隆隆怠速聲。艾斯拉坐在第二排，小提琴琴盒擱在大腿上，莉莉坐在他身邊，頭靠在男孩肩上。蓋格不動如山的坐在最後一排，雙眼緊閉，雙手在大腿上交握。

柯立走近，透過打開的車窗跟哈利說話，「油門踩得太用力的話，車子會顛，所以在高速公路上超車時要小心。」

「知道了，」哈利說。

「還有收音機和空調都不能用。」

「沒問題。」

柯立探頭進去，「大家都還好嗎？」

「我很好，」艾斯拉說。

「蓋格？」

沒有回答。

「我覺得他可能在睡覺，」艾斯拉說。

柯立嘆口氣，挺直身體，從來不曾覺得自己這麼蒼老或這麼沒用。

「哈利，保重。」

「謝謝你，醫生，謝謝你所做的一切。」

「把他安全的帶回來。」

「我正是這麼打算，」哈利轉頭向柯立微笑，「醫生，你還好嗎？」

「還好，沒事。」

「嗯，那好吧。我們走了。」

哈利打進排檔，車子一開始移動，柯立就頭也不回地轉身走向電梯。

過去幾個小時聚集的雲層只是戲弄人們而已，根本無意鬆脫下雨，每隔幾秒鐘就有幾滴雨滴到擋風玻璃上，可是米契懶得用雨刷。隨著視線在兩個目標之間來回，他有印象大樓車庫門打開，看到一輛舊的雪佛蘭郊區型開出來，可是一開始並沒有在意。

同時，脫口秀主持人滔滔不絕講個不停，「我的朋友們，你們知道什麼時候辯論偵訊技巧這件事變得荒謬而一點也不重要嗎？」

「九一一發生的時候，你這白癡，」米契回答。

「二〇〇一年九月十一日，當伊斯蘭—法西斯分子割斷八名美國飛行員的喉嚨，接著謀殺了三千多名美國平民時，就是這個時候！」

米契再看一眼「郊區」，這次他全神貫注，很難透過汽車的擋風玻璃看到司機的全貌，可是覺得那個身影有什麼地方很熟悉。

哈利開出車庫，穿過人行道後停下來，一輛垃圾車擋住去路。他看著剩下的垃圾袋嘆口氣，「我們得在這裡耗上一整晚了。」

他看了清潔員一分鐘。此刻那個傢伙意識到自己有觀眾，開始加入一些頗為熟練的舞步。哈利笑了，接著把頭伸出窗外。

「嘿，老兄，」哈利大聲說，「我需要你幫個忙，你可以倒退個一點五公尺讓我們過嗎？」

這時米契的眼睛鎖定了哈利，隨著垃圾車開始倒退，他按下霍爾的號碼。

「喂？」霍爾接聽。

「有動靜了。舊的雪佛蘭郊區，哈利開車。」

「哈利？」

「而且賓果！蓋格、那孩子、哈利的妹妹都和他在一起。你在哪？」

「九十八街，跟著他們，查一下車牌號碼好知道是誰的車，打電話回報你的地點後，我再追上去。」

「好。」

垃圾車移開車道之後，「郊區」開到街上往西行進。

「這些關於水刑和撞牆的狗屁？」脫口秀主持人繼續說，「嗤—嗤，天啊，讓我們確定阿布杜也得到應有的待遇，天殺的人身保護令個屁！」

「你說對了，老兄，」米契說，關掉收音機，從座位下方拉出一台筆電放在副駕駛座，輕踩油門。

在距離市區以北一小時車程之處，霍爾往北開在鋸木廠河岸公路上，經過陡峭灰色岩牆所打斷的樹林。往這個方向的假日車流並沒有太忙碌。

米契回到擴音電話上，「好，我找到車主了，馬丁・柯立醫師，住在那棟大樓裡，離婚，沒有小孩。」

「做交叉搜尋，也許他在北邊有房子，查房產、電費和通話紀錄。你現在在哪？」

「九號公路，正開上熊山州際公路。」

「我快到奧辛寧了，就在你後面不遠。」

越過公路的分隔島，霍爾看到美國夢一輛緊接著一輛緩緩往南移動，載著一家人的汽車在鄉間度過一天之後，開在回家的路上，收音機吼個不停，狗探頭伸出車窗外，腳踏車綁在車架上，昏昏欲睡的小孩臉頰曬傷、口袋裡放著融化的太妃糖坐在後座。真是個了不起的國家：八萬公里長的公路幫助人們在他處找到平靜。

霍爾把手機關成靜音，打開收音機。他很好奇經過這段日子之後，平靜對他會是什麼感覺，又覺得自己知道答案。那一刻，他將不再超前幾步思考行動，更棒的是完全沒有行動的那一刻。

他沒等太久就聽到收音機傳來的報導。

「這裡是WCBS的新聞快報。我們針對曼哈頓西一百三十四街的房屋爆炸案有更多報導。里奇・藍柏正在現場。里奇？」

「大衛，這棟建築是兩層樓構造，據信是私人住宅。消防隊、紐約市警局、危險物品小組、聯邦單位都在這裡，可是沒有人發表聲明。我可以告訴你的是：與其說是爆炸，看起來更像是內向爆破。這棟建築似乎坍塌在本身的地基上，完全沒有碰到周遭的建築。」

「這有可能是恐怖行動嗎？里奇？」

「調查員必須考慮這個可能性。此處有可能是目標或發生意外的炸彈工廠。還有當然，爆炸的原因也可能沒那麼邪惡，也許是瓦斯漏氣。警察局長凱立很快就會發表聲明，在那之前，我們會——」

霍爾關掉收音機，取消手機的靜音，破釜沉舟的時候到了。

「米契？」

「怎樣？」

「我認為蓋格他家炸掉了。」

「什麼？連雷一起嗎？」

「收音機在報導，西一百三十四街的一棟建築。」他停下來以製造效果，「剷平了，一點都不剩，」霍爾裝出一聲嘆息，「天啊……」他說。

「太糟糕了，」米契說，「那可憐的混蛋。」他發出一聲媲美霍爾的嘆息。他們同舟共濟，每個人都一面批評自己的演出，一面研究其他人的表現。

霍爾適當的暫停了幾秒，接著搬出一本正經的語調，「有找到關於柯立什麼新的資料嗎？」

「剛找到，」米契回答。「柯立在冷泉鎮河岸路二十九號有一棟房子，大約十五分鐘的車程。」

「查查衛星定位。」

「已經查了，就在鎮外，最近的鄰居至少有四百公尺遠，他在河岸有碼頭。」

「船呢？」

「在碼頭上，看起來像是用槳划的船。這可比中央公園西大道的公寓要好太多了，對吧？」

霍爾微笑，一百萬隻猴子在忙碌的打字，其中一隻似乎即將要製造出頗為驚人的傑作。

「對，」霍爾說，「很完美。」

21

「蓋格……」

睜開眼睛的蓋格看到哈利從駕駛座瞪著他，除此之外，「郊區」上一個人也沒有。

「我們到了，」哈利說。

「到哪裡？」

「柯立在冷泉鎮的房子。」

蓋格打開車門探出頭去，吐了一口血，「我得弄點冰塊，」他拿起袋子下車。

蓋格慢慢走在石板步道上時，哈利趕了上來，他伸手要幫他，但蓋格搖搖頭。

「我沒事。」

「沒事才怪。」

轉身面對他的蓋格雙眼充滿冷峻的光芒，「不，哈利，我沒事。」

蓋格繼續朝著房子走去，哈利看看四周。西側的地面平坦地朝水岸下坡，乏人照料，雜草叢生。草地和河岸之間有一排濃密的樹木，老冷杉木及柏樹，粗壯的樹幹有許多樹瘤，彎曲伸展的枝幹在褪色的陽光下投射出長長的樹影。在哈利眼前的是一棟兩層樓的灰色殖民風建築，矗立在土地的最高點，從二點五公尺高的一樓窗戶及圍繞的門廊，可看到哈德遜河源遠流長的景致及遠方的山丘。

石板步道邊緣聳立著尖頂地燈，一路通到前門。隨著蓋格和哈利接近台階，艾斯拉和莉莉出現在一樓的一扇窗戶中，並肩而立的他們隱隱若現，玻璃上厚厚一層灰塵把他們化成幻影，彷彿他們身處這個世界卻又不屬於其中。

蓋格的袋子裡傳來手機鈴聲，台階爬到一半的他停下來拿出手機接聽。

「威蘭女士？」

「我到了，在甘迺迪機場。」

「妳用公共電話打的嗎？」

「對。讓我和我兒子說話。」

「等一下。先讓某人告訴妳方向，妳需要租一輛汽車。我們在紐約州冷泉鎮的一棟房子裡。」

蓋格把電話交給哈利。

「喂，」他說，「我是哈利。」他從口袋裡拿出柯立提供的行車路線。「我告訴妳怎麼走，有筆嗎？」

蓋格走到台階最上方休息了一會兒，前門打開，男孩站在他面前，以詢問的表情凝視著他。

「艾斯拉，是你母親打來的電話，去跟她講話。」

艾斯拉沉默了一會兒，「他們把你打成這樣，就是為了要讓你告訴他們我在哪裡，對不對？」

「對。」

「可是你沒有告訴他們。」

「沒有。」

「他們對你做了什麼？」

「你不需要知道。」

「好，」艾斯拉又看了他一眼，走下台階。

蓋格進門去。門廳後方一道長廊直通後門，右側一座樓梯通往二樓。左側客廳裡裝設著挑高、未裝修的原木天花板，半座牆高的未切割石製壁爐非常醒目。莉莉站在壁爐前，手指撫摸著鑲嵌岩石的縫隙。

「這是一個很大很大的拼圖。」她說。

蓋格走進房間裡，在一座充填過度的沙發上坐下。他常常瞪著柯立辦公室裡這棟房子的照片，好奇著室內的模樣。他彎身向前，伸手撫摸一張舊波斯地毯的邊緣，手指順勢撫摸地上的白色木板：需要上油的老松木，最好是亞麻子油混入一點桐油。他躺在抱枕堆裡，聽得到外面的艾斯拉生氣勃勃的腳步在門廊上走動，一面和母親講電話。

「沒有，媽，」男孩說，「沒有受洗名，只有蓋格。」

哈利跛著腳走進來，拿給蓋格滿滿一杯冰塊，呻吟一聲在他身邊坐下。他看了一眼哈利的褲子，貼著大腿的布料閃爍反光。

「謝謝你，」蓋格說，吸進幾塊冰塊含在嘴裡。

「所以，向你下手的是誰？」

「達爾頓。」

哈利歪著頭，「達爾頓？」

「對，是他的告別演出。」

「什麼意思？」

「我把他每一根手指都打斷了。」

「老天爺……」

哈利驚嘆暴力侵入他們私人世界的速度，撕裂傷和斷骨已成尋常之事。

「哈利，我們得找找看這裡有沒有電視機和ＤＶＤ播放機。」

「幹嘛？」

「去找找看就對了，好嗎？」

「遵命。」

冷泉鎮的大街順著山丘向下延伸，盡頭是裝設護欄的石板行人徒步區，數十年來，街上優雅的兩層及三層建築屋主忠實而完好地維持著十九世紀的建築血統。在薄暮中，鎮上藝廊、小餐館、古董店的正面彩磚外觀和鑄鐵欄杆幾乎像一幅畫，人行道上擠滿民眾，全都下坡前往水岸邊參加國慶日慶祝活動。

霍爾和米契坐在凌志汽車裡，車子停在山頂村莊綠地的另一頭。

「老大，現在怎麼辦？」米契說。

霍爾把筆電螢幕上的衛星地圖放大，用手指指點。

「我們在這裡，柯立他家在這裡。天黑之後，我們往北走約六條街，然後在這裡左轉到河岸路。再過八百公尺後停在樹林裡，從那裡徒步前往，看起來大約要走四百公尺。」

「然後呢？」

「然後我們分頭進行，在這裡，林木線。」

「然後呢？」

霍爾靠在椅背上，「我們分別從前後門包抄，然後再看狀況。」

「房子燈亮時進去，還是等他們熄燈？」

這些問題都有關聯，霍爾知道米契不只是問問而已，他在測量回應的時間、探測弱點。霍爾瞄一眼米契扁平、冷淡的面孔，這些年來，不少人都以為他是典型頭腦簡單、四肢發達、單純有幹勁的傢伙，可是霍爾知道不只如此：米契有著眼鏡蛇般的內省能力，能夠很快看透過去曾經處理過的人，對重要的細節有絕佳的記憶力。過去，這些優點總是使他成為重要的資產，現在則相對變得危險。

「聽我說，」霍爾說，「沒有理由硬幹。」

「好。」

「有哈利、那孩子、那妹妹，還有蓋格。」

「很多人。」米契說。

霍爾關掉筆電，「所以我們才會賺大錢，對吧？」

哈利發現一樓客廳對面穿過走廊的客房裡有他們需要的機器，就安置在一張布幔下的五斗櫃上：二十三吋的三星螢幕和JVC牌DVD播放機。

「找到了，」他大叫，拉掉房裡其他家具上的布幔，「在這裡。」

蓋格跛著腳走進去，把健身用袋子放在四柱床上，在旁邊的柳條搖椅上坐下，不理會被切開的小腿上一陣陣重擊。

「哈利，鎖上門。」

哈利照做，接著按下兩台機器上的電源鍵，轉向蓋格，「不用客氣隨時吩咐，只要直說就行了。」

「在我的袋子裡，那個信封。」

哈利伸手拉出包裹，「這個？」

「對，馬瑟森給我的。」

「你他媽的怎麼——」

「我今天下午見到他，」蓋格打斷他，「解決達爾頓之後。哈利，等會兒再問問題，先做這件事。」

「好，知道了。」

哈利從信封裡拿出五個透明光碟外殼，裡面都放著閃亮的銀色迷你光碟。

「就是這些東西惹的麻煩嗎？」他把註記著「1」的迷你光碟從殼子裡拿出來，「看起來可不像德庫寧，是不是？CD還是DVD？」

「看看就知道了。」

哈利把光碟放進JVC的溝槽裡，按下「播放」鍵，接著在床緣坐下來。

螢幕上的黑色出現動靜，底部出現一條剃刀般細長的銀色線條，右下角出現運轉時間和日期：「二〇〇四年二月十六日」。

哈利指著，「你看下面那條銀線？那是數位鎖。這張碟片必須先解碼後才能複製。」

一名男子操著濃厚的中東口音用幾乎聽不見的低語說，「第二十七件錄影，二〇〇四，二月十六。」

螢幕上出現一個燈光明亮、無窗的房間，攝影機的位置設在高處的角落裡。

「嗯，這可不是最佳歌曲專輯，」哈利說，又指著螢幕，「你看到螢幕邊緣有不規則狀？那是隱藏式攝影機，卡在牆壁後方某處。」

螢幕外傳出金屬鏗鏘聲，聲音不規則但有韻律的輪流出現。蓋格彎身向前。

兩名理平頭、穿著標準卡其裝的男子進入視線，推著搖晃的擔架進入房間中央，上面躺著一名肌肉結實、蓄鬍的男子，他的腳踝和手腕都綁在欄杆上，身上只穿著污穢的四角褲，大約三十多歲的他淌著一身汗，臉上、胸部和上臂都帶有紫色的鞭痕及滴血的傷口，刺目的光線渲染了身上傷口的深色區域。

「天啊，」哈利說，「這是什麼？」

一名穿著短袖白襯衫和卡其短褲的男子走進鏡頭裡，走向擔架。他撫摸著自己修剪整齊的山羊鬍，拍拍被束縛男子的肩膀，以平淡、略帶鼻音的英文說話。他顯然是美國人，在哈利聽來，他的口音顯示他來自中西部農業帶。

「早啊，納立，」留山羊鬍的美國人說，「我的朋友，又是嶄新的一天。」

「阿拉胡・阿克把，」擔架上的男子聲音沙啞的說。

「對，我知道，」美國人說，「真主偉大，美國是最大的撒旦。」

「等一下，」哈利說，「納立？納立・卡尼許的納立？喔老天啊……」

蓋格從椅子上站起來，抓住其中一支床柱。

「納立，」那個美國人說，「你今天想跟我們談一談嗎？」

「這是不公正的。我——我什麼都沒做……」

「那我就當你說不嘍。」

「我告訴你了，每次他們來飯店房間，他們敲門，要我在他們進門前先戴上眼罩，然後——」

「我知道。他們開車載你去某個地方，你跟兩個男人談話，然後他們載你回飯店，叫你等他們離開才能解開眼罩。」

「對，就是這樣。我從沒見過他們任何一個人的面孔。」

「我知道，納立，我知道。只是，我們還是不確定你說的是否是實話。」

「我的行為是善意的，為了和平……」

「我們也相信這一點，可是我們還是認為，也許你有瞄到和你見面的蓋達組織成員的面孔，甚至看到他們帶你到哪裡，只是需要一點幫助好讓你回想起來。」

納立的頭開始劇烈左右搖晃否認，「沒有，沒有，沒有，」他說，擔架格格作響。

「我的老天爺，」哈利說，「是他，」他轉向蓋格，「這傢伙是埃及的部長，和蓋達組織祕密見面後失蹤。」哈利用拳頭敲打大腿，「這是他媽的超級大新聞。」

蓋格的視線沒有離開螢幕。

那名美國人按下擔架上的一個按鈕，把它升高成六十度的角度，「納立，你一直這樣告訴我們，所以我們才決定帶別人進來，這個人也許能鼓勵你對我們更坦白一點。」

「這是不對的！」囚犯大叫，「我是美國盟國的民選官員！」

「對，你是，」美國人說，「這一點有助於你看清這個情況的本質，也就是我們會不擇手段的保護自身利益。所以如果你不和新的偵訊者合作……嗯，你知道他們怎麼說的：對抗偉大撒旦的後果，就是他的長柄叉找上你的屁眼。」

那名美國人看著鏡頭外用手比了「進來」的手勢，「納立，來見見你的新朋友——判官，」他說，走出鏡頭外。

此時走近擔架的男子穿著一身白：白色T恤、垮褲、球鞋。是蓋格。

「見他媽的鬼了，」哈利說，倏地站起來，「這是哪裡的事？」

「開羅，」蓋格回答，「祕密地點。」

錄影帶上的蓋格把兩根指頭放在新對象的脖子上測量脈搏。

囚犯說話時雙眼燃燒著憤怒，「我知道的都已經說了——」

蓋格移動手指緊緊抓住男子的脖子，大拇指和食指深深陷入下巴邊緣的肌肉裡，納立因窒息而無聲。

「納立，你說的對，」蓋格說，「你不會告訴我任何事——現在不會。等一下你就會了，但還不是時候。現在你最好什麼都別說。」

納立雙眼露出驚訝及疑惑的神情，「可是我努力要和平——」

蓋格加重手勁使男子噤聲，「納立，一個字也別說，」他的手指越陷越深，囚犯的愁眉苦臉延伸得如此之寬，看起來像微笑一樣，「如果聽懂我的話就點點頭。」

納立點點頭。

蓋格彎身朝向DVD播放機按下「暫停」鍵，接著他回到椅子上坐下，和螢幕上的影像一樣靜止不動。

哈利維持站姿，隨著事件片段逐漸拼湊在一起，他點點頭，「祕密地點、中情局、開羅，有人在牆壁上裝了隱藏式攝影機，祕密錄下執行過程。中情局知道嗎？也許知情，也許不知情。」他皺起眉頭，「大概不知情，這個東西在某處放了好幾年，有人挖出來交給馬瑟森，或是他自己找到的，無所謂。可是為什麼是馬瑟森？」

「因為馬瑟森就是薇麗塔•阿卡納。」

「那個爆料機構？那個就是他？」

「對。」

「好，很合理。所以馬瑟森拿到光碟，可是在他破解數位鎖放上網路之前，中情局或華盛頓的某人發現東西在他手上，就放狗出來抓人。霍爾和他的朋友開始上工，其他的我們都知道了。好，我懂了，蓋格，所以錄影帶裡是什麼？」

蓋格面無表情地看了哈利一會兒才回答，「我使用壓力運作法，大量使用。針灸、耳機、音效循環帶、剝奪睡眠，我們兩個兩天沒睡。他崩潰之前有許多的……哀嚎與尖叫。」

「蓋格，納立・卡尼許是埃及國曾的第二把交椅！」

「哈利，小聲一點，」蓋格冷淡地說。他瞪著停格畫面，回想起自己無數的殘忍行為，以實用主義擁抱暴力。他感覺得到納立喉嚨的肌肉在自己的手指下收縮，感覺得到其他幾百名被害人的肉體在自己的手上因恐懼而緊繃，因痛楚而退縮，因絕望而屈服……

哈利彎身按下DVD播放機的「送出」鍵，拿出光碟，低頭看著這片塑膠。

「哈利，放回袋子裡。」

「我們不打算銷毀嗎？」

「不，我要按照我告訴馬瑟森的計畫進行。我要打電話給霍爾，告訴他光碟在我手上，只要他們放過艾斯拉，沒有人會看到裡面的內容。」

哈利眨眨眼，「你瘋了，蓋格，你留著這些東西，下半輩子就要在洞穴裡度過。即使他們放過艾斯拉，也不會放過你，就像你說的，他們絕不會罷手。」

蓋格深呼吸一次，感覺得到全身隨之膨脹，幾百個分子從氧氣中得到力量。接著他慢慢吐氣，點點頭。

「我知道。」

廚房位在這棟房子的正中央，中央走廊和客廳都有入口，天花板上有兩扇圓形天窗。哈利找到一盒沒開的麗滋餅乾和花生醬，開始在斑點的花崗岩流理台上製作小型三明治，疊在盤子上。

莉莉坐在橢圓形的橡木餐桌前，雙手交握，輕聲地哼著。艾斯拉坐在她身旁，挑起一道眉毛。

「我喜歡她，」艾斯拉說，「我以前從來沒見過……你知道，瘋子。」

「沒有嗎？」哈利說，「嗯，隨便你挑，滿屋子都是。」

哈利把盤子放在餐桌上，一手放在莉莉肩膀上，她歪著頭，彷彿聽到聲音而不是感覺到碰觸。

「誰在裡面？」她問。

「我，哈利。」

艾斯拉抓了一把餅乾三明治，丟一個進嘴裡。

「我知道一些事，」莉莉說話的聲音彷彿綢緞上的手指。

哈利露出微笑，在她身邊坐下，舉起她的手，「好，小妹，」他說，「妳知道什麼事？」

「我知道哈利為什麼難過。」

她輕柔的宣告使他靠在椅背上，鬆開她的雙手。

莉莉伸手向艾斯拉，一手抓住他的手腕，「我們來唱歌，」她說。

「好，當然，」男孩說。

「嬰兒搖搖，掛在樹梢……」

艾斯拉接唱：「風兒一吹，搖籃就晃。」

這首歌聽在哈利的耳裡如同喪鐘一樣，「艾斯拉，」他說，「停，別唱了。」

男孩不再唱歌，但不確定的看了哈利一眼。

莉莉繼續唱：「樹枝一斷，搖籃就掉……」

「莉莉，安靜。」

「統統摔著——」

「莉莉！」哈利大叫。

她的眼皮閉上，眼角流下一滴眼淚。

「哈利，」艾斯拉說，「怎麼——怎麼回事？」

「沒事，她是瘋子，記得嗎？」

「可是她在哭，她為什麼在哭？」

倦怠的哈利站起來離開餐桌，「她在為一個小女孩哭泣，」他說完走出廚房。

在樓上，蓋格低頭站在淋浴室裡，手掌平貼著牆。他放冷水阻止傷口繼續出血，不過環繞排水孔的水有一絲淡粉紅色。淋浴間的瓷磚是膽汁綠的顏色，蓋格無聊的好奇著：這是柯立選擇的顏色，或只是勉強附和別人的願望，或甚至拒絕參與這個選擇過程。

蓋格走出淋浴間，用毛巾小心擦乾身體。在洗手台上方的橢圓形鏡子裡，他看到背後門上有一面全身鏡，他轉身面對自己的反射。

他受傷的程度很難一次看清全身，個別傷口爭相搶奪他的注意力。左臉頰上耀眼的紅圈圈中央穿孔；橫斷胸前和四頭肌上醜陋的鞭痕；大腿上三條縫合的狹長裂縫，皺褶邊緣隱約可見鮮血。他來回凝視著這些傷口，一陣燠熱的濕氣從毛孔中散發出來。

頭越來越昏的蓋格以搖擺的雙手找到洗臉台，坐在馬桶座上。記憶的機制正緩慢地轉動，從他內心黑室裡抓出片刻，拉出攤在光亮之下：用火點燃的刀片在腫脹的拳頭上，鮮血滴在粗糙的地板上，兇狠的輪廓使骨肉分離……

有那麼一會兒，蓋格把精力專注在瓷磚地板上小小八角形的馬賽克上。黑色線條的迷宮緊抓不放的穩住他的視力，大漩渦緩緩消失。

霍爾找到一個地方避開馬路，他往樹林裡開進十五公尺後關掉頭燈和引擎。他和米契按下窗戶開關，深色玻璃滑下時的嗡嗡聲立刻被一波蟬鳴和蟋蟀唧唧聲蓋過，附近枝頭上傳來貓頭鷹的叫聲。

「天啊，」米契說，「你上次聽到他媽的貓頭鷹叫聲是什麼時候？」

霍爾伸手到置物箱裡拿出一個銀色耳塞和五公分長的長型麥克風，將耳塞放進左耳裡。米契伸手進襯衫口袋，也拉出自己的耳塞照做。接著他們拿出各自的左輪手槍檢查彈匣。霍爾在腦海中檢查一下待做清單，點點頭。

「好，開始進行之後，你跟著我的指引。」

「好。」

他們把彈匣推進槍膛就位，下車朝西方而去。

「我們一進去就掏槍，」霍爾說，「可是非必要不扣扳機。」

「好。」

他們靜靜走進樹林裡，快到柯立的房子時停在一片空地前。從這裡開始是相當開放的地面，一片大約直徑六十公尺的草原上散布著十幾棵樹及大片灌木叢，房子就矗立在空地中央。窗戶的燈光和延伸到前門的地面燈火，映照出房屋前方十公尺的空地。

「好了，」霍爾一面說一面指著，「電話線從後方進來，你進去前先解決掉，以防萬一。」

「好，」米契吃驚的退縮，用力拍打自己的肩膀，「操他媽的蚊子。」

「我們出發前先確定耳機能用，在這裡等一下，」霍爾離開，但停留在林木線內。坐在車上時，他已下定決心如何進行：他會直接走上前門台階，如果門鎖著他會按門鈴；不來硬的，不用槍，最好別讓情勢升溫，至少一開始是如此。他會叫蓋格聚集大家，接著他會要光碟；那是遭竊物品，他需要拿回來。如果這方法沒有用，嗯，總是還有B計畫。

他揮走蚊子，「米契，聽得到我的話嗎？」他輕輕地說。

「很清楚。你聽得到我嗎？」

「還可以。你剪斷電話線之後告訴我，我再開始行動。」

「好。」

「米契，用樹木當掩護。有很多窗戶。」

「里奇，你知道嗎？我以前幹過這種事。」

「去。」

霍爾看著米契從樹林邊溜開，蹲著朝房子後面過去，以孤立的樹木或樹叢當掩護越過草地。霍爾拿出耳塞放在襯衫口袋裡，閉上眼睛，想在打電話前先讓自己的脈搏慢下來，聲音才不會出現起伏變化，不帶一絲絲的憂心。

他拿出自己的手機撥號。

「喂？」對方說。

「閣下，我是霍爾。」他把對方的沉默當成在催促自己繼續說，「我們找到目標了，在紐約州冷泉鎮一棟與世隔絕的房子裡。我現在人在這裡，光碟和四個人在裡面。我們正要進行。我們很快就會拿到光碟了。」

霍爾感覺到一陣冰冷，然後才明白原因。他講話時，聽得到自己說話的回音微弱地傳送回來，表示電話另一頭的人使用擴音器，房間裡還有其他人，他們也在聽，大概是因為對方要他們針對自己在考慮的決定提出建議。霍爾知道這不是好消息。

「裡面有四個人？」對方問道。

「是的，閣下，四個。」

「這件事一開始只是單一目標事件，霍爾，你卻把它變成差別很大的事情。包括馬瑟森在內，你扯了五個人進來。這是很大的數字。」

霍爾瞪著房子，隨著夜幕低垂，許多窗戶都越來越亮，「閣下，你說得對。」

「這件事完成時有五個目標還活動自如，」對方說，「這樣太多了。今天晚上，你那邊必須全部解決乾淨，不能留下殘局。我們這邊會負責找到馬瑟森，明白嗎？」

霍爾看到米契飛奔過開闊的空地，到達房子附近一座雜亂的灌木叢旁，「是的，閣下。」

「還有，霍爾……如果沒解決乾淨的話，那你就把自己也算上一個吧。」

「是的，閣下。」

通話結束，霍爾收起手機，塞回耳塞後，聽得到米契的喘氣聲，不過幾乎被自己後腦勺下方脈搏的重擊聲所淹沒。

他們要房子裡每個人的命。

蓋格和艾斯拉靠在門廊的欄杆上，河流後方、昏暗山丘上的西方天空裡，太陽消失處有一絲微弱的珊瑚色彩。蓋格在臥室抽屜裡找了一件柯立的灰色運動褲穿上，艾斯拉低頭看著門廊下的一排地燈，蚊子和飛蛾繞著燈柱，撞在明亮的玻璃上。

「艾斯拉，」蓋格說，「我今天見到你父親。」

艾斯拉立刻挺直身軀，「什麼時候？在哪裡？」

「就在我回來之前。在中央公園。」

「你怎麼——？」

「說來話長。不過他沒事。」

「他有問起我嗎？」

「有。」

「那他為什麼沒有跟著你回來？」

「他想見你，我不讓他見你。」

「為什麼？」

「我告訴他從現在開始，沒有你的允許不能見你，要由你來決定。」

「真的嗎？」

「是的。所以這一切結束之後，由你來決定什麼時候想見他——你是否想見他。好嗎？」

「嗯……」艾斯拉搖搖頭，「好吧，我猜。」

「還有一件事。」

「什麼？」

「那些人在找的東西在我手上，在我的袋子裡。是光碟，影片。我從你父親那裡拿來的。既然現在在我手上，沒有人會再煩你了。」

「是什麼樣的影片？」

「那不重要。只是你要明白，艾斯拉，你父親丟下你一個人，是因為他認為那些影片非常重要，不希望霍爾拿到。對他而言，那是非常困難的決定，懂嗎？」

「懂。」

「我得打一通電話，」蓋格說完走下台階。

霍爾從樹林裡看著米契跑到一株大柏樹下，接著消失在巨大的樹幹後方，樹木濃密的陰影延伸到房子後門一、兩公尺處。

「看到我了嗎？」米契低聲說。

「看到了。」

接著，霍爾看到蓋格走下台階到前院，戳著手上的什麼東西。

「蓋格在房子外面，」霍爾說，「在前院，我覺得他在打電話。」

霍爾的手機在口袋裡振動，靠著他的大腿上方，「老天，」他低聲說，「我覺得他是在打給我。」

「不要接，」米契說。

「不行，我要接，我可以利用這個機會。等一下。」

霍爾拿下耳塞，從口袋裡掏出手機，「喂？」他說。

「是蓋格。」

「你他媽的倒是不急著給出口密碼，蓋格，你說半個小時就會打給我，記得嗎？」霍爾看著六十公尺外的蓋格繞著小圈圈走。

「我見到馬瑟森，也拿到光碟了。」

「繼續說，」霍爾說。

「我要留著。」

「不明智，蓋格，非常不明智。」

「那個男孩很快就會見到他母親，在那之後，只要艾斯拉安全不受到傷害，永遠不會有人見到光碟的內容。這是條件。」

「蓋格，我不談條件，那不是我的工作內容。現在，我什麼時候才拿得到天殺的密碼好離開你他媽的房子？」

「我再打給你。」

霍爾看著蓋格戳他的電話，通話結束。

蓋格回到屋內時，哈利正走出一樓的臥室，一面搖著頭。

「找到她了嗎？」哈利大聲問。

蓋格聽到他們頭上傳來腳步聲，艾斯拉出現在樓梯頂端。

「沒有，她不在上面，」男孩說完走下樓梯。

哈利瞄了蓋格一眼，「她不見了。」

「多久了？」

「我不知道。你們兩個在外面，我閉上眼睛幾分鐘……」

「艾斯拉，去廚房抽屜裡找手電筒。」蓋格說。

男孩急忙離開，哈利靠著門柱倒下。

「哈利，她沒走遠，」蓋格說，「你找前院，我找後面。」

「不，」哈利說，低頭看著蓋格的腿，「你留在這裡，艾斯拉可以跟我一起去找。」

「哈利，我沒事。」

「蓋格，你是說真的嗎？」

「我會慢——」

哈利突然揮拳撞牆，「別說了！就——別說了，好嗎？我不需要你在外面倒下昏過去。在黑暗裡尋找一個火車殘骸已經夠難了，好嗎？」

蓋格回瞪著他，緩緩地點頭。

霍爾在等那一聲卡嗒聲，當所有事物都匯流在一塊的那一刻：狀況準備、時機、直覺、腎上腺素流量。

「米契，進行吧，」他說，「電話線。」

米契從柏樹後方出現在他的視線之內，一個炭灰色的魅影距離後門只有一個光圈之遙。

霍爾的目光滑向左邊，哈利正走下前門台階，手上拿著手電筒。

「莉莉！」哈利大叫。

「天啊，」霍爾說。

「怎麼了？」米契說。

隨著後門打開，艾斯拉走了出來，霍爾的視線又移動。米契霎時變成雕像，站在不到六公尺處的黑色陰影之中。轉過身的艾斯拉此時背對著米契，看著夜色。

「莉莉！」男孩大叫。

「他沒看到你，」霍爾低聲說，「回去，快點。」

米契離開門邊，陰影又吞噬了他。

「現在他媽的別動。」

霍爾再度改變自己的焦點。哈利走出正面窗戶和地燈散發出的燈光之外，手電筒的光束在黑暗中刻出一個漏斗狀，朝著樹林移動。

「幹，」霍爾說，「蓋格還在屋內。我們需要他們全都待在一處。」

艾斯拉緩慢地轉身面向柏樹。

「莉莉！」男孩大叫。

天空爆發出光彩耀人、閃爍的紅、白、藍星星。霍爾因驚訝而退縮，看著河岸的方向。一秒之後，巨大的聲響在夜空中撞擊出一個洞，隨著星星殞落，群眾歡呼的回聲微弱地傳到他們耳裡，無聲的燈光潑灑在草坪上。

「太——他媽的——不可置信，」霍爾低聲說。

艾斯拉抬頭看著天空，米契側身滑向樹幹尋求掩護。隨著煙火消逝，艾斯拉轉頭朝向柏樹後往前走，站在五公尺高的樹蔭下。

「莉莉？」

「米契，他走向你了，」霍爾低聲說，「照我的話做，不要提前。」他看著艾斯拉接近樹幹，「從你右邊過來了，等一下。」

背靠著樹幹的米契聽到男孩在巨大樹幹前幾公尺停下來。

「莉莉？」艾斯拉輕輕地說，「妳在那裡嗎？」

米契聽到男孩向前又走幾步。

「他在樹幹底部，米契，」霍爾在他耳邊低語，「開始探頭過樹幹，往左走一大步，就是現在。」米契背部離開樹皮，但手指還扶著，他走一步。

「莉莉，別怕，是我，艾斯拉。」

霍爾再度低語，「他一次走一步，不想嚇到她。準備好再往左走一步……現在。」

米契移動，差點大聲笑出來：十幾年的努力工作，現在卻和十二歲男孩在玩捉迷藏。他聽到嗡嗡聲，感覺到一隻蚊子停在臉上，他完全不動地站著，放任蚊子的口針戳進自己的皮膚開始吸血。

「準備好，」霍爾說，「向左一步，現在。」

米契再往旁邊走一步。

「莉莉？」艾斯拉說。

米契聽到男孩嘆息，接下來的腳步聲聽起來像是準備離開。

「好了，」霍爾低語道，「看起來他離開了。」

米契深深吐一口氣，靠在樹上，非常滿意的壓碎臉上的蚊子。

可是接著他卻聽到更多動靜，是朝著樹木回來的腳步聲。

米契耳裡的霍爾突然激動起來，「幹，米契，他過來了——」

「莉莉？」艾斯拉的頭探過來進入米契的視線，「妳在——？」

米契抓住他的領子，把他甩在樹幹上，另一隻手緊緊壓住他的嘴巴。

「別出聲，」他發出噓聲說。

「冷靜一點，米契！」他耳朵裡的霍爾說。

就算是在樹下昏暗的燈光裡，米契也看得出艾斯拉的眼神閃爍著恐懼。

「小子，我是認真的，你敢發出一點聲響，我就弄斷你的脖子。明白嗎？」

米契感覺到手中的男孩點頭。

「好了，里奇，」米契說，「上雞肉沙拉的時間到了。」

「別傷害那個孩子，」霍爾回答，「我馬上過來。」

莉莉走出樹林間，聲響和燈光使得夜色更生動。她脫掉鞋子感覺腳下的長草，走路時葉片插入腳趾間。她在河岸邊停下來，聽得到水流經過的聲音。

天空突然發出怒吼，生出新的月亮，完整無缺明亮的月亮把孩子送進夜空裡飛翔，一千個孩子唱著歌、笑著、爭相進入水裡。

莉莉聽得到自己唱歌的聲音——年輕、圓滑，彷彿愛撫般包覆著自己。

「在海洋深處……」

她看著燈光漂浮在快速移動的河面上，映照著下方的城市。那些孩子們就是要去那裡，他們要回家。她坐下來，還聽得到他們，聽得到他們的歌聲從水面下傳來，冒泡、甜美的頌歌。

「在海洋深處，我想去的地方，她也許……」

霍爾氣喘噓噓地來到柏樹樹蔭下。

「我沒辦法，」米契說。

霍爾看著黑暗中的米契，覺得聽到他聲音裡帶著一絲冷笑，「好，」霍爾說，「我們在哈利回來之前盡快進行。我們用這孩子當籌碼，我從後門逼蓋格出來，然後我們都進去，拿了光碟走人。」

「好。」米契說。

霍爾蹲下來，和艾斯拉的視線等高，意外地發現男孩的凝視裡有相同分量的憤怒與恐懼。

「艾斯拉，做得好的話，我們五分鐘就結束了，然後大家都可以回家。米契叫你做的時候，我要你出聲叫蓋格，好像你只是有東西要給他看。我知道你很害怕，所以先深呼吸幾次冷靜下來，想想這一切有多快就能結束。孩子，我不會傷害你或蓋格，我只想拿回你父親偷的東西。」

霍爾站起來轉向米契。

「等我指示。」

霍爾走進陰影下，迅速跑到後門貼緊牆壁，他拿出自己的槍。

「米契，就是現在，」霍爾低聲說。

米契靠近時，艾斯拉聞得到他的氣味，在黑暗中散發出的濃厚而酸臭的汗水味。

「好了，小子，都看你了。你搞砸的話，很多人都會受傷。」他拿開艾斯拉嘴上的手，「說吧，『嘿蓋格，過來這邊，我在後面。』」

艾斯拉感覺一陣頭暈，覺得自己快要昏倒了。他努力把目光固定在米契身後噴泉狀盛開的煙火，可是那個影像一直溜走。

「說啊，小子，」米契說，「叫他出來，快點。」

艾斯拉搖搖頭。

米契一手抓住艾斯拉的臉，把他的頭甩在樹幹上，「給我照做。」

艾斯拉濕濡的淚光把每一發下墜的煙火亮光轉變成五芒星，那是痛楚聚集之處，但他再次搖頭。

米契挺起身體轉向霍爾，「那小混蛋不肯照做。」

霍爾試著想像和蓋格在房子裡單挑。他裡面有槍嗎？未知但未必。蓋格身體一定很痛，他沒有出來參與搜索這件事就足以證明。話雖如此，蓋格似乎對腎上腺素的刺激與恐懼免疫，所以誰知道他能做什麼？霍爾已經猜錯過——兩次。

他決定自己進屋去，如果情況出包，他不希望米契把他和蓋格的照面變成大西部槍戰。他跑回米契和艾斯拉身邊。

「好，米契，你顧著他，待在這裡，我要一個人進去。等我的信號。」

聽他這樣講的米契顯然不是很高興，「為什麼？」

「因為我決定該這樣進行。」

米契改變自己抓住艾斯拉的姿勢，向霍爾靠近。「嗯，看在你對如何對付蓋格的每一個決定都是錯的，也許我們應該——」

「米契，照我的話做，」霍爾彎身向前，直到面孔貼近他的伙伴，「那是你的工作，好嗎？現在閉上你的大嘴巴，按照指令進行。」

一聲巨大的聲響使他們三人都退縮了一下，聲響結束後，米契看著霍爾點點頭。

「好，老大，」他說，「進行吧，我和小夥子會罩著你。」

霍爾跑回門邊，一面拉出他的槍，先給自己一點時間，再推門走進去，瞪著走廊。

「蓋格！」他大叫，「是我霍爾！」

霍爾的聲音如獠牙般驚醒在客廳沙發上打瞌睡的蓋格。是霍爾。他是怎麼逃出來的？又怎麼知道這個地方？

「蓋格，光碟在你手上，艾斯拉在我手上，我們快點完成交易吧！」

蓋格站起來，感覺大腿上一陣激烈刺痛，但沒關係。霍爾是怎麼找到他們的也沒關係。是他，蓋格，把他帶來這裡的。是他把艾斯拉和每個人放在霍爾準星的正中央。

「來吧，蓋格——讓我看到你！」

蓋格視線掃射房內，看到兩個出口：進入走廊或進入廚房。他看到壁爐前站著一支鑄鐵火鉗，倒鉤的尖端布滿灰塵。他順手拿起來。

霍爾的聲音似乎來自房子後方某處，蓋格等他再次出聲。

「蓋格！我們可以趁沒人在的時候結束這一切！乾乾淨淨的結束！」

蓋格歪著頭追蹤聲音的來源，現在他確定了：霍爾從後門進來，正在走廊裡朝他走過來，大約在六公尺外。

霍爾有槍是必然的，蓋格改變抓住火鉗柄中間點的握法，像握住長矛一樣握著。他舉起武器，站好位置，練習拋擲，把重心放在左腿上，就像真正在丟的時候一樣。他的左腿搖晃灼痛，但縫合線沒有撕裂。

霍爾安靜無聲，此刻他一定已經穿過走廊入口到廚房了。蓋格無聲地溜到客廳門口進入廚房。霍爾身邊帶著艾斯拉嗎？他不這麼認為，太安靜了。

蓋格越過廚房的後方入口，霍爾一定是在右邊的走廊裡，蓋格把火鉗舉到肩膀高度，無聲地走進走廊，轉身。

霍爾就在三公尺外，獨自一人站在靠近客廳的入口。他的背部就像是靶心一樣，不過，蓋格更接近的話，就可以把火鉗當成棍棒用。他等著，看著霍爾悄悄地走向客廳門口。

當煙火再度照亮天空時，伴隨著大量的劈啪聲及爆裂聲，蓋格開始向前，利用煙火的聲音做掩護，霍爾彎身繞過入口的門框。

這時，只有一公尺遠的蓋格將手滑向火鉗的把手，高高舉起武器。

「蓋格！」他背後一個聲音大叫。

霍爾轉過身，沒頭沒腦的用槍背砸在蓋格的頭蓋骨上。蓋格跪下來，壁爐的火鉗鏗鏘一聲掉在地上。

霍爾抬頭看著米契，他就站在後門。他伙伴的槍瞄準蓋格的頭部，男孩嘴巴被摀著，被米契抓得緊緊的。

霍爾低頭瞪著蓋格，「已經沒有時間了，蓋格，我要那些光碟！」

蓋格無法聽清楚霍爾的話，右耳如大海般怒吼。

「讓那個男孩走，」他的聲音比低語還要低。

霍爾搖搖頭，「光碟──我現在就要。」

蓋格緩緩地轉頭，看著走廊盡頭的男孩。接著他轉頭面向霍爾，「在臥室裡，」他指著左邊的門。

霍爾迅速看看臥室，看到四柱床中央放著一個健身用的袋子，「好，我們走吧。蓋格，你先。米契，你和那個孩子在客廳裡等著。」

蓋格站起來，蹣跚地走向臥室門口。

霍爾揮揮槍要他進去，接著指著袋子，「打開。」

蓋格把袋子拉向自己拿出一個信封，開口朝下把迷你光碟倒在床單上。

霍爾胸前有一隻腎上腺素的驢子正瘋狂地踢著，他用力吸滿氧氣中和掉。

「所以，」霍爾說，「你看過了？」

「其中一張，看了幾分鐘。你知道裡面有誰嗎？」

「不知道。」

「祕密地點，有人用隱藏式攝影機拍下執行過程，裡面有我。」

霍爾收起光碟放回袋子裡，「蓋格，告訴我一件事，你為什麼對自己的工作這麼拿手？」

蓋格直視著他，左邊太陽穴在流血，霍爾看得到他的雙眼無法對焦，「你可以說我是天生的，」蓋格說，「就在我的血液裡。」

有那麼一下子，霍爾內心思索著他的話，想到自己這些年來在魔鬼的巢穴裡待了多少時間。蓋格說得對：是在血液裡。病毒，無藥可救的人類病毒。

他拉上袋子拉鍊，「那麼就這樣了，」他說。

「讓男孩走，」蓋格的聲音仍然只是低語。

霍爾站在門口用槍比手勢，「進客廳去。」

「霍爾，讓他走。他母親很快就會來了，不要——」

「快點！」

蓋格走進走廊，霍爾跟在他後面慢慢走進客廳。米契的槍放在大腿上，和艾斯拉一起坐在沙發裡。

霍爾舉起袋子，「拿到了。」

「操他媽的哈雷路亞，」米契說完站起來，「我們走吧。」霍爾沒有回答也沒有移動，手上的槍還瞄準著蓋格，他看到米契看懂了自己眼神中的意思。

「還沒嗎？」米契問，「還沒完？」

霍爾搖搖頭。

「這是最上面交代的？」米契問。

霍爾沒有回答，轉向打開的前門聽著，他突然舉起槍，把蓋格推向門框旁的牆上，接著霍爾頭往後彎穿過門口偷瞄一下，看著哈利跛著腳走進房子前方那一片亮光中。

哈利走上石板小徑，上了台階，臉上都是汗水，陰沉的他被煩惱及內疚吞噬。就很多方面而言，莉莉很多年前就已經離開他了，可是現在他感覺她真的走了，而且是他的錯。

哈利一走進前門，就感覺到霍爾的槍管抵在他的後腦勺上。

「哈利，跟著我走，」霍爾說，小步走向沙發，」霍爾引導哈利進入客廳，「坐下。」

還站著的哈利慢慢轉身，看到槍就在自己的鼻子上時停下來。他對霍爾露出微笑，雖然看起來比較像一個裂縫而不是笑容。接著他坐下來，霍爾退後幾步，槍口仍然直指著哈利。

「好樣的，」哈利沙啞地說，由於大叫而聲音嘶啞，他朝米契看了一眼，他的槍指著蓋格，「原來是三個臭皮匠，第三個在哪裡？」

「死了，」米契說。

「是嗎，真可惜，我一向最喜歡第三個。」

哈利迅速看了蓋格一眼，他背靠牆站在前門旁，一時還幫不上忙：蓋格眼神呆滯，半邊臉都是鮮血。哈利試圖捕捉艾斯拉的視線，但男孩坐在米契的另一邊，頭低低的，看起來好像哭過了。

哈利不知道自己還能拖延多久，可是知道得繼續講話。他轉回去面對米契。

「所以告訴我一件事，南方佬，」哈利說，「你在餐館前的計程車裡跟自己玩了多久，才發現我把你變成他媽的白癡？」

米契不為所動，面無表情地瞪著哈利，現在只剩公事了。

「哈利，別說話，」霍爾說。

哈利用一隻指頭戳戳窗戶，「霍爾，你知道嗎？」他說，「我妹妹在外面迷路了，或是更糟糕的情況，全都是因為你，你卻一點也不在乎。」接著他注意到霍爾手裡健身用的袋子，「拿到你的德庫寧了是嗎？」

霍爾點點頭。

「那你們為什麼還在這裡？」

哈利看了霍爾一眼，再看蓋格一眼後，就得到答案了。他站起來。

「哈利，坐下，」霍爾說。

「操你媽，」哈利用盡全身力氣罵人，霍爾重新拿好槍。

「哈利，我再告訴你一次——」

「就說我向你衝上來好了，」哈利說，「你知道，這樣我才能他媽的把你的心臟掏出來，霍爾，你會對我開槍嗎？」

「你他媽的給我坐下！」

哈利很快地看了一眼前窗：什麼也沒有。「要是你對我開槍時蓋格衝上去攻擊你呢？我猜你們其中一個得開槍射他，對不對？然後還有那孩子……」

霍爾的臉化成石頭般冷酷。

「喔，別忘了馬瑟森，」哈利說，「這樣就四個了。你可不會讓他在外面到處亂跑，害你的生活一片混亂，對吧？所以怎麼樣，霍爾？什麼時候殺人這件事才會變得難以下手？幹掉十個之後？二十個？」

哈利再看一次窗戶，這次他瞄到什麼，如釋重負。他幾乎快沒話可講了，不過現在他可以不用再說了。

「你知道嗎，霍爾？算了，別煩惱。」哈利指著窗戶，「煩惱他們就好。」

霍爾轉身看著外面，遠處兩對車頭燈剛轉進長長的車道。

哈利聳聳肩，「我決定打電話報警，請他們幫忙尋找莉莉。」

「操你媽……」米契從沙發上跳起來，槍仍然指著蓋格，他移到窗戶旁，接著哈利如鬥牛般衝上來，肩膀壓低，兩手伸長。米契拿著槍的手臂立即旋轉，但哈利撞到他的胸部，手臂纏住他。他的衝力使他們撞破一扇窗戶跌到門廊上，在那裡，鎖在哈利環抱中的他們笨拙地倒退兩步撞到欄杆，把欄杆撞得四分五裂後摔出視線之外。

霍爾跟著兩個男人的視線才多停留了半秒鐘，蓋格已強迫自己受傷的身體行動，毫不優雅也不平衡的努力，他一手抓住霍爾拿著槍的手腕，另一手攻擊他的氣管；霍爾為了回應而轉身時，兩人變成混亂的糾纏而不是專注的暴力。有那麼好幾刻，霍爾似乎取得平衡和力量的優勢，但蓋格用前額敲撞霍爾的頭，他們倒在地上，霍爾的槍滑過松木地板停在前門門檻前，健身用的袋子落在客廳布滿塵埃的地毯上。

蓋格轉身面對沙發，雙眼搜索著男孩，「艾斯拉——快跑！」男孩抬起兩步朝向門口，但起跑時又右轉伸手拿袋子，再快速繞過兩個跌倒的男人，衝出外面消失無蹤。

蓋格太虛弱了，無法制服霍爾，只能如防衛模式的摔角選手般搏鬥，扭曲的四肢盡力癱瘓霍爾的行動。不過霍爾一手找到蓋格受傷的大腿，手指用力地深深挖入傷口，痛楚如風暴大火，鬆開手的蓋格喉頭升起一陣哀嚎。

霍爾趕緊起身抓住槍轉向蓋格，他大字形躺在地上，等著手上拿著武器的霍爾開槍，卻看到霍爾停下來考慮：近距離內有警察使他不可能開槍。

霍爾把槍塞進皮套裡，用力猛踢蓋格受傷的腿。

「蓋格，別起來！」他嘶聲說完才消失在視線之外。

蓋格動也不動地躺著，隨著音樂將他淹沒，血滲進地毯，銅管和弦樂激動、不協調的合奏撼動著他，味道苦澀而刺鼻、濃烈，色彩繽紛則使人興奮。他的心靈抓住音樂，如棍棒般揮舞，把痛楚打扁。

他慢慢起身，首先跪起來後才站起來，沉重地朝著打開的前門移動，靠在門柱上，盡力檢查一次內在，試著測量自己還剩下什麼，能夠撐多遠。柯立運動褲的左褲管變成深紅色，黏在灼痛的大腿上。

蓋格看到車頭燈從車道開過來，已經很接近了。他走到門廊上握住壞掉的欄杆，低頭看到哈利面對面趴在米契身上，兩人都像屍體一樣靜止不動。

蓋格笨拙地走下台階，「哈利？」

哈利頭動了動，然後滾下米契的身體平躺著。一盞地燈的尖端刺穿了米契的鎖骨，死眼張得老大。

哈利胸部閃爍著鮮血，可是他抬頭看著蓋格，舉起一隻手，「我沒事，」他指著河邊，「那個方向——兩個都在。」

艾斯拉找到一棵看起來夠粗壯的樹可以讓自己躲起來，他停下腳步，背靠樹站著好確定，然後順著樹幹滑到地上。盲目亂跑的他已經失去方向感，夜晚因聲響而生動：天空持續的爆炸聲、遠處群眾的歡呼聲、附近蚊子的嗡嗡聲。他可以發誓聽得到看不見的河水滔滔不絕的流水聲。考慮到自己拋在身後房子裡的混亂，他沒辦法猜到誰可能活下來，誰可能來找他。

他抓住袋子等著。

霍爾無聲地在樹林間移動，夜間的霧氣將樹林覆蓋上一絲輕柔、模糊的外貌，就像在灰色紙張上用炭筆畫畫一般。可是，每隔幾分鐘一批新的煙火點燃夜空，突然間，陰影般的鬼魅似乎在森林裡活蹦亂跳著。

隨著霍爾朝向河邊移動，新的可能性進入尖銳的焦點。一旦他找到男孩，拿到袋子，接下來的路很簡單、清楚、可行。他腦海裡還有筆電上的衛星地圖，碼頭和划槳船在這些樹林的西方大約九十公尺處。他會划到河中央，這樣河岸上沒人看得到他，然後再順著水流向南漂浮幾公里。到達下游的下一個鎮時，他會再划回岸邊，想辦法回市區。

他知道男孩就在附近，霍爾離他沒多遠，自從他接近樹林後，也沒看到任何東西移動。男孩躲在某處，怕得要死，幾乎肯定的是他不會妄動。成人也許會因腎上腺素而有所動靜，但小孩幾乎都會因恐懼而動彈不得。霍爾並沒有期待會見到任何動靜，他得哄騙男孩現身。

「艾斯拉？」

男孩汗水淋漓，就算如此，微弱但清楚叫喚他名字的聲音仍然使他全身冰冷。不算是大叫，只比低語大聲一點點。他聽不出是誰在那裡，或是那個人距離有多近，可是他害怕到無法繞過樹幹看出去。是蓋格來救他，還是霍爾來追他？他揮手趕走頭部附近飛舞的蚊子。

聲音又出現了，這次比較接近，「艾斯拉？你在哪裡？」

這次他幾乎可以確定是蓋格的聲音，可是有什麼東西阻止他回應。萬一他錯了怎麼辦？他把健身用袋子緊緊抓在胸前。他不知道光碟上有什麼，可是彷彿覺得雙臂之間抱著的是父親的性命。

一陣新的煙火爆破，他的背部從樹幹上暴跳起來，一股驚慌衝擊了他。樹林安靜了一會兒後，聲音又出現了。

「艾斯拉？是我。」

那最後一個字的允諾使他身心俱疲，男孩體內某種東西終於崩潰。某種超越限度的範圍終於瓦解，他開始啜泣，短促、參差不齊、無法停止的啜泣。

霍爾一面靜靜穿過樹林，一面叫著男孩的名字。當他聽到雜音時沒有停止，而是朝西方二十度前進。毫無疑問，那是人的聲音，而且來源非常接近。

霍爾慢慢停下來，瞪著九公尺外的一棵松樹，驚人的樹幹直徑比附近的樹木都要來得粗壯。他現在明白那個聲音是什麼了，是那個男孩，他在哭泣。

以逆時針方向移動的霍爾越來越接近目標，很快看到一個模糊身影的剪影蜷縮在松樹下。他躡著腳，慢慢以腳跟連著腳趾的腳步前進，可是樹枝輕柔的嘎擦聲使艾斯拉退縮。男孩頭也不回的開始瘋狂爬走，然後站起來，球鞋用力踩到地上使力。可是霍爾動作更快，艾斯拉只快跑了五步就被霍爾抓住腳踝，害他趴在地上。

霍爾把男孩翻過來騎在他身上，雙手蓋住他的嘴巴。

「艾斯拉，給我小心聽好：我不會傷害你，其他人也不必受傷。我要把袋子拿走，你不會再見到我。我離開時你不要叫蓋格，等幾分鐘再起來朝那個方向走，回去房子裡。」他用大拇指指指肩膀後方，「好嗎？」

霍爾舉起左手，男孩吞下口水說，「好。」

「很好，」霍爾伸手拿袋子，起身低頭凝視著男孩，「告訴你父親我可能會聯絡他。」

一陣大叫聲穿過樹林，「艾斯拉！」

霍爾蹲下來，手又蒙住艾斯拉的嘴巴，就算有樹木迴盪著聲音，霍爾還是聽得出蓋格就在附近，那個人就是不肯放棄。

「艾斯拉！告訴我你在哪裡！」

霍爾彎下腰在男孩的耳邊說話。

「抱歉，小子，」他低聲說，「計畫改變。你要跟我一起到河邊，以防萬一他出現。還有記得：我有槍，他沒有。所以你如果出聲的話就會害死他，這一點你明白吧，對不對？」

他起身把艾斯拉也拉起來，抓住男孩的手。

「好，現在起跑。」

他們穿過樹林朝著河邊奔跑，男孩兩次落後霍爾，霍爾得把他拉到自己身邊。很快地，他們看到大批樹木後方的深灰色空地，過了一會兒，他們走出空地，哈德遜河在眼前滾滾流過，另一波煙火點燃夜空，使霍爾得以看到北方三十公尺處延伸到河中央的碼頭，他看到碼頭盡頭有一個隆起物——小船。

開始起跑的霍爾半拉著男孩跑在他身後，快跑到碼頭上時，腳下歪斜鬆脫的木板大聲地卡嗒卡嗒作響，聽起來就像滑膛槍齊聲發射。霍爾疾步停下，身後的艾斯拉靜止不動，回頭看著房子。

林木線沒有動靜，他轉身從容地把男孩拉到碼頭下。

莉莉坐在碼頭北方的河岸草地上，聽到聲音的她從水面上的燈光抬起頭。快跑時腳下木板所發出的音調在她心中喚醒一個生動的畫面：她看到小孩手中的小木棍敲著玩具木琴，然後她轉身看到兩個身影神奇地飛奔穿過河流。她露出微笑。

每次蓋格踩下左腳時，被摧殘的那隻腳就有如火球噴發一般。他進入樹林後，很快就感覺到縫合裂開了，因此他脫掉襯衫，撕下一隻袖子權充止血帶綁住大腿上方達爾頓割傷之處。如今不再身心健全，他只能左搖右晃地走路，每一步的世界都搖晃、顫動。他的大腦做出必要的計算以維持平衡，可是越來越難保持清晰的思維。一個未知的聲音從某處對他說話：你的器官開始衰竭前有可能先失血四分之一……接著他意識到那是他自己的聲音，提醒自己他對別人說過無數次的生理數據。

他一面走一面大叫艾斯拉的名字——黑暗並無回應——但一陣卡嗒聲響使他轉向河邊。他知道那不是煙火，是行動中的身體所發出的聲音。

一顆綠色的新星在天空綻放，幾千片碎片指引出蓋格眼前的一條路徑，穿過樹林緩緩下坡。他以深沉、淨化的呼吸促使自己移動，突然想到柯立，知道這個夢境此刻就在他身上上演，可是這次不一樣了：他仍然不知道自己的目標，但總算有那麼一次，他很肯定自己會抵達。他感覺到一陣強而有力的波濤，純粹靠著企圖心使他順著小徑前進。

屈膝坐在碼頭上的艾斯拉雙手抱著膝蓋，祈禱著蓋格會出現，又祈禱蓋格會太晚出現。

霍爾跪在一公尺外，解開第二條把反轉船身綁在金屬繫纜栓上的繩子。艾斯拉看著他用指甲挖著僵硬的結，看了一眼霍爾身邊傾斜木板上的槍和健身用袋子。他好奇那武器有多重，要雙手並用才舉得起來嗎？

「結束之後，你要拿我怎麼辦？」艾斯拉問，「我是說，等你準備好要離開的時候？」

霍爾不理會他。終於把結打開後，他起身把船身翻轉過來，將固定在船身下的船槳擺好，再把兩公尺長的繫繩綁在其中一支繫纜柱上，然後推船進河。乘上水流的船往下游轉彎，船首朝著下游。

和霍爾一起往下游的這個想法超過艾斯拉能忍受的限度，他該試圖逃跑嗎？如果嘗試的話，他會永遠失去袋子還有光碟……

向下伸手的霍爾拿起槍塞在皮套裡，接著他抓了袋子，沉默地看著艾斯拉一會兒，終於迎向他的目光。

「你害怕嗎？」

艾斯拉點點頭。

「很好，」霍爾說，「繼續害怕下去。」

穿過樹林後，河岸就在蓋格眼前，河面上一座碼頭延伸到黑暗的河水中央。他看得到碼頭盡頭的兩個身影，一個站著，一個坐著。

蓋格朝碼頭走去，舊木板在腳下卡嗒作響。站著的那個人轉身舉起手臂，用什麼東西指著他。

「蓋格，」霍爾大聲說，「留步。」

「讓艾斯拉離開。」

「蓋格，離開碼頭。」

艾斯拉一腳站起來，「照他說的做，蓋格。我沒事的！」

「蓋格，只要離開他媽的碼頭，我們就沒事。如果不肯的話，我就帶他一起下河。」

蓋格繼續往前走，夢境總是有開始、中間，可是從來沒有真正的結束，如今他終於來到最後一步，等待著他完成。

「那好吧，」霍爾說，「操他媽的。」他放下袋子，伸手拿繫繩，把船拉到碼頭盡頭。

「艾斯拉，上船，」霍爾命令他，用槍對著船揮一揮。

「艾斯拉，別上船！」這時蓋格已經走到碼頭的一半，他看得到艾斯拉轉身看他時蒼白的鵝蛋臉。

「給我上那天殺的船，」霍爾大叫，「現在！」

艾斯拉跳到船上，蓋格聽到船槳在固定軸裡卡嗒作響的聲音，「霍爾，我要那男孩，還有光碟。」

「蓋格，辦不到，」霍爾說，放開船讓它以繫纜繩拉著，拿起袋子，「他們要你們全部都死，所有的殘局都要收拾得一乾二淨，可是現在我才是需要收拾的殘局，所以當我消失時，我要讓他們知道，如果他們敢來抓我，薇麗塔・阿卡納會拿回他們的光碟。現在這些光碟是我的保險，這就是結局。蓋格，給我滾回去！」

這時，蓋格距離碼頭盡頭只有六公尺，看得到霍爾的雙眼在夜色中閃閃發亮，「霍爾，不可能的。」

霍爾把槍舉到齊肩高度，「我搞不懂你，蓋格——真的不懂。你為什麼要這麼做？」

「就說是因為這麼做對我最有利吧。」

「蓋格，我會開槍的。」

「不，你不會。警察距離這麼近你不會的，他們會聽到槍聲。」

在他們上方，煙火的壓軸迸發出來，每兩、三秒就有新的煙火將夜空充滿燦爛的星星和震耳欲聾的隆隆聲、轟然聲、劈啪聲。

「不，他們聽不到，」霍爾說，他開槍。

子彈從側面衝擊到蓋格使他往後倒下，躺在碼頭上的他往上瞪著傘狀的爆裂光點。在這傾斜、吵鬧的宇宙中，他的意識在一片溫暖、柔軟的靜謐中緩緩漂流，他什麼也看不到，什麼也感覺不到，只知道自己在離開。

他聽到一個聲音叫著自己的名字，是艾斯拉，男孩非常堅持著什麼事，他的音調帶著懇求、緊急。蓋格聽不出他說了什麼，可是那不是話語，只有哀嚎。

煙火下的河面波光粼粼，此刻兒童之城是如此地燦爛，莉莉想像能照亮全世界。可是當她聽到一長聲痛苦的尖叫時，她站起來，知道那是什麼：孩子的哭泣聲，他們很害怕，他們從水面下的家呼喚著她。

霍爾瞪著五公尺外蓋格的身體，他瞄準右半身四分之一處，能達到最大的衝擊力卻沒有致命的危險。可是他看不出自己是否瞄得準確，蓋格動也不動，有可能在流血或是死了。霍爾只是想阻止他，並沒有要殺死他，可是只要他能夠上路，最後會怎樣幾乎都不重要了。

他把船拉回來，艾斯拉坐在划槳的位子，頭靠在膝蓋上。隨著船回到碼頭邊，男孩抬頭看著他，臉上的某種表情使霍爾很意外：是他的雙眼：已經乾了，沒有淚水，呈現的是冰冷的星光般閃爍的仇恨。霍爾再次動搖是否該讓男孩離開，他不想傷害他，可是如果留下他，艾斯拉會告訴警方船的事，向他們指出他的去向，警方會在岸邊埋伏，也許派直升機在河面上搜索。

「艾斯拉，去坐在後面，該是遊河的時候了。」

艾斯拉瞪著他一會兒後移到船尾去。霍爾上了船，把袋子放在腳邊，伸手解開綁在繫纜柱上的繫繩。他抬頭看了一眼碼頭的高度，看到蓋格東倒西歪地站起來，右邊身體發光潮濕。

「老天爺……」霍爾喃喃地說。

他拉開繫纜柱上的繩索，小船開始漂走。霍爾站在船上，搖頭看著蓋格拖著身體慢慢向前走，肩膀如不平衡的天平般嚴重歪斜，碼頭盡頭的蓋格根本站不穩，走走停停地停下來。

霍爾用手圍成喇叭，「結束了，蓋格！放手吧！」

一開始，蓋格還不確定自己看見什麼，也許是失血過多所造成的幻覺，又或許如今他已經深深進入夢境的擁抱之中。

兩隻手如蒼白的水棲動物般伸出水面，抓住小船的船舷上方，一顆頭顱破水而出，蓋格看到救星瘋狂的雙眼，張口的孩子尋找同類，被恐懼和興奮推至極限的身體，接著，莉莉努力讓自己升高到水面上。

加上她的重量後，小船突然傾斜四十度，使霍爾向後倒，整艘船翻轉。霍爾、艾斯拉和莉莉全都無聲地消失在翻轉的船身下。

蓋格知道自己現在可以清醒地在這世界裡結束這個夢境了，他不會再崩解了。

他聽到背後有聲音出現，沙啞而絕望的大叫：「蓋格！」

可是他知道這個叫喚聲來自夢境之外，因此他從碼頭邊緣翻身下去摔在水面上，開始游向小船。河水的冰冷既刺激又麻木：刺痛心智、麻痺身體。

蓋格靠近小船時潛入水面下，在黑暗中向前游，絕望的手找到他，探索著、用力抓著。他們把他拉進鞭打的瘋狂之中。

哈利蹣跚地走到碼頭盡頭，河水以看不見的力量在船身旁翻攪著，抽打、不知名的四肢伸出水面後又再度消失，彷彿被河水提出所有權。接著騷動停止。

最後的火花在天空劃下威風凜凜的美國國旗。隨著亮光逐漸散去、一閃一閃地消失，國旗也跟著隱沒，只剩下幾顆星星羞怯地閃爍於黑暗中，遠處的歡呼聲退散成一片靜默。

哈利看著小船漂往下游，尋找附近任何生命跡象，絕望地對抗哀傷的力量。接著他看到水面下湧出一個身影。

顯然累極的泳者往岸邊游去，他一手拍打著水面，另一手拉著什麼東西。哈利衝下碼頭沿著河岸跑幾步，眺望著深色的河水，仍然看不出是誰。當他來到泳者對面的地點時，他跳到石頭和泥巴上，那消瘦的身影爬了最後幾公尺，倒在岸邊咳嗽、喘氣。健身用的袋子躺在他身旁。

哈利在艾斯拉身邊跪下來，一手輕輕地放在他背上，不理會身後的大叫聲和擦過的手電筒燈光，他慢慢把男孩翻過來。

艾斯拉抬頭看著他，吐出一些河水。

「沒事了，」哈利說，「沒事了。」

艾斯拉開口之前，哈利就看到他眼中的問題。

「蓋格呢？」男孩說。

哈利搖搖頭，艾斯拉開始哭泣，　種無聲、來自深淵般的流露。

他們坐在柯立家門前台階的最上方，艾斯拉裹著毛毯，哈利胸前從肩膀包紮到腰部，手臂環繞著男孩。他們都因剛才發生的哀慟而呆滯的瞪著前方。

兩輛警車和一輛救護車的車燈在院子裡閃耀著色彩。早先坐在客廳裡時，他們都已接受第一輪的訊問，提供的答案是為了混淆警方而不是澄清。他們的神祕說法是有兩名陌生人入侵家園，為了不可知的理由攻擊他們，結果就是一具屍體，三人失蹤在河裡。在所有的衝突和混亂中，健身用的袋子被丟到廚房流理台上，無人理會。訊問休息時，哈利找藉口離開去了一趟浴室，在那裡把袋子裡的東西倒出來，把光碟藏在馬桶水箱裡。

如今他們坐在台階上，艾斯拉終於轉向哈利，告訴他河裡黑色的混亂中發生了什麼事。男孩完全無法對抗其他手拉著他、想控制他的力量。隨後有人把他拉開糾結的身體中，把健身用的袋子塞到他的肚子上，把他往上推向空氣和生命。可是，他無法忍受這種生存的代價。

「對不起，」艾斯拉搖著頭。

哈利轉向他，「有什麼好對不起的？」

「都是我害的。」

哈利把他拉近，「不是，才不是，艾斯拉，只是……」他絕望的尋找字眼，想對男孩說些比較有智慧或安慰的話，可是什麼也吐不出口。

一輛車開出樹林之間，一名警察跑上前站在車子前方，舉起雙手。車子停下，一名高䠷、瘦長的女子下車；警察向她走去，對話了十秒後她推開警察，開步向前。

「艾斯拉？」

男孩抬起頭，被熟悉的聲音嚇了一跳，哈利微笑著捏了捏艾斯拉的肩膀。

女子看到她的兒子，開始起跑。

22

生意很差。酷暑的熱浪使人們不願上街，即使市政府開始運走蓋格家的殘骸也沒有幫助。空地前圍起一片裝有閘門的密圍籬，爆破小組把人行道上的一段圍了起來。

曼茲先生從紙盒裡拿出一根抽了一半的香菸，彈開都彭打火機點燃。帶著手杖的瘦長男子停在他的桌前時，曼茲先生花了一、兩秒才認出他，然後他想起那場景，也想起他的名字。

「哈利，對吧？對，蓋格的哈利。手杖害我搞混了一下。」

帶著微弱的笑容，哈利舉起深色櫻桃木的手杖給曼茲先生看雕刻的把手。

「很高雅，嗯？」

「真希望我也用得上，造型不錯。」曼茲先生抬起頭，充滿希望地看了哈利一眼，「嘿，哈利，你有菸嗎？」

「沒有，抱歉。」

「可惡，幾乎已經沒什麼人抽菸了。」

哈利掃瞄街上，他的新習慣，「生意怎麼樣了？」

「狗屁，老兄——什麼生意？」

一陣車輪輾過的巨響使他們倆轉頭，一輛牽引機剛把一車瓦礫從房子廢墟倒到垃圾車上。

再度轉身回來，兩名男子互望。

「老兄，他走了，」哈利說。

「『走了』是說離開嗎？」

「不是，是淹死了，在紐約州北邊，五個禮拜前。」

曼茲先生的嘴唇扭曲成深沉的苦臉，接著他搖搖頭，「是我聽說的那件國慶日發生的事嗎？發生在河邊的那一件？」

「對。」

有那麼一會兒，曼茲先生動也不動，接著發出咆哮聲，拳頭猛然敲在桌上，他的書跳了起來。

哈利嘆口氣，「我只是想通知你。」

曼茲先生不發一語，愁眉苦臉成為空洞的咕噥。

哈利在人行道上敲敲手杖，「我得走了，好嗎？我得去個地方。」

「好，」曼茲先生點點頭，雙眼茫然，「再見。」

「其實大概不會了。」

「好，不要再見。」

哈利伸手進外套口袋裡拿出一個信封放在桌上，「只是收拾點殘局。」

曼茲先生看了一眼信封，「那是什麼？」

「只是一點心意，幫你度過生意低潮。我真的得走了，老兄，你自己保重。」

曼茲先生看著哈利朝著阿姆斯特丹大道走去，他的目光回到信封上。他拿起信封拉出裡面的東西，用手指慢慢散開二十張五百元鈔票。

「老天……」

他轉頭看看街底，看到人行道上十幾個人，大都是陌生人，有幾個熟悉的面孔，但哈利已經走了。

一輛計程車在一百一十街和麥爾坎X大道交叉口停下，哈利下車走到中央公園北端，石板瓦似的灰色哈林湖湖水靜止，五、六隻綠頭鴨漫無目的地在岸邊划水。

哈利蹣跚地走在路上，讓路給直排輪和滑板。他走到哪裡，鬼魅就跟到哪裡——沒有屍體可辨認，沒有新墳或刻著名字和日期的灰色墓碑可哀悼——他無法讓他們安息。他是死者的牧羊人：蓋格總是在附近，存在於他的周圍，可是，留在哈利身邊最近的是莉莉。他仍然不太能理解妹妹已死去的概念，她突然就這麼完全地離開他的生活，使他一時之間失去平衡，而他永遠無法再見到她這回事令他無法接受。他的夢境滿是輕快的笑聲及孩子氣的儀式，他的哀傷耗盡心力而綿延不絕。

他坐在面對湖水的一張長凳上。

「哈利嗎？」隔壁的男子說。

「抱歉我來晚了，」哈利說，轉身握握大衛・馬瑟森伸出來的手。

「很高興終於見到你。」

哈利看了一眼馬瑟森，又將目光移開。他把手杖放在兩腿之間，用手把來回切換，另一個新的習慣。

「告訴我，哈利，你是怎麼想出『大老闆』的？」

哈利聳聳肩，「我正要用我的桌上型電腦進入蓋格的線上訊息。」

「真的嗎？那很難做到。」

「花了一陣子，可是我有一些自創的程式，」哈利的眼角看到有人朝著他跑來，他僵硬起來，抓緊手杖，慢跑者經過時他又放鬆。

「艾斯拉怎麼樣了？」他說。

「開始慢慢復元，不過狀況還不是很好。我只見過他一次，偷偷在飯店和他母親一起幾個小時。現在我身上壓力這麼大，我在他身邊對他不是很公平。我從來不在同一個地方待超過兩天，總之，他說他花很多時間拉小提琴。我猜那是好事。」

「我猜也是，」哈利說，「告訴我一件事，馬瑟森，你到底是否曾經幹過藝術這一行？」

「沒有，那只是我為了走動用的身分。」

哈利迅速檢視附近環境，從口袋裡拿出一個小包，「我找到方法解開數位鎖，所以現在你有原件和兩份拷貝。」

「感激不盡，」馬瑟森接過包裹，滑進身邊長凳上的一個小袋子裡，「哈利，你對自己的工作很拿手。」

「謝謝。」

「其實薇麗塔‧阿卡納用得上你的技術，我們每天都在茁壯——現在有四個伺服器，分布世界各地——可是，不喜歡我們所做的事的人總是緊迫盯人，想讓我們關門。」

「不可能，老兄。抱歉。」

「嗯，考慮一下，如果你改變心意的話，顯然不會找不到我。」

東方地平線上出現最微弱的光亮，掀起拂曉的開端。

被塑造成迷你天際線的後院圍籬上方出現一隻貓，在參差不齊的邊緣走了幾公尺之後，貓跳進院子裡。

曾經佔據這片空地的結構，而今碩果僅存的只有清空的地基和後方的水泥門廊台階。貓走上兩階，躺在門廊上，開始舔乾淨身上夜間的勞力。

不平均的腳步聲傳來時，貓抬起頭。一名男子坐在台階上，開始抓著貓無眼眼眶上的疤痕，貓回應以隆隆的咕嚕聲。

這附近的鄰居沒人會認出這名男了。他戴著黑框眼鏡、反轉的棒球帽下方露出鬈髮、修剪過的黑色鬍鬚幾乎留到顴骨。男人手裡拿著一片布滿灰塵、手掌大小的破碎地板，他用褲子擦拭乾淨研究著：這片碎片由紅木做成，鑲入灰色的新月。他用指尖拿著，順時鐘轉二十度，反方向再轉二十度，就像一般人拿著尚未拼湊完全的拼圖碎片時會做的。

「世人不知道你的存在，那是我給你的禮物，你是個無名小卒。」

男子把那片木頭放進口袋裡，抱起貓，把貓放在自己的肩膀上。

「該走了，」他說。

他慢慢站起來，轉身越過地基朝著人行道走去。他有點跛腳，可是不知如何，男子走動時將它融入身體的擺動之中。

甚至可以說這帶給他某種程度的優雅。

感謝

我認為自己非常幸運能有這麼多人可以感謝：

史蒂芬・魯賓（Stephen Rubin），亨利・霍特出版社的發行人兼社長，感謝他讀了這本書，決定其他人也該有機會讀到。

約翰・史特林（John Sterling），我的編輯，感謝他的技巧和投入，他的想像力與勤勉，以及他的誠實。

安德烈・伯納（Andre Bernard），朋友兼學者，感謝他以非常真實的方式使這一切成真，我永懷感激之意。

卡莉—艾絲塔・亞伯特（Cari-Esta Albert），在這小小星球上最忠實的朋友、文評、知己，提供寶貴意見；蘇珊・布瑞克（Susan Brecker），她的愛、力量和支持是珍寶。

麗茲・羅賓森（Liz Robinson）和兜弟・高德（Dodie Gold），是最棒的經理、最親愛的朋友，感謝他們多年來的指引和忠誠。

羅伯特・澤文博士（Robert Zevin）、羅倫斯・懷斯伯格博士（Lawrence Weisberg）與珍妮・

歐尼爾博士（Janie O'Neill），感謝他們總是撥空，讓我針對生理與心靈徵詢他們博學的腦袋。

路易斯・藍鮑（Luis Rumbaut），感謝他不倦而精準的翻譯。

安德魯・C・羅德曼（Andrew C. Lotterman），感謝他的洞察力與關懷，幫助我看到我真正嘗試要寫的是什麼，及其初衷。

最特別的，奈特・索貝爾（Nat Sobel）和茱蒂絲・韋伯（Judith Weber），我的經紀人及好友，他們覺得這本書有值得書寫之處，而此舉改變了我的一生。當我依奈特要求多寫五次草稿時，我很清楚地看到（至少對我而言）這本書吸引他的原因之一，在於書頁之間的黑色藝術所表現出的共同點。把我的手稿變成小說時，奈特是我無倦的導師、無情的編輯、折磨人的監工——我深深感激他的熱情、忠誠與智慧。

L O C U S

LOCUS

L O C U S

L O C U S